HAYMON taschenbuch **287**

1

Sie hasste ihre Tochter bis aufs Blut und wünschte sich ihre Nähe. Zugleich hatte sie Angst vor ihr. Wegen der roten Linie, die sie in letzter Zeit mehrmals überschritten hatte.

An ihre verbalen Entgleisungen hatte sich Daniela längst gewöhnt. Daran, dass sie von ihr oft mit den schlimmsten Schimpfwörtern bedacht wurde.

Sie hatte aufgehört, sie deswegen zurechtzuweisen. Ihr Ausdrücke wie *dreckige Hure* oder *verfickte Fotze* zu verbieten. Das fruchtete nicht. Wirkte eher wie Öl im Feuer. Konnte dazu führen, dass sie umso wilder tobte. Außer sich. Wie ein Tier.

Ihre Wutausbrüche, bei denen sie Stühle und Tische mit Fäusten und Tritten traktierte. Oder Blumentöpfe packte und auf den Boden schleuderte.

Vor einem halben Jahr klatschte dann zum ersten Mal Jasmins Hand in Danielas Gesicht. Mit voller Wucht. Darauf war sie nicht vorbereitet gewesen. Das hatte sie aus den Angeln gehoben.

Sie taumelte gegen das Bücherregal. Blutete aus der Nase. Konnte nicht fassen, dass Jasmin ihr auch noch die Faust gegen die Schläfe stieß.

Daniela knickte ein, sank in die Knie, landete auf dem Boden. In diesem Moment hielt Jasmin inne. Schien zu begreifen, dass sie ein Tabu gebrochen, eine Grenze überschritten hatte.

Blickte für Sekunden irritiert auf ihre Hände, war nicht in der Lage, sie ihrer Mutter entgegenzustrecken. Ihr auf die Beine zu helfen. Spielte stattdessen gleich wieder die Coole: „Selber schuld."

Daniela war darin geübt, nach einem Tiefschlag wieder hochzukommen. Lange durchzuhängen war in ihrem Leben noch nie drin gewesen. Aber jetzt fühlte sie sich wie gerädert. Als ob zentnerschwere Gewichte auf ihr lasten würden. Unendlich müde und erschöpft.

Sie blickte zu ihrer Tochter hinauf.

Kalte Augen.

Nicht das geringste Mitgefühl.

So wie gestern. Nur war sie da stockbesoffen gewesen. Verlangte wie so oft nach Geld. Beschwerte sich lautstark darüber, wie kurz sie gehalten wurde.

Den Einwand, dass man sich seine finanziellen Mittel üblicherweise durch Arbeit verdienen müsse, ignorierte sie.

Danielas Klarstellung, dass sie nicht mehr bereit sei, ihre Faulheit zu unterstützen, brachte das Fass zum Überlaufen.

Zuerst wurde sie von ihrer Tochter mit den Fäusten attackiert. Dann zum ersten Mal auch mit dem Kopf. Der flog nach vorn, krachte gegen ihre Stirn und stieß sie mit ihren 58 Kilo wie nichts gegen die Wand. Zerplatzende Sterne, schwarz-weißes Flimmern. Und nahezu im selben Moment, kurz nach dem Aufprall, der Reflex. Die metallene Stehlampe.

Daniela packte sie mit beiden Händen, riss sie samt dem Kabel hoch und ließ sie auf Jasmin niederkrachen. Mit ihrer ganzen Kraft. Das brachte die betrunkene Jugendliche ins Wanken. Der zweite Hieb streckte sie nieder. Jasmin landete auf allen Vieren, wusste nicht, wie ihr geschah.

Als sie ihr unmögliches, gewalttätiges Kind so hilflos vor sich liegen sah, erinnerte sie sich daran, wie sie es vor 16 Jahren in ihren Armen geschaukelt und ihm die Brust gegeben hatte.

Von Anfang an hatte sie Jasmin allein großgezogen. Schulauswahl, Zahnspangen- und Impfentscheidungen – bei all diesen Herausforderungen war sie immer auf sich gestellt gewesen. Nein, sie war ganz sicher keine fehlerlose Mutter. Aber sie gab immer ihr Bestes.

Nur war das längst nicht mehr genug.

Ihre Tochter war ihr nicht nur entglitten und über den Kopf gewachsen.

Sie war ihr zur Gefahr geworden.

„Hau ab! Na los! Verschwinde aus meiner Wohnung! Ich will dich hier nie wieder sehen!"

Ihre gestrigen Worte konnte sie sich heute kaum verzeihen. Weil sie Jasmin hart getroffen hatten. Es war schließlich auch ihre Wohnung. Ihr Bad, ihr Klo, ihre Küche. Hier war sie aufgewachsen, hier hatte sie ihr Zimmer, hier konnte sie sich jederzeit etwas aus dem Kühlschrank holen. Ganz abgesehen davon, dass sich Jasmin um ihre Wäsche noch nie selbst gekümmert hatte.

Unmögliche Vorstellung, dass sie auf all diese Annehmlichkeiten ab sofort verzichten sollte. Aber so wie ihre Mutter sie jetzt anfunkelte, außer Atem, wütend, schien sie es richtig ernst zu meinen.

Mit einem Mal wirkte Jasmin ratlos. Vielleicht sogar ein wenig traurig. Was sie weder wahrhaben noch in Worte fassen konnte.

„Ganz wie du willst, du blöde Sau", zischte sie, rappelte sich hoch, zog den Kopf ein, würdigte Daniela keines Blickes und schlich davon. Wie ein geschlagener Hund.

Seither war sie nicht mehr aufgetaucht. Und hatte sich auch nicht gemeldet. Dabei wusste Jasmin genau, dass ihre Mutter für sie auch während der Arbeit zu erreichen war.

Selbst während des heute so hektischen Krisenmeetings hatte sie ihr Handy nicht aus den Augen gelassen. Von den vielen Nachrichten, die das Display zum Aufleuchten brachten, kam keine einzige von ihrer Tochter.

Während sie jetzt bei eingeschaltetem Fernseher ihre Blusen und Hosen bügelte, hoffte sie inständig, dass Jasmin endlich auf ihre Anrufe reagierte. Sich wenigstens zu einer SMS bequemte. Als sie die Hausarbeit um knapp vor zehn beendete und sich mit einem Glas Wein aufs Sofa setzte, kam immer noch nichts.

Es war völlig egal, was am Bildschirm vor sich ging. Serie, Talkshow, was auch immer. Sie konnte sich ohnehin nicht konzentrieren. Aber die Stimmen taten ihr gut. Die verschiedenen Gesichter. Sie sorgten dafür, dass sie sich nicht allein fühlte.

Das „Ding Dong" der Türglocke ertönte, als Daniela schon halb eingeschlafen war. Sie schoss hoch, warf beinahe das Weinglas um, hastete zur Tür und fragte sich noch, warum Jasmin nicht selbst öffnete. Sie hatte doch einen Schlüssel.

Aber vielleicht war das ein Zeichen von Respekt.

Vielleicht hatte sie dazugelernt.

Diese Annahme erwies sich als großer und fataler Irrtum.

Das wurde Daniela klar, als sie die Tür öffnete, das metallene Blitzen sah und im nächsten Augenblick spürte, wie etwas Heißes in ihren Bauch eindrang.

Im Zurücktaumeln kam der nächste Stich.

Sie hörte sich selbst schreien.

Merkte, wie die Tür ins Schloss fiel.

Wusste, dass es für sie kein Morgen gab.

2

Chefinspektor Robert Worschädl hatte den Eindruck, dass seine Kollegin Sabine Schinagl den Dienstwagen heute viel ausgeglichener lenkte als in der vorigen Woche. Sie bremste beifahrerfreundlicher und bediente auch das Gaspedal nicht mehr ganz so rabiat.

Demnach musste sich in Schinagls Leben in den vergangenen Tagen etwas Entscheidendes ereignet haben. Die Tiefdruckphase, in die sie durch widrige Umstände geraten war, schien ausgestanden. Der Kork, so vermutete Worschädl, war endlich aus der Flasche.

Der Chefinspektor riskierte einen vorsichtigen Blick zur Seite und fand seine Vermutungen bestätigt: Sie wirkte aufgeräumter und stabiler, hatte sich besser unter Kontrolle und arbeitete ihren Zorn nicht mehr ungefiltert an dem unschuldigen Fahrzeug ab.

Der Wagen hieß auch nicht Michael und hatte mit ihr die letzten vier Jahre weder Wohnung noch Bett geteilt. Genauso wenig hatte er in seinem Tonstudio während des Komponierens eines Werbe-Jingles ein inniges Naheverhältnis zur zuständigen Marketing-Managerin entwickelt. Und er war auch nicht so dämlich, sich eine frivole SMS auf sein offen herumliegendes Handy senden zu lassen.

„Der führt sich auf wie ein vertrottelter Bankräuber, der 200.000 Euro einsackt und auf der Flucht im Foyer seinen Führerschein verliert", wetterte Schinagl vor drei Wochen, als sie Worschädl in ihre Misere einweihte. „Dieser Arsch ist nicht einmal in der Lage, eine Affäre vor mir geheim zu halten! Zum Kotzen!"

Worschädls Frau Karoline beschrieb dieses Verhalten aus ihrer psychotherapeutischen Perspektive als unbewusste Selbstanzeige: *Schau her, ich habe etwas angestellt. Überführe und bestrafe mich, damit ich endlich von meiner Schuld befreit bin. Und dann haben wir uns bitte wieder lieb.*

Sollte Michael tatsächlich auf den Fortbestand ihrer Beziehung gehofft haben, wurde das durch Schinagls kompromisslose Entscheidung im Keim erstickt.

Sie wollte keine Erklärung hören und ließ sich auf keine Diskussionen ein, sondern gab Michael exakt einen Tag, um seine Sachen zu packen und zu verschwinden. Wenn er in ihrer Achtung nicht ins Bodenlose fallen wolle, solle er sein leidendes Dackelgehabe samt dem dazugehörigen Gewinsel bleiben lassen und gefälligst die Verantwortung für seinen Fehltritt übernehmen.

„Robert, wie soll ich deine Blicke deuten?", erkundigte sich Schinagl bei ihrem Kollegen, während sie die Kärntner Straße entlangfuhren.

„Welche Blicke?"

„Irgendwas beschäftigt dich."

„Nur eine Vermutung."

„Und die wäre?"

„Er hat gestern endlich seine letzten Sachen abgeholt."

„Bis auf einen Plastikrasierer. Den habe ich allerdings nicht eingerahmt und auf mein Nachtkästchen gestellt, sondern im Mülleimer entsorgt."

„Und hat er wenigstens eingesehen, dass er Mist gebaut hat?"

„Er hält meine Reaktion nach wie vor für überzogen. Meine Kinder sehen das leider ähnlich. Aber derart unintelligent hat mich nicht einmal ihr leiblicher Vater beschissen."

Schinagl bog nach rechts ab und wich damit einem Demonstrationszug gegen den Klimawandel aus, der sich vom Hauptbahnhof mit bunten Transparenten und lautstarken Parolen in Richtung Zentrum bewegte. Von diesen vornehmlich jungen, engagierten Menschen ging einiges an positiver Energie und unbändigem Kampfgeist aus.

„Gefühlt demonstrieren die jetzt schon jede Woche", beschwerte sie sich.

„Und das zur besten Schulzeit am späten Vormittag. Aber wenigstens sorgen sie dafür, dass in die internationalen Klimakonferenzen endlich ein wenig Bewegung kommt."

„Bis dahin ziehen sie an den Fridays for Future verlässlich unsere Verkehrspolizisten ab, und wir dürfen den Kleinkram erledigen."

Mit Kleinkram meinte Schinagl beispielsweise den Anruf einer Pensionistin, die sich Sorgen um ihre Nachbarin machte. Die hatte seit drei Tagen die Morgenzeitung vor ihrer Tür nicht weggenommen, und weder sie noch ihre Tochter hatten auf das Läuten reagiert.

Normalerweise kein Fall für die Einheit Leib und Leben, aber wenn die Kollegen für den möglichst geordneten Ablauf einer Demo sorgen mussten, wurde man schon einmal für harmlose Alltagsvorfälle eingespannt.

Sie fuhren durch eine gediegene Wohngegend. Vier- oder fünfstöckige Wohnhäuser, erbaut Ende der 1990er Jahre. Ansprechende Architektur. Außerdem ausreichend Grünflächen mit Teppichstangen, Holztischen und Bänken zum gemütlichen Zusammensitzen und Plaudern. Dazwischen familienfreundliche, nett gestaltete Spielplätze.

Das Empfangskomitee vor dem Haus mit der Nummer 24 bestand aus einer etwa 65-jährigen, fülligen Frau, die mit kurzen Schritten auf sie zueilte, als sie am Straßenrand parkten und aus dem Auto stiegen.

Nora Kleinfried. Sie hatte das Wachzimmer verständigt, trug für Mitte Oktober eine zu warme Winterjacke und begrüßte sie mit der textintensiv ausgestalteten Feststellung, dass sie die Herrschaften von der Polizei mindestens eine Viertelstunde früher erwartet habe. Im nächsten Wortschwall stellte sie klar, dass sie weder übertrieben ängstlich noch hysterisch sei, sondern einer der wenigen Menschen, die in diesem von Egoisten bevölkerten Land noch bereit wären, Verantwortung zu übernehmen.

Als sie ihre nächste Verbalattacke damit begann, dem Chefinspektor und der Bezirksinspektorin in rasantem Tempo zu erklären, was jetzt am besten zu tun sei, ergriff Worschädl das Wort.

„Frau Kleinfried, bis jetzt haben Sie alles gut gemacht, aber ..."

„Moment, ich war noch nicht fertig, also noch einmal von vorn."

„Sie haben alles gut gemacht, aber jetzt ..."

„Hallo, Sie wissen doch noch gar nicht alles! Lassen Sie mich erklären ..."

„Nein, bitte, halt!" Worschädl hob beide Hände und hoffte inständig, dass er damit den Redefluss von Frau Kleinfried unterbrechen würde.

Fehlanzeige.

„Wie bitte? Höre ich richtig? Sie wollen der ehemaligen, sehr erfolgreichen Filialleiterin eines Lebensmittelgroßmarkts einfach so das Wort verbieten?"

„Um Himmels willen, nein. Gratulation. Sie sind auch verbal eine Kanone."

„Das klingt nicht nach einem Kompliment. Ich quatsche Ihnen wohl zu viel."

Schinagl registrierte Worschädls Hilfe suchenden Blick und schaltete sich ein: „Mein Kollege leidet unter begrenztem Aufnahmevermögen."

„Mein Gott, ist das Ihr Ernst?" Nora Kleinfried wirkte ehrlich besorgt.

„Leider. Er braucht kleine Redeportionen, damit er Ihnen folgen kann."

„Und ich dachte schon, es liegt an mir. Dann muss ich mich also kürzer fassen."

Während sich Worschädl ein Grinsen kaum verkneifen konnte, degradierte ihn Kleinfrieds mütterlich-besorgter Blick zum entwicklungsverzögerten Sonderschüler. Er nutzte ihr betroffenes Innehalten und ergriff rasch das Wort: „Sie haben einen Schlüssel für die Wohnung?"

„Wie das bei guten Nachbarn eben üblich ist." Frau Kleinfried reichte Worschädl einen Schlüssel, an dem ein blauer Wollfaden befestigt war, und betrat vor ihnen das Haus. Sie passierten die Postfächer und nahmen statt des Aufzugs die Treppe, die rechter Hand nach oben führte.

Im ersten Stock wandte sich Kleinfried nach links und führte sie durch einen hellen, freundlichen Gang bis zur dritten Tür links. Sie war nicht abgesperrt, sondern nur ins Schloss gezogen, ließ sich also mit einem einfachen Schnappen öffnen.

Schon beim ersten Blick in den Vorraum flog Worschädls Hand zum Schulterholster. Mit dem Beseitigen von Spuren hatte man sich hier nicht aufgehalten.

Der große Blutfleck an der vormals weißen Wand in unmittelbarer Nähe der Eingangstür ließ auf eine gewalttätige Auseinandersetzung schließen. Aus den roten Spritzern neben der Garderobe, dem Schuhschrank und einer Kommode schloss der Chefinspektor, dass jemand mit gezielter, roher Brutalität vorgegangen war.

Hinter Worschädl griff auch Schinagl nach ihrer Waffe und machte der ehemaligen Filialleiterin mit einer Geste klar, dass sie Abstand halten und die Wohnung keinesfalls betreten sollte. Dafür erntete sie keinen Widerspruch, sondern zustimmendes Nicken. Angesichts der blutigen Spuren blieb Frau Kleinfried gerne auf dem Gang zurück.

Schinagl zog die Tür hinter sich zu und folgte ihrem Kollegen, der mit der Pistole im Anschlag die angrenzenden Räume sicherte: Schlafzimmer, Bad, Toilette, ein Jugendzimmer.

„Kein Mensch da, wir sind allein“, sagte Worschädl, als er das Wohn-Esszimmer mit angrenzender kleiner Küche betrat.

Hier war die Situation eskaliert.

Hier sah es nach Schlachtbank aus.

Dem Täter war es offenbar egal gewesen, dass sich das Blut auf dem hellen Parkettboden, den Stühlen rund um den Esstisch und auf dem Gläserschrank verteilte.

„Verdammte Scheiße“, stöhnte Worschädl.

„Sieht nach einem Gemetzel aus.“ Schinagl kämpfte gegen das Versagen ihrer Stimme. „Jedenfalls hatte der Täter nicht vor, seine Tat groß zu verbergen.“

„Wirkt eher wie das Gegenteil“, murmelte Worschädl. „Als ob wir sofort erkennen sollten, dass etwas Schreckliches vorgefallen ist.“

„Also ein Verbrechen mit einer Botschaft?“

„Kann sein“, antwortete Worschädl und hielt sich selbst davon ab, voreilige Schlüsse zu ziehen.

Fest stand nur, dass es hier zu einer entsetzlichen Bluttat gekommen war.

Außerdem war erwiesen, dass etwas Entscheidendes nicht stimmte.

Vom Opfer fehlte jede Spur.

3

Er betrachtete sich als unbedeutendes Etwas im All. Als galaktischen Vogelschiss. Von einem Stern aus gesehen, der Abermillionen Lichtjahre entfernt im Weltraum seine Kreise zog, war er ein Nichts.

In Wahrheit war er jedoch mehr.

Weil mit Gefühlen ausgestattet.

Und mit Bedürfnissen.

Zum Beispiel nach Zugehörigkeit.

Zu einer Gruppe, einem System.

Auch ein Stern wie der Chi Cygni stand 600 Lichtjahre entfernt nicht nur für sich selbst, sondern war Teil gleich mehrerer Formationen. Er gehörte zum Sternbild des Schwans, wurde zugleich dem Sternentyp Mira zugerechnet und reihte sich darüber hinaus in die Galaxie der Milchstraße ein. Exakt dort besetzte auch ein Planet namens Erde unter Milliarden von anderen Sternen ein winziges Plätzchen.

Dieser Umstand bedeutete nichts weniger als die ständig vorhandene Verbindung selbst des bedeutungslosesten Erdenmenschen mit dem gesamten Universum. Wer, egal ob am Tag oder bei Nacht, hinauf zum Himmel blickte, durch die Wolken, an der Sonne vorbei und hinaus in den unvorstellbar weiten Raum, kam nicht umhin, einem Zitat zuzustimmen, das er irgendwann aufgeschnappt hatte: „Es gibt (da oben und darüber hinaus) keine Stelle, die dich nicht sieht.“

Es gibt uns nicht allein für uns. Die Vorstellung eines Daseins diesseits des eigenen Tellerrands ist eine trügerische. Wir sind immer Teil des Ganzen. Das Ganze ist immer Teil von uns.

Wobei die galaktische Verbundenheit den Mangel an irdischer nicht ausgleicht. Die eine blieb immer abstrakt, während die andere praktisch und handfest erfahrbar gewesen wäre.

Wäre.

Möglichkeitsform.

Aber was nicht war, konnte noch werden.

Die Erfahrung lehrte, dass es sich nicht erzwingen ließ. Doch zumindest hatte er den Mut gefasst, sein Dilemma zu benennen.

Mit aller Deutlichkeit.

Seine Einsamkeit.

Seine Verlorenheit.

Andere hätten ihn vielleicht als in sich gekehrt und grüblerisch bezeichnet. Er selbst beschrieb sich als Suchenden.

Als nach Verbindungen Suchenden.

Natürlich gab es auch Erfolge. Oberflächliche Bekanntschaften. Kleine Begegnungen mit Kollegen. Kurzfristige Mitgliedschaften bei dem einen oder anderen Verein. Hoffnungslose Versuche, die letzten Endes zu nichts führten. Die Erfahrung tiefer, langanhaltender Beziehungen war ihm bis heute versagt geblieben.

Er nahm sein Poloshirt aus der Waschmaschine und hielt es gegen das Licht.

Großartig.

Alles sauber.

Alles in Ordnung.

Alles wieder an seinem Platz.

Aber seine Mission war noch lange nicht zu Ende.

4

„Wann haben wir Sie angestellt? Hallo! Ich habe Sie was gefragt, Herr Klammer!“

„Sie wissen das so gut wie ich!“

„Ich will es aber von Ihnen hören!“

„Vor eineinhalb Monaten! Zufrieden?“

„Es sind zwei! Zwei komplette Monate, Herr Klammer! Und welche lächerliche Kopfquote hatten wir für diese Zeit vereinbart?“

„Kopfquote! Wie das schon klingt!“

„Wir sind hier nicht auf dem Kinderspielplatz! Also, alter Mann!“

Klammer hasste diese feiste Pappalatur. Das arrogante Grinsen. Dieses Arschgesicht.

Noch vor vier Monaten hätte Paul Klammer diesen höchstens 160 Zentimeter großen, plumpen, vielleicht 30-jährigen Rotzlöffel keines Blickes gewürdigt. Geschweige denn auch nur ein Wort mit ihm gesprochen. Inzwischen war er von ihm abhängig und musste sich seine Demütigungen gefallen lassen.

Wenn du ihm mit gestrecktem Bein quer über den Tisch ins Gesicht springst, streichen sie dir die Notstandshilfe, dachte Klammer und verordnete sich absolute Selbstbeherrschung.

„Sieben Schwarzfahrer pro Tag.“

„Oh, er kann sprechen. Gleich noch einmal! Lauter, Klammer!“

„Kopfquote sieben pro Tag!“

„Bravo! Richtig! Sieben! Und nicht einen, zwei oder manchmal sogar keinen einzigen!“

„Wie wäre es mit etwas mehr Toleranz für einen Quereinsteiger?“

„Wie bitte? Quereinsteiger? Nein, mein Freund. Totalversager! Ihre Quote ist unter jeder Sau!“ Der kleine Dicke sprang auf und ruderte mit seinen Armen.

„Als Sommertourist mit der Bim durch die Gegend fahren, das kann wirklich jeder Trottel. Aber glauben Sie, dafür schiebe ich Ihnen monatlich ein sattes Gehalt über den Tisch?“

„Ich werde mich steigern, garantiert.“

„Das versprechen Sie mir mindestens zum zehnten Mal! Wir sind kein Freizeitclub für sozialromantische Träumer und abgehalfterte Burnoutler! Nein! Ich brauche gierige Wölfe, die sich leise anschleichen, im richtigen Moment zuschnappen und die Zähne ins Fleisch ihrer Opfer graben!“

Genau diesen verheerenden Satz müsste man zitieren. „Gierige Wölfe“ – das wäre die passende Überschrift für einen knallharten Artikel über diesen despotischen Wicht und den Quotenwahnsinn seiner privaten Sicherheitsfirma, sagte sich Klammer.

Aber es gab im Moment österreichweit keine Redaktion, die einen Text von ihm angenommen und veröffentlicht hätte. Er war zur Persona non grata geworden und musste sich nun als Quereinsteiger in einer für ihn völlig ungeeigneten Tätigkeit versuchen.

Du musst Arbeitswilligkeit demonstrieren, bläute sich Klammer ein, damit die Behörden mit dir zufrieden sind und das Arbeitslosengeld pünktlich überwiesen wird. Er versuchte es mit einer halbherzigen Entschuldigung.

„Das mit dem Zubeißen habe ich schon verstanden. Nur muss ich das erst entwickeln.“

Herablassendes, selbstgefälliges Lächeln seines Gegenübers: „Wie lange dauert Ihre Probezeit? Noch einen Monat! Ich sage Ihnen was: Aus heutiger Sicht haben wir für Ihren verwöhnten, eingeschlafenen Journalistenhintern keinen dauerhaften Platz bei uns. Einzige Chance: Sie verändern ab sofort Ihr Jagdverhalten und schlagen weitaus öfter zu."

Genau das wird nicht passieren, dachte Paul Klammer eine halbe Stunde später, während er in seiner alten Klapperkiste den Römerbergtunnel durchquerte.

47 Jahre muss man werden, um sich so erniedrigen zu lassen, fluchte er, nahm die nächste Ampel bei Gelb und reihte sich einige Minuten später in den Nachmittagsverkehr auf der Stadtautobahn ein.

Noch vor nicht allzu langer Zeit als investigativer Aufdecker von korrupten politischen Machenschaften gefeiert, war er jetzt auf diese militaristische Türstehervisage angewiesen, um seinen Kopf über Wasser zu halten.

Er hatte sich zu lange in Sicherheit gewiegt.

Die Zeichen der Zeit zu spät erkannt.

Nicht rechtzeitig begriffen, dass die vehementen politischen Machtverschiebungen im Land auch ihn persönlich treffen und aus dem beruflichen Sattel hieven konnten.

Neue Abhängigkeiten, neue Spielregeln.

Wer das Geld hat, hat das Sagen.

Kurz nach Erstarken der politischen Rechten bei den letzten Wahlen und der darauffolgenden Regierungsbildung wurde erstmals öffentlich an seinem Ast gesägt. Was ihn dazu veranlasste, den Stil der neuen Regierung umso schärfer zu kritisieren.

Plötzlich, ohne vorherige Ankündigung, kam eine Mail: Aus Kostengründen müssen wir Sie leider bla, bla, bla. Fünf Monate später war er entsorgt.

Interessant, dass danach kein anderes Medium im Land bereit war, ihm einen Job zu geben. Fühlte sich an wie eine flächendeckende Order von oben. Leider war das keine Ausnahme, sondern reihte sich in die grimmigen Veränderungen ein, die immer häufiger zu werden schienen: Äußerte man Kritik an den neuen Machthabern, egal ob mündlich oder schriftlich, musste man mit Konsequenzen rechnen.

So wurde aus einem vormals anerkannten, kritischen Journalisten, der nichts so sehr hasste wie übermäßige Kontrolle, ein Fahrscheinkontrolleur beziehungsweise Fahrausweisprüfer in den städtischen Straßenbahnen.

Aber von dem lächerlichen Lohn kann ich mir wenigstens meine neu bezogene Garçonnière hier draußen am Stadtrand leisten, dachte Paul und schweifte gedanklich zu seiner früheren Prachtwohnung inmitten der Linzer Altstadt am Fuß des Schlossbergs ab.

Zu den dunklen Parkettböden, dem großzügigen Arbeitszimmer mit seinem überdimensionierten Bücherregal und all den wunderbaren Vorzügen, die er aufgeben musste, weil er sich diesen Single-Luxus nicht mehr leisten konnte.

Er konnte es sich jedoch auch nicht leisten, zu sehr seiner Vergangenheit nachzuweinen. Zweifellos wäre es besser gewesen, genauer auf die Straße und die an und für sich leere Kreuzung zu achten, die er gerade überqueren wollte.

Dabei fuhr er nicht übermäßig schnell.

Auf alle Fälle im Rahmen der vorgeschriebenen Geschwindigkeitsbegrenzung.

Aber mit der plötzlich auftauchenden Frau und dem blauen Kinderwagen hatte er nun wirklich nicht gerechnet.

5

Daniela Pammingers Wohnung wirkte bis auf das chaotische Jugendzimmer äußerst ordentlich. Nichts deutete auf einen Lebenswandel hin, der nicht zu meistern gewesen wäre oder gar aus den Fugen geraten war.

Sowohl im Wohnzimmer mit graublauer Sitzgarnitur, mittelgroßem Flachbildschirm und einem Schreibtisch mit Bücherregal als auch in der hellgrau furnierten Küche mit einem kompakten Esstisch und vier Stühlen war alles sauber und aufgeräumt. Abgesehen von ihrer Tochter schien die Frau ihr Leben gut im Griff zu haben.

„Bei mir sieht es oft schlimmer aus", meinte Schinagl, während sie das Bad inspizierte. Der dreiteilige Spiegelschrank war zum Großteil mit Damenutensilien belegt, während eine kleinere Abteilung einer jüngeren Frau zuzuordnen war: falsche Wimpern, farbige Haarsprays, Billig-Schminke.

„Könnte ihrem Früchtchen gehören." Schinagl blickte zu Worschädl, der sich mit den Blutspuren auf den Armaturen des Waschbeckens und an den Wänden und dem Boden der Badewanne beschäftigte.

„Dabei lassen die Bilder und Symbole in ihrem Zimmer nicht auf eine pubertäre Jugendliche schließen", brummte Worschädl.

„Stimmt. Der Doppelachter für Heil Hitler. Mehrfach das Hakenkreuz, ein Schlagring, blau-gelber Fan-Schal ..."

„Ein weiblicher Hooligan mit ausgeprägten rechtsextremen Ambitionen", fasste Worschädl zusammen.

„Die Leuten die Fresse einschlagen und im Jähzorn auch einmal ein Messer ziehen kann."

„Davon gehen wir aus. Aber das Blut hier, Sabine, das könnte auch ihres sein“, sagte Worschädl, hörte es läuten und ging zur Tür.

Der Kollege von der Spurensicherung, Mitte 30, dicke Brille, Mundwinkel mit der Tendenz nach unten. Lebte offensichtlich in einem Haushalt ohne Kamm und wirkte nicht gerade übermotiviert.

„Guten Morgen. Du hast schon gefrühstückt?“, fragte Worschädl.

„Nur eine Semmel mit Extrawurst, Käse und Tomaten.“

„Und Kaffee?“

„Leider nein. Meine Pads waren aus.“

„Vorsicht. Das da drin wird dir auf den Magen schlagen. Falls du einen Laptop, ein Tablet oder Handy entdecken solltest, möchten wir sofort verständigt werden.“

„In Ordnung.“

„Außerdem vermissen wir die Wohnungsschlüssel.“

„Ich schau mich um. Und wo erwische ich euch?“

„In der Wohnung gegenüber“, antwortete Schinagl, die hinter Worschädl auftauchte. „Wir müssen uns mit der Nachbarin unterhalten.“

„Alles klar“, bestätigte der Spurensicherer erneut, schlurfte bedächtig in die Wohnung und machte sich an die Arbeit.

Eigentlich hätten die Ermittler erwartet, dass Nora Kleinfried auf dem Gang die Stellung halten würde. Doch vermutlich hatte sie sich in ihre schützenden vier Wände zurückgezogen und beobachtete die Vorgänge durch ihren kleinen Türspion.

Die Tür öffnete sie jedenfalls unmittelbar beim Ertönen der Türklingel. Die ehemalige Filialleiterin aktivierte ihren Redefluss, noch bevor Worschädl seinen Fuß über die Schwelle schieben konnte.

Sie beschrieb den Zustand ihrer Wohnung. Erklärte in hastigen Haupt- und Nebensätzen, warum im Vorraum zwischen unzähligen Schachteln und Kisten nur ein äußerst schmaler Gang für das Vorwärtskommen blieb.

Vorrat, Lagerbestand, Erinnerungsstücke.

Mit diesen und ähnlichen Wörtern erläuterte sie ihre beeindruckend umfassende Sammlung an unzähligen winzigen, kleinen und größeren Dingen, die in einem für Außenstehende undurchschaubaren Ordnungssystem bis an die Decke gestapelt waren: Türme aus leeren Joghurtbechern, hunderte Klopapierrollen, Unmengen an Klarsichthüllen und Klemmordnern und zahlloser anderer Krimskrams.

„Zu den Aufgaben einer Filialleiterin gehören auch buchhalterische und personelle Angelegenheiten. Aber das Allerliebste war mir schon immer die penible Regalbetreuung. Der Überblick über das gesamte Sortiment. Die vorausschauende Planung des Abgangs und des Nachschubs. Diese Vorliebe habe ich mir in den Ruhestand mitgenommen. Ich kann Ihnen garantieren, dass Sie in meiner ganzen Wohnung keinen einzigen abgelaufenen Artikel finden. Ich habe das hier voll im Griff.“

Frau Kleinfried hatte in ihrem Wohnzimmer derart viele Packungen an Teigwaren und Sugogläsern gestapelt, dass sie neben dem ebenfalls vorhandenen, immensen Angebot an Vollkorn-, Risotto-, Rundkorn- und Basmatireis niemals an Hunger sterben würde. Ihre Bestände belegten allerdings auch sämtliche vorhandenen Sitzgelegenheiten.

„Tut mir leid, aber man muss Prioritäten setzen. Wir müssen Ihre Fragen also im Stehen besprechen.“

„Kein Problem“, sagte Schinagl.

„Kann nicht schaden, sich möglichst raumsparend auszutauschen“, ergänzte Worschädl.

„Sie müssen hier ja ständig am Ordnen und Sortieren sein“, stellte Schinagl fest.

„Eigentlich ununterbrochen. Und wenn ich Gesellschaft brauche, gehe ich raus auf den Gang oder stelle mich vors Haus.“

„Dann wissen Sie über die Vorgänge im Haus wahrscheinlich gut Bescheid.“

„Sogar sehr gut, junge Frau. Insgesamt hatten wir es immer friedlich hier. Ja, hin und wieder gab es Spannungen, aber im Großen und Ganzen sind wir gut miteinander ausgekommen ... bis jetzt. Drüben bei den Pammingers, was ist da vorgefallen?“

„Das wissen wir noch nicht genau“, antwortete Worschädl.

„Aber zweifellos ist Blut geflossen“, meinte Schinagl.

„Um Himmels willen! Fehlt nur noch, dass ich mich hier nicht mehr sicher fühlen kann.“

„Wann haben Sie Ihre Nachbarin zuletzt gesehen?“

„Am Freitag um 15 Uhr 45.“

„Das wissen Sie so genau?“

„Selbstverständlich. Eine Filialleiterin muss immer alles im Auge haben.“

„Und seither hatten Sie keinen Kontakt mit ihr?“, hakte Worschädl nach.

„Nur akustisch. Noch am selben Nachmittag hatte sie einen lautstarken Streit mit ihrer Tochter. Dieser Fratz knallte um exakt 18 Uhr 49 die Tür hinter sich zu und rauschte eine Minute später auf dem Moped davon.“

„Die von Ihnen angegebenen Zeiten ...?“

„Stimmen auf die Minute! Ich mache mir meine Notizen. Wer wann geht und wiederkommt und wer zu ungewöhnlichen Zeiten das Haus verlässt beziehungsweise betritt."

„Dann wissen Sie sicher auch, ob Frau Pamminger in dieser Firma gearbeitet hat", sagte Worschädl und zeigte Frau Kleinfried Unterlagen, die sie auf dem Schreibtisch in der Nachbarwohnung gefunden hatten.

„Bei *Net Security Solution*? Ja. Ein sagenhaft stressiger Job. Internet und dieses Zeug. Die trägt Unmengen an Daten im Kopf herum. Muss sich irrsinnig viel merken. Hat nie normale Arbeitszeiten. Und das als ewige Alleinerzieherin. Ich habe keine Ahnung, wie sie das aushält."

„Achtung, kleine Redeportionen", flüsterte Schinagl verschwörerisch.

„Entschuldigung." Verständnisvoller Blick in Richtung Worschädl. „Kurz zusammengefasst ist sie in der Früh um sechs raus und meistens am Abend nach Hause gekommen."

„Und wie verträgt sich das mit der jungen Frau, die mit ihr zusammenwohnt?", fragte Schinagl.

„Mit ihrer Tochter Jasmin? Eigentlich gar nicht. Was sich längst bemerkbar macht."

„Inwiefern?"

„Sie hat dieses Biest nicht mehr im Griff. Schulabbrecherin. Ruppig, grob. Wenn sie trinkt, geht sie sogar handgreiflich auf ihre Mutter los."

„Sie meinen, dass sie ihre Mutter auch körperlich attackiert?", fragte Worschädl.

„Ja, natürlich, sie schlägt zu. Das ist bis auf den Gang zu hören. Ich trommle immer fest gegen die Tür, dann hört sie auf. Ruhe gebe ich erst, wenn ihre Mutter nicht mehr schreit."

„War sie schon immer so aggressiv?"

„Mit der Pubertät hat sich das zugespitzt. Sie muss Tabletten nehmen. Wegen psychischer Probleme."

„Risperidon?“, fragte Schinagl und hielt die fast volle Medikamentenpackung in die Höhe, die in Jasmins Zimmer unter dem Bett gelegen hatte.

„Kann sein. Frau Pamminger hat Jasmins Verhalten damit entschuldigt, dass sie das Medikament nicht regelmäßig nimmt und deshalb immer wieder durchdreht.“

„Na toll“, seufzte Schinagl. „Und ihr Vater, spielt der auch irgendeine Rolle?“

„Falls ja, dann nicht in dieser Wohnung oder hier im Haus. Ich habe Frau Pamminger einmal darauf angesprochen, aber sie ist nicht darauf eingegangen. Jasmin hat einmal behauptet, dass sie dieses – ich zitiere – ‚verfickte Arschloch‘ noch kein einziges Mal gesehen hat.“

„Frau Kleinfried, ist Ihnen in den letzten Tagen sonst irgendetwas ungewöhnlich vorgekommen?“

„Nur die Zeitungen vor der Tür von Frau Pamminger.“

„Na gut, dann vielen Dank. Wir melden uns“, beendete Schinagl das Gespräch, schlängelte sich mit ihrem Kollegen durch das Schachteldickicht aus der Wohnung und wartete, bis die Tür hinter ihnen ins Schloss fiel.

„Robert“, begann sie leise, „falls ich jemals Messie-Tendenzen zeige, sag es mir. Möglichst hart und gnadenlos.“

„Einverstanden“, antwortete Worschädl. „Aber vorher machen wir uns bei dem verschlafenen Kollegen von der Spusi schlau.“

„Und schreiben sowohl Jasmin Pamminger als auch ihre Mutter zur Fahndung aus. Europaweit. Es könnte rechtsextreme Zusammenhänge geben.“

6

Paul Klammer reagierte viel zu spät.

Im allerletzten Augenblick.

Die Frau, die plötzlich in seinem rechten Augenwinkel aufgetaucht war, drehte den Kopf zur Seite, nahm ihn mit entsetzten Augen wahr, riss den Kinderwagen zurück.

Im selben Augenblick entschied Paul Klammer, dass es nur eine Chance gab. Winzig klein und zugleich völlig absurd: Er durfte nicht bremsen, weil er den Kinderwagen mitsamt der Mutter dann unweigerlich rammen würde.

Er wirbelte das Lenkrad nach rechts.

Schaffte es, den verdammten Wagen um den Hauch von Millimetern am Kinderwagen vorbeizutreiben.

Das Auto geriet auf die andere Straßenseite.

Krachte im Herumschleudern gegen einen Hydranten.

Kam zum Stehen.

Sekundenlanges Innehalten. Auf Pauls Haut bildeten sich Bäche von Schweiß. Herzstillstand. Wahrscheinlich stand er knapp davor. Drei Atemzüge, bis er aus dem Auto sprang und zu der jungen Mutter eilte.

Sie war im Rückwärtsspringen über den Randstein gestürzt, rappelte sich mit zerrissenen Ärmeln auf, weinte, wischte sich den Rotz von der Nase, stand geschockt vor ihm und schrie ihn an.

Ob er wahnsinnig oder einfach nur betrunken sei. So kranke Idioten wie ihn dürfe man gar nicht erst ans Steuer lassen.

Ihr Sohn, schrie sie, sei ganze drei Monate alt. Hätte sie nicht so geistesgegenwärtig reagiert, wäre ihr Kleiner jetzt tot und sie womöglich schwer verletzt. Wegen eines geisteskranken Arschlochs, das nicht zwischen Rot und Grün unterscheiden könne.

„Es tut mir unendlich leid. Aber bei mir war grün", stammelte Paul. „Hundertprozentig. Ich bin bei Grün in die Kreuzung gefahren."

Dieser Versuch einer Rechtfertigung brachte sie nur noch mehr in Rage. Wenn er jetzt noch so oft behaupte, dass er die Kreuzung bei Grün überquert hätte, könne das unmöglich stimmen, weil sie auf dem Gehsteig geduldig auf das Umschalten der Ampel gewartet und den Zebrastreifen selbstverständlich erst bei Grün betreten habe. Wenn er unbedingt wolle, könne sie ihn gerne anzeigen, und dann könne er sein wahnwitziges Verhalten einem Richter erklären.

Allerdings habe sie nicht die geringste Lust, auch nur eine Minute länger mit so einem uneinsichtigen Trottel zu verschwenden. Sprach es, drehte sich samt Kinderwagen und Baby um und ließ Paul stehen.

Fast ein Wunder, dass in der Zwischenzeit kein einziges weiteres Auto in die Kreuzung eingefahren war. Aber einige Passanten hatten sich inzwischen versammelt und betrachteten Paul Klammer wie ein unansehnliches, widerliches Tier.

Er selbst schleppte sich mit schweren Beinen zu seinem Auto, betrachtete den Blechschaden, schätzte ihn auf 3.000 Euro, fand den Kratzer am Hydranten vernachlässigbar, stieg in den Wagen, fuhr los.

Zwei Straßen weiter hielt er an, zog den Flachmann aus der Jackentasche und nahm einen kräftigen Zug. Nur zur Beruhigung.

Er zitterte am ganzen Körper.

Beinahe hätte er ein Kind getötet.

Vielleicht auch dessen Mutter.

Grauenhaft.

Aber die Ampel hat Grün gezeigt. Woran auch immer ich in diesem Moment gedacht habe, ich bin tausendprozentig bei Grün in die Kreuzung gefahren.

Zugleich glaubte er der jungen Frau jedes Wort. Welche Mutter schiebt ihr Kind schon bei Rot über die Straße? Undenkbar. Völlig ausgeschlossen.

Das hieß, dass er sich irren musste. Sich selbst nicht mehr trauen konnte. Kaputter Job, kaputtes Hirn, sagte sich Paul, nahm noch einen Schluck und erschrak dabei über sich selbst.

Weil in ihm wieder diese Frage hochkroch.

Wie weit es noch nach unten ging.

Was ihm noch alles misslingen würde.

Welchen Sinn sein Leben denn noch hatte.

7

Bettina Aigner und kleine Kinder, das hatte sich noch nie vertragen. Nämlich beruflich. Da konnte sie von Ängsten überfallen werden, die sie für Sekunden in einen Zustand absoluter Hilflosigkeit versetzten. Ihre Stimme versagte, ihr Puls fuhr hoch und im selben Moment spürte sie die Hitze im Gesicht. Rote Flecken. Ultrapeinlich.

Aber ich kann es beherrschen, dachte sie, als sie nach dem Fahrradhelm griff, ihren Spind versperrte und den Umkleideraum verließ.

Am Anfang kam immer diese Welle tiefen Mitgefühls. Zum Beispiel heute früh, als ein neuer Mitarbeiter des Bring- und Holdienstes die erste Patientin in den OP geschoben hatte. Der Anblick des entzückenden, erst 18 Monate alten Mädchens brachte sie sofort ins Wanken.

Eine kleine Lea.

Sie sah so armselig und bedürftig aus.

Bettina schloss sie sofort ins Herz.

Wieso musste so ein winziges Mäuschen aufgeschnitten und an seinem Herzen herumgedoktert werden?

Warum konnte Leas Körper in diesem unschuldigen Alter nicht so einwandfrei funktionieren, dass man der Kleinen keine Schmerzen zuzufügen brauchte?

Am liebsten hätte sie die Instrumente weggepackt und wäre mit dem Mädchen hochgefahren, sagte sich Bettina, als sie vor dem Krankenhaus auf ihr Rad stieg und sich kurze Zeit später auf einem der Linzer Radwege in Richtung Keferfeld bewegte.

Ihren Impulsen im OP hatte sie natürlich in keiner Weise nachgegeben. Stattdessen senkte sie den Blick, schluckte, beruhigte ihren Atem und erinnerte sich an ihre Funktion und Rolle. An ihre Aufgaben. Als Teamleiterin des OP-Bereiches 2 hatte sie hundertprozentig zu funktionieren.

Selbststeuerung und Selbstanleitung. Klappte innerhalb weniger Augenblicke. Und war gerade dann unabdingbar, wenn einer wie Udo Rochanski operierte.

Fachlich fantastisch und hochpräzise, menschlich spröde und distanziert.

Bettina ließ sich davon nicht beirren, sondern zog umso freundlicher und zuvorkommender ins Feld. Mit ausreichender Beharrlichkeit ließ sich auch ein Klotz wie Rochanski um den Finger wickeln.

„Guten Morgen, Herr Oberarzt. Wunderbar, dass wir wieder mit Ihnen operieren dürfen." (Umwicklung 1)

„Wissen Sie, was ich an unserem OP-Team so schätze? Den herzlichen Umgangston. Jeder ist einmal schlecht drauf, aber wenn sich alle bemühen, geht uns alles gleich viel leichter von der Hand." (Umwicklung 2)

„Je spannungsfreier und konstruktiver die Stimmung im OP, desto besser für unsere junge Patientin." (Umwicklung 3)

Umwicklungsspezialistin. Diesen Titel hätte man der Diplomkrankenschwester Bettina Aigner ohne Weiteres verleihen können. Sie wollte sich die vielen Stunden an ihrem Arbeitsplatz nicht durch ein mieses Klima vermiesen lassen. Wer ständig mit Krankheit und Leiden zu tun hat, braucht als Ausgleich eine wenig belastete, wohltuende Atmosphäre.

Deshalb nahm Bettina nicht nur auf ihre eigene Stimmung Einfluss, sondern versuchte es auch bei anderen.

Zum Beispiel heute früh.

Als sie Rochanski den Thorax-Spreizer reichte, würdigte er sie immerhin eines schnellen, gar nicht so unfreundlichen Blickes. Außerdem informierte er sie darüber, dass aufgrund einer bereits vorangegangenen Herzoperation mit ausgeprägten Verwachsungen zu rechnen war. Und als er die Blutgefäße rund um den Herzbeutel untersuchte und stärkere Vernarbungen entdeckte, war ihm offenbar nach Kooperation zumute: „Die müssen wir vorsichtig lösen."

Rochanski und die Wir-Form. Ein so seltenes Ereignis, dass sich alle Augen des siebenköpfigen Teams für einen Moment erstaunt auf den fest gebauten, 1,80 Meter großen Oberarzt richteten, auf dessen vollkommen kahlem Haupt sich Schweißtropfen bildeten.

„Wir dürfen kein Blutgefäß verletzen. Deshalb volle Konzentration." Jetzt blickte Rochanski in die Runde. „Alles klar?"

Verblüfftes Nicken rundherum. Der sonst so arrogant wirkende Mediziner hatte offenbar erkannt, dass es da ein Team gab, mit dem man kommunizieren konnte.

„Alles klar", bestätigte Bettina rasch und übergab ihm eine Pinzette. Rochanski schenkte ihr ein kleines Lächeln und machte sich ans Werk.

Seine Hände zitterten kein bisschen, ihm unterlief nicht der geringste Fehler. Schließlich bat er Bettina, die Herz-Lungen-Maschine einzuschalten, welche nach und nach Leas Kreislauf übernehmen sollte. Nach insgesamt fünf Stunden hatte er dem Mädchen erfolgreich einen neuen Shunt gesetzt, veranlasste die Verlegung auf die Intensivstation und bedankte sich bei Bettina und dem gesamten Team ausdrücklich für die angenehme Zusammenarbeit.

„Großartige Leistung", gab Bettina zurück, drückte Rochanski die Hand und meinte es ernst. Der Oberarzt hatte erste Schritte in Richtung eines echten Teamplayers gemacht. Aber vor allem hatte er mit seiner ärztlichen Kunst das Leben eines kleinen Mädchens gerettet.

Bettina bat den Bettenfahrer, Lea ganz vorsichtig zu transportieren. Als sich die Lifttür hinter ihnen schloss, wischte sie sich über die Augen.

Sie sah Lea auch jetzt vor sich, während sie nach der Überquerung der Unionkreuzung betont kräftig in die Pedale trat. Ihre tägliche Radstrecke half ihr, Abstand vom Krankenhaus zu gewinnen und von dort möglichst wenige Geschichten mit nach Hause zu nehmen.

Der leichte Nieselregen und die für diese Jahreszeit etwas zu kühle Temperatur machten ihr nichts aus. Sie freute sich auf ihren Mann, der heute früher daheim sein und kochen wollte. Für uns beide, sagte sich Bettina und dachte dabei wieder an die kleine Lea. Sie wusste, woran das Mädchen sie erinnerte und was es in ihr wachrief. Ihren innigen Wunsch nach einem eigenen Kind. Der sich aufgrund einer hormonellen Störung leider niemals erfüllen würde.

Nach 20-minütiger Fahrt bog Bettina in den Binzerweg ein, eine Sackgasse, an deren Ende ihr feines, schmuckes Häuschen lag. Philipps Auto war nicht zu sehen. Wahrscheinlich musste er wieder Überstunden machen, weil es in seiner Firma gerade drunter und drüber ging.

Bettina stieg vom Rad, stellte es ab und nahm den Helm vom Kopf. In diesem Moment bemerkte sie den schwarzen Müllsack, der direkt vor ihrer Haustür stand.

Hatte jemand einfach seinen Mist im Eingang zu ihrem Haus entsorgt? Oder etwas abgegeben, von dem sie keine Ahnung hatte?

Gelbes Zugband. Einfache Masche, die sich unschwer öffnen ließ.

Du sollst, sagte sich Bettina später, nie zu arglos durchs Leben gehen.

Weil es dich immer auf dem falschen Fuß erwischen kann.

Du öffnest einen läppischen Müllsack, und nichts ist mehr, wie es vorher war.

8

Wie zwei aufeinander zurasende Himmelskörper.

Anziehung, Aufprall, Explosion.

Du, Bettina Aigner, schreckst aus gutem Grund zurück, dachte der Mann, der in dem silbergrauen Wagen mit dunkel getönten Scheiben auf der anderen Straßenseite saß.

Nichts, absolut nichts, wird in deinem kleinen Universum ab nun so wie früher sein.

Dein bedeutungsloses, unscheinbares Krankenschwesterndasein und dein stinknormales, langweiliges Eheleben bekommen gerade einen tiefen Riss.

Ein Blick in einen schwarzen Müllsack, ein kurzer Kontakt mit dem Abgrund, und das ganze Leben ist verändert. Eingespielte Abläufe, Gewohnheiten und Rituale verlieren plötzlich ihren Sinn. Alles bricht in sich zusammen.

Bei dir wird ab sofort kein Stein mehr auf dem anderen bleiben.

Weil der Asteroid gekommen ist.

Der todbringende Himmelskörper.

Aufgetaucht aus dem Nichts.

Ab nun bin ich der dunkle Schatten, der sich vor eure Sonne schiebt.

Das schwarze Loch, das euch eure Zukunft raubt.

Die negative Energie, die sich in eure Blutbahnen und Gewebezellen fressen wird.

Der Mann startete den Wagen. Es wunderte ihn nicht, dass die OP-Teamleiterin vor dem Inhalt des Müllsacks zurückgewichen war. Es erschien ihm auch folgerichtig, dass sie sich an der Eingangstür festhalten und übergeben musste.

Ab jetzt gab es kein Entrinnen mehr.

9

Was macht man mit eineinhalb Stunden verplanter und plötzlich vollkommen freier Zeit? Verwaltungsarbeit, Buchhaltung, Telefonate oder die längst fällige Vorbereitung eines Referates für ein Psychotherapie-Symposion?

Vor dieser herausfordernden Frage wäre Karoline Worschädl nicht gestanden, hätte die aktuell eingeplante Klientin nicht soeben telefonisch abgesagt.

Migräne. Dass ich nicht lache, dachte Karoline. Die leidet eher unter einem hartnäckigen Beharrungssymptom. Kommt in ihrem zu eng sitzenden Kostüm zu mir, weil sie an ihrem Leben dringend etwas ändern will, denkt in Wahrheit aber nicht im Traum daran und kneift schon nach der ersten Sitzung.

„Bei Ihren vielfältigen Belastungen verstehe ich nur zu gut, dass Sie sich dringend eine Reise nach Lissabon oder in die Karibik wünschen. Aber das Wichtigste wäre eine ausgedehnte Pilgerfahrt zu sich selbst. Höchste Zeit, dass auch Ihre eigenen Wünsche und Ansprüche eine Rolle spielen dürfen."

Das war vermutlich zu direkt, dachte Karoline bei sich. Damit habe ich es wohl allzu klar auf den Punkt gebracht. Worauf die sich sehr agil gebende, zugleich fragile Enddreißigerin die Entscheidung getroffen haben dürfte, sich auch weiterhin hauptsächlich nicht auf sich selbst, sondern auf ihren Beruf, die Kinder und ihren Mann zu konzentrieren.

Der Leidensdruck war offenbar noch nicht hoch genug. Der Gipfel der Selbstausbeutung war noch nicht erreicht. Die Dame zog es vor, ihren selbstschädigenden Status quo noch ein wenig fortzusetzen.

Alles in Ordnung, alles okay und auch kein finanzieller Nachteil, weil Absagen innerhalb von 24 Stunden vor einem Termin vereinbarungsgemäß verrechnet wurden.

Aber Karoline musste sich nun für eine alternative Tätigkeit entscheiden, und sie schwankte zwischen Pflicht und Kür. Schreibtischarbeit oder Spaziergang? Rechnungen und Honorarnoten erledigen oder in einem der Bücher schmökern, die im Regal schon länger auf sie warteten?

Robert hätte ihr geraten, ihrem Bauchgefühl zu folgen, also entschied sie sich trotz des unfreundlichen Wetters für eine flotte Runde hinauf in Richtung Pöstlingberg. Ein kleines Workout konnte bei ihrer hauptsächlich sitzenden Tätigkeit nicht schaden.

Doch kaum wollte sie in ihre Jacke schlüpfen, bimmelte ihr Handy. Auf dem Display blinkte das lächelnde Konterfei ihres Göttergatten.

„Bertl, was gibt's?"

„Entschuldige die Störung, Karoline, aber kennst du das Medikament Risperidon?"

„Das ist ein Antipsychotikum beziehungsweise Neuroleptikum. Wem wurde es verschrieben?"

„Einer Jugendlichen. 16 Jahre alt. Wann ist es indiziert?"

„Bei gestörtem Sozialverhalten, destruktiven Verhaltensweisen oder aggressiven Schüben."

„Jasmin dürfte ihre Mutter geschlagen haben. Gut möglich, dass sie ihre Tabletten unregelmäßig oder gar nicht nimmt."

„Dann ist es sehr wahrscheinlich, dass sie ihre Emotionen noch weniger kontrollieren kann. Was ist passiert? Habt ihr wieder eine Leiche?"

„Vorerst noch nicht. Aber es gibt deutliche Anzeichen dafür."

„Himmel! Wo der Robert Worschädl auftaucht ..."

„Muss es nicht zwangsläufig Tote geben. Im Moment ist alles noch sehr ungewiss. Karoline, danke. Ich will gar nicht weiter stören."

„Du störst überhaupt nicht. Allerdings läutet es bei mir gerade Sturm."

Tatsächlich drückte draußen jemand seinen Finger auf die Klingel und nahm ihn einfach nicht mehr weg.

„Ist das dein nächster Klient?"

„Keiner, der sich für heute angemeldet hat."

„Dann mach nicht auf. Hörst du. Lass auf keinen Fall jemanden herein."

Karoline fand, dass sich ihr Mann neuerdings zu viel Sorgen um sie machte. Allerdings war sie vor gar nicht allzu langer Zeit in einem Park brutal überfallen worden.

„Mein Besucher lässt nicht locker. Ich sehe mal nach."

„Na gut, aber bleib am Handy, bis du weißt, woran du bist."

„Mach ich, Bertl, alles klar."

Karoline ging durch den Flur zur Eingangstür, spähte durch den kleinen runden Spion, kniff die Augen zusammen und hatte vor sich das Gesicht eines Mannes, den sie garantiert noch nie gesehen hatte. Mit seinen regennassen Haaren, der beschlagenen Brille und den eingefallenen Wangen sah er völlig geschafft aus.

Karoline öffnete die Tür nur einen Spalt weit.

„Guten Tag, was kann ich für Sie tun?"

„Sind Sie die Psychologin?"

„Psychotherapeutin, ja."

„Sehr gut, ich bin hier zufällig vorbeigegangen ... habe Ihr Schild gesehen ... ich brauche dringend Ihre Hilfe."

„Tut mir leid, aber Termine vereinbare ich prinzipiell nur telefonisch."

„Verstehe, aber es wäre wirklich sehr wichtig. Mir ist etwas ganz Schreckliches passiert ... der reine Wahnsinn. Ich weiß nicht, was ich machen soll."

Der Mann wischte sich über die Stirn.

Für Karoline war sofort klar, dass sie ihren Spaziergang verschieben und dem Mann die ausgefallene Einheit zur Verfügung stellen würde. Aber zuerst beruhigte sie noch ihren Ehegatten.

„Bertl, alles okay. Die Arbeit ruft, ich melde mich."

Damit wandte sich Karoline wieder an ihren Besucher. Der Mann hatte zweifellos getrunken. Er hatte nasse Augen, stützte sich gegen den Türstock und stand kurz davor, endgültig in die Knie zu sacken.

„Wie darf ich Sie nennen?", fragte sie.

„Paul. Paul Klammer."

„Schön. Also, Paul, kommen Sie rein."

Gleich darauf saßen sie sich in Karolines anheimelnd und gemütlich eingerichtetem Beratungsraum gegenüber.

„Ich hoffe sehr, dass ich Sie in irgendeiner Weise unterstützen kann. Am besten, Sie legen einfach los."

„Ich mach so etwas zum ersten Mal. Ich weiß nicht, womit ich beginnen soll."

„Sie sagten, es gibt etwas, das Sie verzweifeln lässt."

„Ein Baby", stieß Klammer hervor. „Ein Baby in einem Kinderwagen ... und seine Mutter. Ich habe die beiden übersehen. Ich hätte sie beinahe umgebracht."

10

Der Himmel über Linz präsentierte sich an diesem Tag in einem trüben, depressionsfördernden Grau mit hoher Regenwahrscheinlichkeit. Ein Wetter zum Verkriechen, die Stimmung drückte aufs Gemüt.

Während der Fahrt hatten Schinagl und Worschädl darüber lamentiert, dass aus Pammingers Wohnung offenbar Handy, Laptop und Wohnungsschlüssel entwendet worden waren. Dann hatte sich Schinagl über Jasmin Pamminger schlaugemacht. Die junge Frau hatte es bisher auf zwei längere Aufenthalte in der Psychiatrie gebracht. Ihr Vorstrafenregister wies neben Körperverletzungen auch zwei Ladendiebstähle und eine Anzeige wegen unerlaubtem Waffenbesitz auf. Die Polizei hatte sie zudem wegen nationalsozialistischer Wiederbetätigung ins Visier genommen, für weitergehende Maßnahmen oder die Einweisung in eine Justizanstalt hatten die Tatbestände aber bislang nicht ausgereicht.

Als Schinagl einen Radfahrer überholte, krachte das Funkgerät.

„Robert, wo seid ihr?"

„Oh, spricht da unser werter Chef?"

„Dein werter Chef hat keine Zeit für Floskeln."

„Trotzdem ... servus, Stefan."

Schinagl grinste über den weiteren sinnlosen Versuch Worschädls, ihrem Vorgesetzten Stefan Schweitzer so etwas wie Manieren beizubringen.

„Von mir auch", sagte sie laut. „Noch zehn Minuten, dann sind wir im Büro."

„Danke, Kollegin Schinagl. Biegt vorher im Keferfeld noch in den Binzerweg ab. Auf Nummer 23a hat jemand einer Frau ein unappetitliches Geschenk gemacht."

„Fallen jetzt auch schon unappetitliche Geschenke in unseren Zuständigkeitsbereich?“, erkundigte sich Worschädl ungehalten.

„In diesem Fall sogar eindeutig.“

„Na toll. Wir haben also einen Toten?“

„Noch nicht ganz, aber zum Teil.“

Schinagl stöhnte auf. Schweitzers Andeutung ließ sie das Schlimmste befürchten.

„Und das heißt?“

„Die Frau kam völlig ahnungslos nach Hause und fand in ihrer Einfahrt einen Müllsack.“

Worschädl räusperte sich: „Und in diesem Müllsack ...?“

„... befand sich ein sogenanntes Os femoris.“

„Du ertappst mich bei einer Bildungslücke.“

„Denk an ein Feinschmeckerlokal. An die Speisekarte. Und an den Frosch.“

„Froschschenkel?“

„Bravo. Nur stammt besagter Körperteil keinesfalls von einem Frosch.“

„Sondern?“

„Eindeutig von einem Homo sapiens aus der Gegend oberhalb der Articulatio genus.“

„Das ist das Kniegelenk“, warf Schinagl ein. Als ehemalige Landesmeisterin im 200-Meter-Hürdenlauf hatte sie ihre linke oder rechte Articulatio genus schon mehrmals mit einer Sportsalbe behandelt.

„Jetzt ist Schluss mit Rätselraten“, murrte Worschädl. „Uns erwartet also tatsächlich ein Oberschenkel?“

„Ganz genau.“

„Na toll.“

„Wie schnell könnt ihr dort sein?“

„Mit ein bisschen Wirbel in sieben Minuten.“

Schinagl setzte das Blaulicht aufs Dach und drückte auf die Tube.

Weder ihr noch dem Chefinspektor war an diesem frühen Nachmittag nach abgetrennten menschlichen Gliedmaßen zumute. Ihr Widerwillen spiegelte sich im mangelnden Elan, mit dem sie ein paar Minuten später am Binzerweg 23a aus dem Auto stiegen. Ihre Motivation steigerte sich auch nicht, als sie sich auf den jungen Beamten zubewegten, der den Müllsack bewachte.

„Sehr gut, dass endlich jemand kommt. So was habe ich nicht alle Tage."

„Keiner von uns." Worschädl warf einen Blick in den Nylonsack und wich automatisch einen Schritt zurück. „Der Gerichtsmediziner?"

„Müsste gleich hier sein", antwortete der Polizist und lud Schinagl mit einer halbherzigen Geste ein, den Inhalt des Plastikbeutels zu besichtigen.

„Danke, ich verfüge über ein intaktes Vorstellungsvermögen", lehnte Schinagl ab. „Wo ist die Person, die das hier gefunden hat?"

„Ich bin hier." Die kräftige, helle Stimme kam von der Haustür. Sie gehörte einer schlanken, drahtigen Frau in blauem Kapuzensweater und schwarzer Hose. Mit der linken Hand fuhr sie sich durch ihre schulterlangen schwarzen Haare, die rechte streckte sie ihnen entgegen: „Bettina Aigner."

„Chefinspektor Worschädl."

„Und Bezirksinspektorin Schinagl. Ihr Fundstück, Frau Aigner ..."

„Ich weiß noch immer nicht, was ich dazu sagen soll. Aber ich wäre froh, wenn es möglichst schnell von hier verschwindet."

„Der Kollege von der Gerichtsmedizin wird sich darum kümmern“, antwortete Worschädl und betrat hinter Frau Aigner das Haus.

„Normalerweise rauchen wir zu Hause nie“, meinte sie und entschuldigte damit ihren Mann, der mit einer Zigarette in der Hand im Wohnzimmer auf eine junge Polizistin einredete.

Philipp Aigner, dessen schwarzes, über den Hosenrand fallendes Hemd den Bauchansatz nicht ganz kaschieren konnte, war erst vor wenigen Minuten nach Hause gekommen. Mit seiner stattlichen Größe von mindestens 190 Zentimetern, den grau angezuckerten, zu einem Zopf zusammengebundenen Haaren und dem schwarzgrauen Schal um seinen Hals wirkte er wie ein aufgebrachter Galeriebesitzer, dem bei der Vernissage gerade ein Kunstwerk entwendet worden war.

„Da will ich meine Frau anrufen und ihr sagen, dass ich später nach Hause komme, weil mich die Firma dringend braucht. Genau in diesem Moment bimmelt mein Handy, und Bettina sagt mir doch tatsächlich, dass irgend so ein Scheißperverser vor unserer Haustür dieses ... Entschuldigung ... da hört sich wirklich alles auf!“

„Oder es ist erst der Anfang“, erwiderte Schinagl und stellte sich und Worschädl vor.

„Vielleicht hat ja die Kriminalpolizei eine Erklärung für diese Aktion“, polterte Philipp Aigner und schüttelte ihnen die Hand.

„Vorerst leider nur die, dass ein Mensch auf entsetzliche Weise ermordet wurde“, antwortete Worschädl.

„Fürchterlich. So etwas Grausames lässt sich in Wahrheit nicht begreifen.“

„Geht uns genauso. Wir fragen uns natürlich, warum jemand den Müllsack genau hier vor Ihrer Haustür ablegt?"

„Keine Ahnung. Wir kennen niemanden, der zu so einem Wahnsinn fähig wäre."

„Vielleicht gibt es berufliche Zusammenhänge", meinte Schinagl.

„Auch das ist sehr unwahrscheinlich. Ich arbeite in einem Krankenhaus", meldete sich Bettina. „Bevor Sie mich fragen, ob ich Feinde habe – als Leiterin eines Teams im Operationsbereich bin ich nicht überall beliebt. Aber diesen Irrsinn traue ich wirklich keinem zu."

Dass jemand gegen die sympathische Frau bösartige Aversionen hegte, war auch für Schinagl kaum vorstellbar. Bettina Aigner wirkte einnehmend und offen und passte gut zu ihrem Mann. Die beiden vermittelten den Eindruck eines harmonischen Ehepaars.

Schinagl wandte sich an Philipp: „Darf ich fragen, was Sie beruflich machen?"

„Ich bin Programmierer. Datenschutz für große Firmen."

„Ich nehme an, dass es dabei nicht nur um die Archivierung von Daten geht."

„Richtig, Frau ..."

„Schinagl."

„Danke. Im Internet steht kritische Infrastruktur unter Dauerbeschuss. Wir schirmen die Sicherheitsperimeter hermetisch ab und erlauben Kommunikation nur dort, wo sie unbedingt nötig ist. Selbstverständlich unter besten Schutzmaßnahmen."

„Gegen Hackerangriffe und Cyberkriminalität?"

„Kann man so sagen."

„Ihre Firma heißt aber nicht zufällig *Net Security Solution*?“ Worschädl konnte annehmen, dass auch Schinagl gerade eins und eins zusammenzählte.

„Entschuldigung, aber woher wissen Sie ...?“ Philipp wirkte ehrlich verwirrt.

„Dann kennen Sie vielleicht auch eine Frau namens Daniela Pamminger?“

Philipp führte seine Zigarette nervös zum Mund, zog aber nicht daran. „Selbstverständlich.“

„Sie ist eine wichtige Kollegin meines Mannes“, erklärte Bettina.

„War Frau Pamminger heute in der Firma?“, fragte Worschädl mit eindringlicher Stimme. „Ist sie an ihrem Arbeitsplatz erschienen?“

„Nein, ist sie nicht“, stöhnte Philipp Aigner. Sein Gesicht verlor an Farbe.

„Hat sie sich krankgemeldet?“, wollte Schinagl wissen.

„Ebenfalls nein. Sehr ungewöhnlich, weil sie sonst äußerst verlässlich ist. Ich habe versucht, sie zu erreichen, aber sie hat nicht abgehoben. Mein Gott, was hat das alles zu bedeuten?“

Bettina Aigner ging zu ihrem Mann, legte ihm die Hand auf den Oberarm und wandte sich an die beiden Kriminalbeamten.

„Ich frage das wirklich nicht gern ... aber kann es sein, dass der Oberschenkel von Frau Pamminger stammt?“

„Wir müssen das erst überprüfen“, antwortete Worschädl nach kurzem Zögern.

„Und da bin wohl ich gefragt.“

Die helle Stimme kam von einem hochgewachsenen Mann Ende 30, der im marineblauen Slim-Fit-Anzug und mit einem Arztkoffer in der Tür stand.

„Dr. Janko. Jürgen J. Janko. Das J im Vor- und Familiennamen ist kein Zufall. Meine literaturaffinen Eltern haben sich für eine Alliteration entschieden.“

Seine Hosen sind wie immer eine Spur zu kurz, dachte Worschädl. Wahrscheinlich, damit er seine blank geputzten Stiefeletten ausreichend präsentieren konnte.

Der neue Gerichtsmediziner.

Wie immer leicht überdreht und in betont positiver Stimmung.

„Wo haben wir das hübsche Teil?“

Unangemessene Wortmeldung, befand Schinagl. Zu wenig Gespür im zwischenmenschlichen Austausch.

Sozial ein bisserl patschert, diagnostizierte ihr Kollege.

„Den abgetrennten Oberschenkel finden Sie in dem schwarzen Müllsack bei unserem uniformierten Kollegen vor der Tür“, erklärte Worschädl.

„Sehr fein. Dann berichte ich in Kürze, was uns das gute Stück über sich erzählen kann. Ich nehme an, dass es von seiner Besitzerin beziehungsweise seinem Besitzer noch nicht als vermisst gemeldet wurde.“

Janko war der Einzige im Raum, der seinen Scherz zum Lachen fand. Die Aigners wechselten einen Blick, der großes Befremden spiegelte.

Porzellanladenelefant, dachte Worschädl.

Kommunikationstrampeltier, dachte Schinagl.

Gut möglich, dass Janko die kurze, peinliche Stille richtig deutete. Auf alle Fälle traf er die passende Entscheidung, hob seine Tasche hoch und verließ als marineblaues Krispindel in Cowboystiefeln spürbar beleidigt den Raum.

11

„Ich träume ständig davon, dass dieses Baby ...“

Paul Klammer brach mitten im Satz ab, griff nach der Taschentuch-Box, die im Beratungsraum von Karoline Worschädl auf dem kleinen Couchtisch stand, und wischte sich über die Augen.

„Sie träumen etwas, das nicht passiert ist?“ Karolines Stimme klang einfühlsam und weich.

„Das aber passieren hätte können. Ununterbrochen sehe ich, wie das Baby auf die Straße geschleudert wird ... oder gegen die Windschutzscheibe ...“

„Eine schlimme Vorstellung.“

„Entsetzlich.“

Karoline fiel Klammers Tendenz auf, lieber an den schlimmen Bildern aus seiner Vorstellungswelt festzuhalten, als sich mit der weitaus erfreulicheren Wirklichkeit zu beschäftigen.

„Gut, dass Sie dieses Unglück im realen Leben verhindern konnten.“

„Ja, aber wirklich nur im allerletzten Augenblick.“

Karoline, die Klammer auf ihrem Stuhl mit übereinandergeschlagenen Beinen gegenübersaß, richtete sich auf und sah ihren neuen Klienten aufmerksam an.

„Da gibt es etwas, wovon Sie sich ziemlich fertigmachen lassen, Paul. Ist es das Erschrecken darüber, was möglich gewesen wäre, sich aber zum Glück nicht ereignet hat? Oder sind Sie über sich selbst erschüttert? Was mich übrigens wundern würde, weil Sie das Schlimmste verhindern konnten.“

Paul Klammer schlug die Hände vor dem Gesicht zusammen und brach in Tränen aus. „Mist, sorry, tut mir leid.“

„Nur keinen Stress, das passt schon so.“

„Ich bin kein Mann, der bei jedem Anlass losheult.“

„Dann ist es wahrscheinlich höchste Zeit.“ Karoline reichte ihm ein weiteres Taschentuch.

„Ich muss es Ihnen sagen“, rang sich Klammer durch. „Sie müssen es einfach wissen, sonst hat das alles keinen Sinn.“

„Wenn Sie denken, dass es wichtig ist ...“

„Nach meiner Kündigung ...“

„Ihres Journalistenjobs, von dem Sie mir vorhin erzählt haben?“

„Genau. Da habe ich wieder angefangen zu trinken. Und mich regelmäßig zugekifft. Und da frage ich mich jetzt ...“

Seine Stimme bekam einen gequälten Klang. Als ob er es nicht wagen wollte, den Satz wirklich auszusprechen.

Karoline beschloss, sich mit großer Vorsicht heranzutasten.

„Sie fragen sich, ob Sie in dieser Gefahrensituation angemessen reagiert haben?“

„Das geht viel weiter, Frau Worschädl. Sehr viel weiter.“ Aus Klammers Augen kroch die Angst. Eine tiefe, grundlegende Panik.

„Das geht so weit, dass Sie sich selbst grundsätzlich in Frage stellen.“

Klammer nickte: „Die junge Frau hat sehr überzeugend klargestellt, dass sie die Straße erst bei Grün betreten hat.“

„Und das beunruhigt Sie, weil ...?“

„Weil ich nach wie vor der Überzeugung bin, dass es bei mir genauso war.“

„Auch Sie sind bei Grün in diese Kreuzung eingefahren?“

„Ich hätte es schwören können. Aber es kann unmöglich stimmen."

„Moment. An diesem Punkt dürfen wir nicht voreilig sein. Da sind einerseits Ihre Zweifel an sich selbst ... ob Ihre Wahrnehmung denn noch intakt ist, ob Sie noch richtig denken können. Auf der anderen Seite steht Ihre Überzeugung, dass die Ampel auch bei Ihnen Grün gezeigt hat. Sie könnten sogar darauf schwören."

„Ganz genau. Und das Schlimme daran ist, dass ich auf diese Fragen keine Antworten bekommen werde."

„Ich muss Sie in Ihrem Hang zum Pessimismus leider schon wieder bremsen", griff Karoline ein. „Denn ganz pragmatisch betrachtet, gibt es für die Lösung dieses Rätsels immerhin vier Möglichkeiten."

„Wie bitte? Ich sehe nur eine einzige."

„Was ich sehr gut verstehen kann. Sie nehmen die Schuld auf sich. Das verengt Ihren Blick. Es könnte durchaus sein, dass Sie fahrlässig gehandelt haben. Ich schließe das in keiner Weise aus. Aber wenn wir das ganz nüchtern betrachten ..."

„Was ist dann?" Paul Klammer – nomen est omen – klammerte sich an jedes ihrer Worte wie an Strohhalme, die ihn noch irgendwie zu retten vermochten.

„... dann könnten erstens Sie sich irren und die Mutter recht haben."

„Zweitens?"

„Irrt sich die Mutter, und Sie haben recht."

Klammer atmete erleichtert durch. Vor ihm saß eine Frau, die es für möglich hielt, dass er nicht völlig verrückt war.

Ein kleiner Trost.

Ein Hoffnungsschimmer.

„Drittens?"

„Sie irren sich beide."
„Und viertens?"
„Sie haben beide recht."
Karolines Aufzählung verblüffte Klammer. Er brauchte ein paar Sekunden, um diese weitaus offenere Betrachtungsweise zu verdauen. Dann setzte wieder sein Abwehrmechanismus gegenüber positiven Aspekten ein.
„Entschuldigung, aber das ist doch absolut unmöglich."
„Ihnen hat das Leben übel mitgespielt, Herr Klammer. Sie wurden aus den Angeln gehoben, haben vieles von dem verloren, was Sie ausgemacht hat, und wurden dadurch extrem verunsichert. Aber auf mich wirken Sie wie ein sehr cleverer, vernünftiger, kritischer und umgänglicher Mensch. Ich sehe keinen Grund, an Ihrer Wahrnehmung zu zweifeln."
„Vielen Dank, das höre ich gern, aber zwei Ampeln auf Grün, wie soll das gehen?"
„Mein Mann hat vor einigen Jahren einen geregelten Bahnübergang bei Grün überquert, und plötzlich kam ein Zug daher. Und zwar mit vollem Tempo. Er hat es gerade noch geschafft."
„Und das Grün hat er sich nicht nur eingebildet?"
„Er war fest davon überzeugt. Nur hat ihm kein Mensch geglaubt. Aber er ist Polizist und konnte das überprüfen lassen."
„Und was ist dabei herausgekommen?"
„Ein Schaltfehler. Ein technischer Mangel. Mein Mann hat recht gehabt."
„Du meine Güte. Und Sie meinen ...?"
„Ich würde über mich erst dann ein strenges Urteil fällen, wenn ich mir meines Fehlers sicher wäre."
„Dazu müsste das aber jemand recherchieren."

„Wer wäre dazu prädestinierter als Sie selbst. Als ehemaliger Journalist haben Sie doch sicher noch Verbindungen."

„Die würden sich aktivieren lassen."

„Na also, dann an die Arbeit." Karoline lächelte aufmunternd. „Und wir machen uns noch einen Termin für eine nächste Sitzung aus."

12

Heute früh war die Welt der Aigners noch in Ordnung gewesen. Nettes, geschmackvoll eingerichtetes Haus mit kleinem Garten. Anspruchsvolle, interessante Berufe, mindestens zwei Urlaube pro Jahr. Ein angenehmes soziales Umfeld, das über den unerfüllten Kinderwunsch hinweghalf. Eine nach wie vor lebendige, bereichernde Partnerschaft. Kein spektakuläres, aber alles in allem ein sinnvolles und befriedigendes Leben.

Und plötzlich war dieses so stabile Gefüge aus der Balance geraten. Ein in der Hauseinfahrt platzierter Müllsack hatte dafür gesorgt, dass nichts mehr so war wie früher.

Die Möglichkeit, dass der abgetrennte Oberschenkel im Müllsack von seiner Kollegin stammen könnte, hatte bei Philipp Aigner einen Hustenanfall ausgelöst, an dem er beinahe zu ersticken schien. Würgend und keuchend saß er auf einem Couchsessel und erholte sich erst, als ihm seine Frau ein Glas Wasser reichte. Er nahm einen tiefen Schluck und räusperte sich mehrmals.

„Ich kann nicht glauben, dass meiner Kollegin so etwas Schreckliches passiert ist."

„Das war eine reine Mutmaßung, Herr Aigner", berichtigte Schinagl.

„In der Wohnung von Frau Pamminger gab es Spuren eines blutigen Kampfes", ergänzte Worschädl.

„Das darf doch nicht wahr sein", stöhnte Aigner. „Daniela ist einer der friedfertigsten Menschen, die ich kenne."

„Hat man bei ihr eingebrochen? Wurde sie überfallen?", erkundigte sich Bettina Aigner.

„Laut unserer Spurensicherung gibt es keine Anzeichen eines Einbruchs oder Raubs. Aber wir haben Hinweise darauf, dass es häufig zu Konflikten zwischen Frau Pamminger und ihrer Tochter kam."

Philipp Aigner nahm noch einen Schluck Wasser. „Streit mit Jasmin? Ja, davon hat sie erzählt. Darunter hat sie auch sehr gelitten. Ich habe sie damit getröstet, dass Jasmin mitten in der Pubertät steckt und diese Phase irgendwann ein Ende hat."

„Hatte sie auch noch andere Schwierigkeiten?"

„Sie war ein ausgleichender Mensch. Sehr harmoniebedürftig. Niemand konnte ihr böse sein."

„Philipp, du redest über sie in der Vergangenheit", sagte Bettina mit gedämpfter Stimme.

„Mein Gott. Entschuldige. Sie wird doch hoffentlich noch am Leben sein."

„Das wünschen wir uns natürlich alle", bemerkte Schinagl. „Normalerweise werden abgetrennte Körperteile eingegraben oder in Baugruben und Flüssen versenkt. Ganz selten werden sie so gezielt und augenscheinlich an einer bestimmten Adresse deponiert."

„Das wird mir und meiner Frau in den nächsten Tagen keine Ruhe lassen, das können Sie mir glauben."

„Was ist mit Ihrer Firma? Gibt es dort irgendwelchen Ärger? Spannungen mit Kollegen oder Vorgesetzten?"

Kurzes Zögern bei Philipp Aigner. Worschädl hatte mit seiner Frage offenbar einen heiklen Punkt getroffen.

„Sag es ihnen." Eine klare Aufforderung von Bettina.

„Was denn?", reagierte Philipp mürrisch. Vermutlich wusste er sehr genau, wovon sie sprach.

„Woran ihr gerade arbeitet. Du und Daniela."

„Bettina, das ist absolutes Betriebsgeheimnis."

„Und trotzdem weiß Ihre Frau Bescheid?“ Das Ehepaar Aigner blickte irritiert zu Worschädl, dessen Stimme nun überhaupt nicht mehr empathisch klang, sondern streng und unnachgiebig.

Ein typischer Worschädl-Vorstoß, dachte Schinagl. Zuerst schafft er zwischen sich und seinen Gesprächspartnern eine möglichst vertrauensvolle Atmosphäre, doch sobald er eine Ungereimtheit entdeckt, setzt er ihnen das Messer an.

„Sie müssen jetzt Prioritäten setzen. Wichtiges von weniger Wichtigem unterscheiden. Sind wir uns so weit einig?“

„Selbstverständlich“, erwiderte Bettina Aigner. „Dennoch müssen Sie nicht in diesem aggressiven Tonfall mit uns reden.“

„Nicht aggressiv, sondern eindringlich, Frau Aigner. Weil es hier entweder um schwerste Verletzungen oder sogar um ein Menschenleben geht. In dieser Situation muss ein Betriebsgeheimnis als nachrangig betrachtet werden. Also, Herr Aigner, Sie sind dran!“

„Okay, auch wenn mich meine Chefin dafür lynchen wird: Das Spezialgebiet unserer Firma ist der Schutz von gefährdeten Infrastrukturen.“

Dieser dubiose Fall könnte größere Dimensionen annehmen, als sie gerade noch vermutet hatten, dachte Worschädl und hakte nach.

„Sie meinen so etwas wie Gas, Wasser und Strom?“, fragte Schinagl.

„Richtig, Güter des öffentlichen Bedarfs ...“

„Ohne die wir im Alltag aufgeschmissen wären“, brummte Worschädl.

„Und in den letzten Tagen ist genau dieser Sektor schwer unter Beschuss geraten“, fügte Frau Aigner hinzu.

„Bettina, bitte!“

„Lass mich ausreden. Daniela und mein Mann befinden sich viele Stunden am Tag mitten im digitalen Kriegsgebiet."

„Und die Kampfzone ist das Internet." Schinagls Feststellung klang wie ein Satz aus der inhaltlichen Beschreibung eines Actionfilms.

„Richtig", antwortete Philipp Aigner. „Trotz unserer extrem hohen Sicherheitsstandards ist es Hackern gelungen, in die Systeme eines unserer größten Kunden einzudringen."

„Sie sprechen von einer öffentlichen Behörde auf Landes- oder Bundesebene?"

„Ja, Herr Worschädl. Die Spur stimmt, aber mehr werde ich dazu nicht sagen."

„Das hat er sogar mir verschwiegen", steuerte Bettina Aigner mit einem entschuldigenden Lächeln bei.

„Dieses Aushebeln Ihrer Sicherheitsmaßnahmen ... wie konnte das passieren?", fragte Worschädl nun deutlich sanfter.

Philipp zögerte. Seine Augen wanderten nach oben und suchten einen Punkt an der Decke.

„Herr Aigner! Sie wollen doch nicht, dass mein Kollege wieder ungemütlich wird", drängte Schinagl.

„Meine Chefin vermutet, dass interne Informationen aus dem innersten Kern der Firma nach außen gedrungen sind."

„Über einen Mitarbeiter?"

Philipp nickte bestätigend. „Sie hat bereits eine externe Überprüfung sämtlicher Kontakte und des gesamten Datenverkehrs angekündigt."

„Und ich kann erste Erkenntnisse servieren", war plötzlich die Stimme des Gerichtsmediziners zu vernehmen. Der junge Mann hatte Talent darin, sich anzuschleichen.

„Darf ich?" Jürgen J. Janko sah Worschädl fragend an.

„Soweit es sich nicht um polizeiinterne Informationen handelt ..."

„Selbstverständlich nicht. Das gute Stück stammt mit größter Wahrscheinlichkeit von einer Person weiblichen Geschlechts, die sich altersmäßig zwischen Mitte 30 und 40 bewegt beziehungsweise bewegte. Den Zeitpunkt der Trennung vom Körper siedle ich per Daumenpeilung vor drei Tagen an. Einiges spricht dafür, dass der Täter zum Zerteilen des Leichnams ein scharfes Messer und eine elektrische Säge benutzt hat."

Kunstpause. Versteckter Diven-Blick. In Janko verbarg sich ein Hang zum Bühnenmenschen, der kleine Auftritte inklusive dem damit verbundenen Applaus genoss.

„Und da wäre noch etwas."

Kleines Lächeln, bevor er seinen Trumpf aus dem Ärmel zog.

„Etwa 15 Zentimeter über dem uns nicht zur Verfügung stehenden Knie befindet sich ein sehr schön gestochenes Tattoo in Form eines Schmetterlings."

Falls sich Janko jetzt erneut einen Augenblick beeindruckter Stille erwartet hatte, wurde ihm dieser Wunsch nicht erfüllt. Stattdessen war ein unterdrücktes, gequältes Stöhnen zu vernehmen.

Alle Augen richteten sich sofort auf Philipp, aus dessen Gesicht auch das letzte Farbpigment gewichen war.

„Sie kennen das Tattoo?", fragte Schinagl vorsichtig.

Philipp war zu keiner Antwort fähig. Knickte ein. Klammerte sich an eine Stuhllehne. Blickte Hilfe suchend zu seiner Frau. Aber die Tatsache, dass ihr Mann so heftig auf ein Tattoo reagierte, das sich vermutlich über dem Knie einer engen Mitarbeiterin befunden hatte, schien Bettina nicht zu animieren, ihm in dieser Angelegenheit beizustehen.

„Herr Aigner, meine Kollegin hat Sie etwas gefragt."

Der Programmierer holte tief Luft. „Alle in der Firma kennen dieses Tattoo. Das ist doch sehr auffällig. Und Daniela trug im Sommer gerne kurze Röcke."

Bettina nickte und schob den Argwohn, der kurz in ihr wach geworden war, wieder zur Seite. Sie lebte mit ihrem Mann in einer vertrauensvollen Beziehung, woran auch ein firmenweit bekanntes Tattoo nichts ändern würde.

„Dann müssen wir annehmen, dass Ihrer Mitarbeiterin etwas sehr Schlimmes zugestoßen ist", stellte Schinagl fest, während ihr Handy eine eingehende Nachricht meldete.

„Aus Routinegründen muss ich Sie fragen, ob Sie in den letzten Tagen in der Wohnung von Frau Pamminger gewesen sind", setzte Worschädl fort und bemerkte, dass Schinagl beim Blick aufs Display dezent seufzte. Mit seiner Vermutung, dass es sich um eine Mitteilung eines ihrer Kinder handelte, lag er völlig richtig. Er kannte Schinagls Sorgenblick, der diesmal ihrer Tochter Kerstin galt.

„Um Himmels willen, auf keinen Fall", stammelte Herr Aigner, während Schinagl die SMS der 15-jährigen Kerstin zur Kenntnis nahm: *Hi Mama. Zu deiner Info: Bin heute auf der Demo. Welt retten. Schule kommt erst morgen wieder.*

13

Um exakt 14 Uhr 33 beendete der stellvertretende Bezirkskommandant Stefan Schweitzer seinen wochenlangen inneren Kampf und entschied sich für das Färben. Wobei er die Frage der Tönung vorläufig noch offenließ. Wesentlich war, dass die silbergrauen Strähnen verschwanden, die ihm aus seinem erst kürzlich diskret erstandenen Taschenspiegel entgegenschimmerten.

Noch während er in einem nächsten stummen Diskussionsprozess eher eine Aufhellung als eine dunklere Note in Erwägung zog, lenkten ihn eine Polizeisirene und das Telefon von der weiteren Beschäftigung mit seinem akkurat geschnittenen Haupthaar ab.

Das ist sicher der zwanzigste Einsatzwagen, der in der letzten Viertelstunde den Parkplatz verlassen hat, dachte sich Schweitzer, als er zum Hörer griff. Eine Demo mit so sympathischen wie naiven Klimarettern, ein abgetrenntes Körperteil und diverse Alltagsdelikte reichten offenbar nicht aus. Da musste sich auch noch irgendeine andere kleine oder mittlere Katastrophe ereignet haben.

Nachdem ein Unglück selten allein kommt, schien auf dem Display des Schnurlostelefons auch noch der Name seines Sargnagel-Mitarbeiters auf. Von Worschädl nahm Schweitzer an, dass dieser mit Männern, die ihre Haare färbten, keine große Freude hatte. Bei einem solchen Fuchs war zu befürchten, dass er eine noch so dezente Bräunung oder Blondierung sofort bemerken würde.

„Robert, ist es wirklich wichtig?"

„Nur, wenn du erste Erkenntnisse zum abgetrennten Femur hören willst."

„Bitte, aber in aller Kürze."

„Der Oberschenkel stammt mit großer Wahrscheinlichkeit von einer Frau namens Daniela Pamminger. Der Täter dürfte sie in ihrer Wohnung getötet haben. Laut einem ersten Bericht der Spurensicherung hat er sie anschließend ins Badezimmer geschleppt und in der Badewanne zerteilt."

„Entsetzlich. Und das dafür nötige Werkzeug hat er mitgebracht?"

„Sehr wahrscheinlich, weil er auch eine Elektrosäge verwendet haben dürfte. Die einzelnen Leichenteile hat er vermutlich in Müllsäcken aus dem Haus geschafft."

„Na toll. Wissen wir schon Näheres über Frau Pamminger?"

„Laut Ehemann der Frau, die auf den Oberschenkel gestoßen ist, arbeitet sie so wie er in der Firma *Net Security Solution.* Wäre sehr hilfreich, wenn du uns dazu ein paar Infos verschaffen könntest."

„Das würde ich vielleicht tun, wenn ich deine Sekretärin wäre. Zufällig bin ich aber dein Chef, der selbst bis über den Hals mit weitaus wichtigeren Aufgaben beschäftigt ist."

„Wie konnte ich das nur vergessen", antwortete Worschädl etwas zu freundlich. „Dann werden wir uns um unsere einfachen, weniger wichtigen Aufgaben wohl am besten selbst kümmern."

Ein gelungener Dialog, wie Schweitzer fand. Worschädls permanenter Präpotenz begegnete man vorzugsweise mit strikter Klarheit. Schön, dass sich sein langjähriger, widerständiger und zugegeben erfolgreicher Mitarbeiter ohne längere Debatte einsichtig zeigte.

„Robert? Hallo? Robert! Was? Das gibt's doch nicht!"

Dieser Sturschädel Worschädl! Hatte tatsächlich einfach aufgelegt! Welch unglaubliche Impertinenz!

In Schweitzer explodierte ein Sprengsatz an Emotionen, der seine Faust dazu veranlasste, so heftig auf den Tisch zu schlagen, dass er sich eine Zerrung zuzog.

Zeitgleich mit dem ersten Schmerzsignal vermeldete ein „Ping“ das Eintreffen einer E-Mail.

Höchste Dringlichkeitsstufe. Einberufung des Krisenstabes wegen eines Cyberangriffs auf städtische Infrastrukturen. Einer von mehreren inhaltlichen Schwerpunkten: schwere Sicherheitsmängel bei *Net Security Solution*!

Mist! Verdammt! Neue Lage! Mit einem Mal war er es, der auf Informationen zu dieser idiotischen Firma angewiesen war. Er konnte unmöglich an dieser bereits in 15 Minuten anberaumten Sitzung teilnehmen, ohne über die Zusammenhänge mit dem Oberschenkel Bescheid zu wissen.

Trotz erheblicher emotionaler Widerstände sah er sich nun gezwungen, neuerlich Kontakt mit Worschädl aufzunehmen.

„Hallo, Robert, wir wurden leider unterbrochen.“

„Ich habe mir erlaubt, dich wegzudrücken.“

Er provoziert dich, um dir eine unbedachte Äußerung zu entlocken, sagte sich Schweitzer und nahm sich vor, darauf nicht hereinzufallen.

„Egal. Diese Firma ... weiß man, was die macht?“

„Das fragst du am besten deine Sekretärin.“

Bei dieser Retourkutsche erinnerte sich Schweitzer unwillkürlich an die Betäubungsspritze bei seinem letzten Zahnarztbesuch. Als die Nadel so richtig tief ins Zahnfleisch drang.

Zum Glück hatte er im Lauf seiner beruflichen Karriere einige Coachingeinheiten konsumiert und dabei fundamentale Erkenntnisse betreffend der Kontrolle über plötzlich auftretende Empfindungen gewonnen.

„Robert, das war ein Missverständnis. Also sei bitte so freundlich und gib deinem Vorgesetzten Einblick in eure Ermittlungen."

„Wenn mich mein Vorgesetzter derart freundlich ersucht, sehr gerne. Wir sind erst am Anfang. Aber wir wissen, dass *Net Security Solution* für namhafte Kunden tätig ist, in deren Netzwerken für die möglichst lückenlose Überwachung von Kommunikationsflüssen sorgt und sie vor Angriffen aus dem Internet abschirmt beziehungsweise verteidigt."

„Und dieser Schutz funktioniert?", fragte Schweitzer, obwohl er es bereits besser wusste.

„Eben nicht. Aber Genaueres erfährst du in circa einer Stunde."

„Weil in dieser Stunde was genau passiert?"

„Recherche. Die übliche Ermittlungsarbeit."

„Hallo, Robert, lass dir nicht alles aus der Nase ziehen!"

Schweitzer stand auf und versuchte, seine zunehmende Anspannung abzubauen, indem er im Raum auf- und abging. „Gib doch einfach zu, dass du mit Schinagl ohne mein Wissen bereits zu dieser Firma unterwegs bist."

„Ich soll zugeben, dass ich meine Arbeit mache? Ist das dein Ernst? Hätten wir dich um Erlaubnis fragen sollen?"

„Du findest es also ungewöhnlich, dass dein Chef, hörst du, *dein Chef* über die Vorgangsweise seiner Mitarbeiter exakt informiert sein will?"

„Aber nein. Überhaupt nicht. Ich bitte um Entschuldigung." Worschädls Stimme überschlug sich vor Sarkasmus. „Selbstverständlich ändern wir sofort unsere

Route, kommen ins Polizeikommissariat und erzählen dir minutiös, was wir wann und mit wem vorhaben, welche Verkehrsmittel wir über wie viele Kilometer benutzen, wo wir wann welchen kleinen Imbiss zu uns nehmen und welches Formular wir mit welcher Kugelschreiberfarbe ausfüllen ..."

Jetzt knallte Schweitzer den Hörer hin. Weil er seinen Zorn über Worschädls patzige Antworten nun doch nicht mehr beherrschen konnte. Am liebsten hätte er ihn als arroganten Idioten bezeichnet, der gefälligst zu spuren hatte.

Stattdessen drosch Schweitzer mit seiner Faust noch einmal auf die Schreibtischplatte, was seiner Zerrung so wenig behagte, dass der stechende Schmerz wie ein Blitz durch jede Nervenbahn von Schweitzers 86 Kilo schwerem Körper fuhr.

Doch für Selbstmitleid blieb keine Zeit. Er rückte den Knoten seiner Krawatte zurecht, schlüpfte in sein Sakko und verließ das Büro mit dem Ziel, in der Sitzung des Krisenstabes mit brandaktuellen Informationen zu brillieren.

14

Linz strebte nach oben. Trachtete danach, mit mächtigen Hochhaus-Riesen wie dem in Rekordzeit errichteten Bruckner Tower an den Wolken zu kratzen. Unten exklusive Geschäftspassagen, darüber bienenwabenähnliche, sündteure Wohnungen.

Auf der anderen Seite der Donau, am südlichen Rand des Stadtzentrums, ragte der Blumau Tower auf. Hier hatte die Firma *Net Security Solution* Quartier bezogen. Im Stockwerk Nummer 26. Zu erreichen mit einem nach drei Seiten offenen Panoramalift.

Nicht gerade ideal für einen Chefinspektor mit ausgeprägter Höhenangst. Andere mochten beim Hochfahren den umwerfenden Ausblick über die ganze Stadt genießen. Worschädl hingegen umklammerte verkrampft die in der Liftkabine befestigte Haltestange und fixierte die vorbeiziehende Hausfassade.

„Robert, nur zu deiner Info, von hier oben macht sich unser Linz ganz schick“, zeigte sich Schinagl angetan.

„Freut mich, dass es dir gefällt.“

„Da drüben, schau, der Freinberg mit der Sternwarte. Bist du schon einmal dort gewesen?“

„Vorbeispaziert. Das reicht vollkommen.“

„Ich habe dort als Kind durch ein Teleskop den Mond betrachtet. Im Stadtzentrum könntest du die gotische Turmspitze des Mariendoms bewundern“, zog Schinagl ihren höhenangstgeplagten Chef auf.

„Sieht sicher so aus wie jeden Tag.“

„Aber nicht aus dieser wunderbaren Perspektive. Nimm nur das silbrig-braune Band der sich dahinschlängelnden Donau.“

„Über die sich nach wie vor viel zu wenige Brücken spannen. Wie lange dauert das denn noch?“

„Du bist sofort erlöst."

Kurz danach die sanfte Landung.

Die lautlos aufgleitende Tür.

Worschädl trat die sofortige Flucht ins Innere des Wolkenkratzers an. Stellte erleichtert fest, dass die Wände einen stabilen Eindruck machten. Sang ein stilles Loblied auf die Architekten und ihre statischen Fähigkeiten, weil sich auch der Boden völlig bewegungslos verhielt.

Mit jedem Schritt durch den in kühlen Grautönen gestalteten Gang löste sich ein Teil des inneren Knotens, der sich während der Liftfahrt in seiner Brustgegend gebildet hatte.

Sie durchquerten eine Penthouse-Büroetage, deren moderne Ausstattung auf die Titelseite des Katalogs eines exklusiven Einrichtungshauses gepasst hätte. Anthrazitfarbene Schreibtische, Schränke und Regale in unaufdringlichem minimalistischem Design. Gläserne Zwischenwände. Jeder Raum von allen Seiten einsehbar.

Wer sich, egal wo, um die eigene Achse drehte, konnte nahezu von überallher den Blick auf die oberösterreichische Hauptstadt und darüber hinaus genießen.

Von der nach Südwesten ausgerichteten Terrasse, hinter deren Rand es unzählige Meter in die Tiefe ging, hielt sich Worschädl tunlichst fern. Weitaus lieber suchte er die etwa 30 Quadratmeter große, noble Kommandozentrale von Geschäftsführerin Astrid Lackner auf.

„Sie sind beeindruckt?", begann die schlanke, in einem eng anliegenden schwarzen Kostüm perfekt gekleidete, groß gewachsene Frau ihre Begrüßung. „So geht es mir jeden Morgen. Immerhin überblickt man von hier oben die ganze Stadt. Und damit ein hochdifferenziertes Netzwerk mit Unter- und Nebensystemen, die sich mit dem gesamten Bundesland verknüpfen und darüber hinaus mit Europa und der Welt."

Astrid Lackner strahlte ein in vielen Beratungsstunden antrainiertes charismatisches Akquisitionslächeln, als stünde sie einer ganzen Gruppe potenzieller Kunden gegenüber.

Trotzdem registrierte Worschädl auch Spuren von Müdigkeit und Erschöpfung. Die Ringe unter ihren Augen hatten sich nicht ganz mit Schminke überdecken lassen. Aus ihren fahrigen Bewegungen schloss er auf Schlafmangel inklusive erhöhtem Alkoholkonsum. Außerdem lag in ihrem Lächeln ein Hauch von Bitterkeit. Der Platz auf der Kapitänsbrücke dieses Bürotankers war vermutlich mit gnadenlosem Stress verbunden.

Dass sie unter enormem Zeitdruck stand, gab Astrid Lackner auch gleich zu verstehen und beschränkte ihre Redezeit auf höchstens zehn Minuten.

„Ich bin sehr froh, dass diese überraschende Befragung nur auf Vermutungen beruht. Herr Aigner hat angerufen und mich über sein Gespräch mit Ihnen informiert", sagte sie, nachdem sie am Besprechungstisch Platz genommen hatten.

„Unsere Vermutungen beziehen sich auf die Tatsache, dass sich in der Wohnung Ihrer Mitarbeiterin Daniela Pamminger offensichtlich eine gewalttätige Auseinandersetzung ereignet hat", erwiderte Schinagl.

„Unvorstellbar. Ich würde mir sehr wünschen, dass ich mir um Frau Pamminger keine Sorgen machen muss."

„Sie arbeitet schon lange für Ihre Firma?"

„Sieben Jahre. Eine hochintelligente und fachlich sehr versierte Frau. Sie ist mit der Technologie bestens vertraut und konnte bereits vielen Kunden in brenzligen Situationen aus der Patsche helfen."

„Trotz dieser Professionalität ist es Hackern gelungen, Sicherheitsvorkehrungen zu durchbrechen, die von Ihrem Betrieb installiert wurden?", fragte Worschädl.

„Oh, Herr Aigner hat Sie in unsere aktuellen Herausforderungen eingeweiht?"

„Wir werden das möglichst diskret behandeln."

„Da wäre ich Ihnen sehr verbunden", räusperte sich Lackner. „Bis jetzt ist uns die Situation noch völlig unerklärlich."

„Sind nur Sie als Firma betroffen oder auch einer Ihrer Kunden?", fragte Worschädl.

„Sie erwarten doch nicht ernsthaft, dass ich Ihnen darüber Auskunft gebe."

„Vielleicht ist Ihnen ein kleiner Hinweis möglich."

„Der würde mich Kopf und Kragen kosten. Verschwiegenheitsklausel. Habe ich nicht nur einmal unterschrieben."

„Und sicher auch Ihre Mitarbeiter."

„Ja, natürlich."

„Herr Aigner hat angedeutet, dass es in Ihrer Firma so etwas wie einen Maulwurf geben könnte."

„Auch das muss unbedingt vertraulich bleiben."

„Soweit uns das möglich ist. Stimmt es, dass es eine externe Überprüfung aller Mitarbeiter geben soll?"

„Richtig. Kann gut sein, dass ich ein Clearance in Auftrag gebe. Dabei wird durchleuchtet, ob eine Person integer ist oder ob es berufliche oder private Umstände gibt, die sie erpressbar machen."

„Und wird dabei auch Herr Aigner kontrolliert?"

„Worauf Sie sich verlassen können." Lackner warf einen demonstrativen Blick auf ihre Uhr. „Tut mir leid, aber ich muss zum nächsten Termin."

„Selbstverständlich“, antwortete Worschädl. „Eine Frage noch: Sie haben nicht zufällig die Handynummer von Frau Pammingers Tochter?“

„Doch, die hat sie mir extra angegeben. Hin und wieder mussten wir Jasmin verständigen, wenn ihre Mutter unvorhergesehen verhindert war. Einen Moment, das habe ich gleich.“

Während Lackner über ihr Handy wischte, wurde Worschädl bewusst, dass er sich an luxuriösen Arbeitsstätten wie dieser immer ein wenig minderwertig vorkam. Weil seine Jeans nur 79,90 Euro und sein Hemd nur 22,90 gekostet hatten und sein Sakko da und dort zerknittert aussah. Er würde hier auch nicht damit prahlen, dass seine Friseurin für einen Kurzhaarschnitt nur 28 Euro nahm und sein roter Hauswein beim Lieblingswinzer um einen einstelligen Betrag zu erstehen war.

Schinagl hingegen wurde in einem solchen Ambiente von einer leichten kleptomanischen Anwandlung erfasst. Ihre nicht ganz so vernünftigen Anteile kamen dann zu der Überzeugung, dass ihr von dieser für sie unerreichbaren Noblesse wenigstens ein klitzekleines Teilchen zustand. Wäre doch ungerecht gewesen, wenn die Butterseite ausschließlich für die Reichen reserviert gewesen wäre.

Als berufstätige und alleinerziehende zweifache Mutter kam auch sie ihren unzähligen Pflichten mit vollem Einsatz nach. Und mit ihrem bescheidenen Gehalt trug auch sie etwas zum Bruttoinlandsprodukt und dem Steuertopf des Landes bei.

Dennoch würde ihr Konto auch weiterhin ständig überzogen sein. Erschwerend kam hinzu, dass sie keine Aussicht auf ein auch nur bescheidenes Erbe hatte.

Deshalb war sie der Meinung, dass ihr hin und wieder eine Belohnung mittels eines kleinen Accessoires zustand.

Heute hatte es ihr ein stylischer Bleistiftspitzer angetan, der wie von selbst in ihre Jackentasche schlüpfte.

„Okay, hier ist Jasmins Nummer."

Astrid Lackner fischte einen Kugelschreiber aus der obersten Schreibtischlade, schrieb die Nummer auf ein Post-it und drückte es Worschädl in die Hand.

„Danke. Kann sein, dass wir uns noch einmal mit Ihnen unterhalten müssen."

„Aber bitte erst, wenn wir unsere gegenwärtigen Probleme bewältigt haben."

Während Worschädl beim Einsteigen in den Lift sofort verkrampft auf die Fassade blickte, wählte Schinagl Jasmins Nummer.

Hallo, du willst Jasmin erreichen, aber die ist gerade irgendwo. Versuch es später noch einmal.

„Mailbox. Sie hebt nicht ab."

„Dann sag bitte den Kollegen, dass sie die Nummer orten sollen."

„Alles klar, wird gemacht", antwortete Schinagl und schrieb eine Nachricht an den Zuständigen im Präsidium. „Und, Bertl, bitte nicht nach unten schauen."

Beim Zwischenstopp im neunten Stock gesellte sich ein junger Bartträger mit Nickelbrille zu ihnen. Dezentes Telefonieren hatte dem Burschen offenbar niemand beigebracht. Obwohl er nicht allein war, brüllte er in sein Handy, als ob er sich mitten in den Alpen von Bergspitze zu Bergspitze unterhalten würde.

Vermutlich ein Praktikant.

Sonst hätte er seiner Freundin wohl nicht so ungeniert mitgeteilt, dass es bei der Firma *Net Security Solution* angeblich irre Probleme gab. Dass alle am Stand durchdrehten, weil irgendwelche Hackerschweine voll den Nerv getroffen hätten.

„Die stehen total unter Strom und rennen wie die vollen Zombies durchs Büro. Klingt das nach so einem kleinen Datendiebstahl? ... Eben ... genau ... voll. Das kann auch schlimme Auswirkungen auf die Reputation bei unseren kommerziellen und industriellen Kunden haben. Soll ich dir was sagen? Angeblich ... und jetzt halt dich fest ... dampft da die Scheiße bis hinauf zum Bürgermeister."

15

Jede Stadt hat ihre Outcasts, und nirgends sind sie sehr beliebt. Verständlich, dass gut situierte und im Zentrum lebende Bürger in den Parks vor ihren Wohnungen weder einen Drogenumschlagplatz noch nächtliche Trinkgelage dulden wollen. Nachvollziehbar, dass sie sich sogar zu Bürgerinitiativen zusammenschließen und mit medial öffentlichkeitswirksam präsentierten Unterschriftenlisten Druck erzeugen.

Worauf Stadtregierungen mit häufigeren Kontrollen und vermehrten Razzien reagieren, bis die ungeliebte Klientel das Weite sucht und schließlich auch findet. Pyrrhussiege. Auch die eifrigsten Bewahrer von Recht und Ordnung können sich ausrechnen, dass sich die Vertriebenen nicht einfach in Luft auflösen.

Weil auch Streuner, Obdachlose und Suchtkranke ihre Lebensräume brauchen. Sind sie an dem einen Ort nicht erwünscht, suchen sie sich einen anderen. Und dort beginnt das Spiel von Neuem.

In Linz verdrückten sie sich vom Hessenplatz zur Donaulände, von der Donaulände zum Taubenmarkt, vom Taubenmarkt in den Volksgarten und dazwischen immer wieder zum Linzer Hauptbahnhof.

Dort eilten zackige Geschäftsleute im Anzug aus feinem Stoff zum Morgenzug nach Wien, während Sandler auf den Wartebänken mühsam ihr Gleichgewicht hielten, um vor Müdigkeit oder aus anderen Gründen nicht umzukippen. In Liegestellung wurden sie von den Sicherheitskräften wegen unerlaubten Schlafens nur allzu schnell hinausgewiesen.

Mit der Zeit kennt man seine Glücksritter, dachte Worschädl, als er den Wagen beim Hauptbahnhof in der für schnelle Ein- und Aussteiger reservierten Zone parkte. Einige von ihnen blieben unverbesserliche Nervensägen, zu anderen entwickelte sich eine herzliche, von Scherzen begleitete Zuneigung. Insgesamt hatte Worschädl Achtung vor Leuten, die es schafften, auf der Straße zu leben und zu überleben.

Zum Beispiel Charly. Sein Alter ließ sich nicht wirklich schätzen. Mit seinem Hab und Gut, verstaut in einem Kranz aus Nylonsäcken, residierte er direkt vor dem Haupteingang.

Nachdem die Polizeikollegen bei der Ortung von Jasmins Handy ganze Arbeit geleistet und ihnen den Hinweis auf den Bahnhof gegeben hatten, konnte ihnen vielleicht Charly sagen, wo genau die gesuchte Jasmin zu finden war.

„He, Charly, altes Schlitzohr."

„Worschädl, du hast Pech. Habe schon wieder nichts angestellt."

„Könntest dir aber einen Zehner verdienen."

„Gib mir einen Zwanziger, dann rede ich wie ein Wasserfall."

Charly grinste, zeigte seine fünf vorhandenen Zähne und verströmte eine Duftmischung aus verdreckter Kleidung und billigem Alkohol.

„Jasmin, circa 1,70 groß, schwarze Haare, Hooligan-Typ."

„Wenn wir dieselbe meinen, ist sie um die 16 Jahre alt."

Worschädl drückte ihm einen Zwanziger in die ausgestreckte Hand und registrierte, dass Schinagl in der Zwischenzeit die Halle im Auge hatte und nach Jasmin absuchte.

„Diese verrückte Prinzessin gehört zu den Blau-Gelben, die sich in einer Stunde mit den Schwarz-Roten prügeln wollen. Auf Gleis 24."

„Jasmin macht da wirklich mit?“, fragte Schinagl erstaunt.

„Die ist eine der Härtesten. Kämpft ohne Rücksicht auf Verluste. Mit der legt sich keiner gerne an. Jetzt dürfte sie sich Mut antrinken ... vor der Trafik.“

Schinagl hatte mitgehört und nickte Worschädl zu. An der von dem Obdachlosen beschriebenen Stelle lungerte eine Gruppe von Jugendlichen herum.

Bierflaschen und eine Tetra-Packung Wein wurden herumgereicht, ein paar Lacher und Wortfetzen drangen herüber. Garantiert waren da auch Drogen mit im Spiel.

Diese Annahme hätte Jasmin bestätigen können, weil sie hinter vorgehaltener Hand einen kräftigen Zug Marihuana inhalierte. Sie hatte sich mit ihren Freunden gerade darüber unterhalten, wie sie die Schwarz-Roten in Grund und Boden prügeln wollten. Ihre Schlagringe und Baseball-Schläger, die sie am Bahnsteig von Gleis 24 hinter einem Mauervorsprung versteckt hatten, würden jedenfalls zum Einsatz kommen.

Ihre Gegner wussten, dass sie Knochenbrüche, eingeschlagene Zähne, klaffende Wunden und etliche Blutergüsse erwarteten. Auch sie selbst würden nicht ohne Verletzungen davonkommen, aber das gehörte dazu, so lief das Spiel.

Während Jasmin das Gras tief in ihre Lungen sog, bemerkte sie zwei Gestalten, die wie zufällige Passanten ihre Gehrichtung veränderten und auf sie und ihre Freunde zuschlenderten. Trotz des dämpfenden Rauschgift-Nebels, der sich in ihr breitmachte, war ihr sofort klar, dass es sich bei dem stämmigen Überwuzelten und der jungen Brünetten nicht um harmlose Zugreisende handelte. Die bewegten sich eindeutig in Richtung ihrer Gruppe, würden gleich die Ausweise zücken und jede Menge unangenehmer Fragen stellen.

Vielleicht hatten die von den Schwarz-Roten einen Tipp über den bevorstehenden Kampf bekommen.

Oder jemand hatte ihnen gesteckt, dass sie sich zu einer verlässlichen Bezugsquelle für Drogen entwickelt hatte.

Jetzt blickten die Bullen zu ihr herüber.

Die meinen mich.

Verfluchte Scheiße.

Schinagl sprintete fast gleichzeitig mit der Jugendlichen los, die plötzlich aufgesprungen war und zu den Rolltreppen rannte. Als sie dort ankam, hatte die fest gebaute Schwarzhaarige bereits die halbe Strecke zum Untergeschoß hinter sich gebracht.

Die Bezirksinspektorin nahm drei, vier Stufen auf einmal, schob dabei ein junges Paar und zwei Männer zur Seite, sah, dass ihr Worschädl mit Vollgas folgte, jagte in Richtung Radabstellplatz und Tiefgarage. Von dort führte ein Weg, der nur Eingeweihten bekannt war, direkt zum Gleis 24.

Zum unwirtlichen Schlupfwinkel und Wohnzimmer für gestrandete Jugendliche.

Hier ließen sich 14-jährige Mädchen für ein Gramm Crystal Meth ficken. Hier konnten ein falsches Wort oder eine unpassende Geste eine Schlägerei entfachen. Hier wurden Drogensüchtige mit einer lebensbedrohlichen Überdosis von Sanitätern abgeholt und ins Krankenhaus verfrachtet.

In die zum Gleis 24 führenden düsteren Gänge drangen Normalbürger nicht vor. Nicht jeder verfügte über jene Fertigkeiten, mit denen man hier durch- und weiterkam.

Schinagl war sich sicher, dass es Jasmin war, die vor ihr um die Ecke bog. Auch wenn dieses Hooligan-Mädchen ein hohes Tempo vorlegte, hatte ihre Verfolgerin schon einige Meter wettgemacht. Und auch Worschädl, dessen schnelle Schritte hinter ihr zu hören waren, hielt sich erstaunlich gut.

Schinagls Vergangenheit als mehrfache Siegerin bei den Polizei-Meisterschaften im 200-Meter-Hürdenlauf machte sich endgültig bezahlt, als sie eine steile Treppe beinahe fliegend überwand.

Oben angekommen, bot sich auf dem Bahnsteig von Gleis 24 das hier übliche Bild: kaputte Typen mit grell gefärbten Haaren, junge Mädchen mit viel zu kurzen Röcken, kreisende Joints, Flaschenscherben, leere Spritzen, Zigarettenstummel und der Gestank nach Kotze, Pisse und Alkohol. Dazwischen Jasmin, zu der Schinagl so weit aufgeholt hatte, dass sie fast nach ihr greifen konnte.

„Sofort stehenbleiben!"

„Polizei!", erklang nun auch Worschädls kräftige Stimme.

Vergeblich.

Jasmin machte einen Haken und sprang hinunter auf die Gleise.

Obwohl genau jetzt ein rotweißroter City-Shuttle einfuhr.

Dieser Zug hat nicht vor, hier anzuhalten, dachte Schinagl. Der rauscht durch und Jasmin will offenbar noch vor ihm übers Gleis. Ein unmögliches, viel zu waghalsiges Unterfangen.

„Stopp! Jasmin! Tu das nicht!"

Aber für die Jugendliche gab es kein Zurück.

Sie legte noch einen Zahn zu.

Erreichte das Gleis knapp vor dem Zug.

Mobilisierte ihre ganze Kraft und sprang.

Schinagl hielt keuchend an.

Sah schon Jasmins zerfetzten Körper und jede Menge Blut vor sich.

Die sofort eingeleitete Notbremsung verursachte ein lautes Kreischen. Metall auf Metall. Bis der Zug zum Stehen kam, sich der letzte Waggon vorbeischob und den Blick auf das Dahinter freigab.

Da stand Jasmin.

Nach Luft ringend, aber unversehrt.

Das Mädchen sah, dass sich der ältere Bulle und seine junge Kollegin sofort in Bewegung setzten.

Während sich die beiden näherten, ging Jasmin blitzschnell ihre Möglichkeiten durch.

Drehte sich plötzlich zur Seite, sprang mit wenigen Schritten zu einem abgestellten Waggon, schwang sich an der seitlich angebrachten schmalen Leiter hoch, blickte vom Dach auf die beiden Beamten hinunter und streckte ihre Arme hinauf zur über ihr gespannten Starkstromleitung.

„Einen Schritt weiter, und ich greife zu."

16

Übermäßig mit seinem Unterbewusstsein beschäftigt hatte sich Stefan Schweitzer noch nie. Wahrscheinlich hätte er in Abrede gestellt, dass auch er so wie alle Menschen zum Großteil seiner inneren psychischen Vorgänge gar keinen Zugang hatte. Schweitzer war keiner, der von sich annahm, dass er das, was ihn antrieb und lenkte, sehr oft nicht selbst steuern konnte.

Zum Beispiel hätte er sich aktuell auf die dramatische Aussage jenes Beamten konzentrieren müssen, der einem soeben einberufenen, achtköpfigen Krisenkommando vorstand und in alarmierendem Tonfall von der jüngsten Bedrohung aus dem Internet berichtete. Schweitzers gesamtes Wahrnehmungspotenzial hätte mit vibrierenden Nerven und intensiver kognitiver Beteiligung auf die Tatsache gefährlicher Cyberattacken reagieren müssen.

Stattdessen war die Aufmerksamkeit von Worschädls und Schinagls direktem Vorgesetzten auf etwas ganz anderes, räumlich Naheliegenderes konzentriert. Nämlich exakt auf das beeindruckend tiefe V des Blusen-Ausschnitts der Cyberspezialistin Laura Kamenko, die erst vor zwei Tagen von ihrer Kärntner Dienststelle nach Oberösterreich übersiedelt war und im kurzfristig zusammengestellten Krisenkommando eine wesentliche Rolle übernehmen sollte.

Schweitzer, seit seiner Scheidung solo unterwegs, war ihr beim Betreten des Besprechungsraums vor zwölf Minuten zum ersten Mal begegnet und befand sich seither in einem pubertätsähnlichen Trancezustand.

Lauras Bluse und ihre Ausstrahlung ließen ihn seine eigentliche Aufgabe vergessen und seine professionelle Denk- und Handlungsfähigkeit verlieren. Zudem beflügelte ihn eine Entscheidung, die er angesichts ihres Dekolletés, ihrer dunklen Haare und der hautengen schwarzen Lederhose soeben getroffen hatte: Er würde sich seine Haare nun doch nicht hell, sondern dunkel färben lassen.

„Was haben Ihre Leute über die vorhin schon andiskutierte Firma *Net Security Solution* herausgefunden?"

Schweitzer brauchte endlos erscheinende drei Sekunden, bis er registriert hatte, dass sich die Blicke aller um den Besprechungstisch Versammelten fragend auf ihn richteten.

Einen weiteren Moment benötigte er, um zu begreifen, dass die gerade gestellte Frage genau ihm gestellt wurde.

Nahezu im selben Augenblick dämmerte ihm, dass er darauf möglichst sofort eine Antwort geben musste.

Ein Hochseilakt, weil ihm der Inhalt der vorangegangenen Diskussion weitgehend entgangen war.

Für einen Vorgesetzten mit Karriereambitionen war er in eine No-go-Situation geraten: Er ahnte nicht im Geringsten, worum es ging.

Doch im Abhalten von Pressekonferenzen war Schweitzer geübt. Er liebte es, sein Konterfei in Zeitungen und Fernsehberichten zu sehen. Seine Medienpräsenz überstieg sogar die des Landeskommandanten. Deshalb hatte er einstudierte Formeln parat, die sich im Fall des Falles aus dem Köcher ziehen ließen und sich für nahezu jede Frage eigneten. Es fiel ihm also nicht schwer, spontan etwas Nichtssagendes zu liefern.

„Es ist noch zu früh, um Genaueres zu sagen, aber meine Mitarbeiter bleiben auf alle Fälle dran."

Bemerkenswert, wie aufmerksam der Kopf von Laura Kamenko nach oben ruckte. Nein, da bestand kein Zweifel: Seine Antwort hatte sie derart beeindruckt, dass sie sofort das Wort ergriff.

„Ist dem Herrn Kollegen ... wie ist doch Ihr Name?“

„Schweitzer, Frau Kollegin Kamenko.“

„Danke. Kollege Schweitzer, ist Ihnen bewusst, dass wir bereits im 21. Jahrhundert angekommen sind?“

Bisher hatten sich Kamenkos Wortmeldungen durch einen selbstbewussten und zugleich besonnenen Tonfall ausgezeichnet, doch jetzt klang ihre Stimme wie präzis geschliffener Edelstahl.

„Aber selbstverständlich, Frau Kollegin.“ Sie spricht mich an und nimmt Bezug auf mich, stellte Schweitzer fest und freute sich über die Wirkung, die er bei dieser beeindruckenden Frau erzielen konnte.

„Gut. Freut mich. Wenn Sie von Mitarbeitern sprechen, muss ich also annehmen, dass Sie in Ihrer Abteilung ausschließlich Kollegen männlichen Geschlechts beschäftigen?“

Am männerdominierten Besprechungstisch wurde es schlagartig still. Sah ganz so aus, als wohne man dem gerade beginnenden Filetieren eines Spitzenbeamten bei.

„Nein, keinesfalls. In meinem Team stehen auch vier Frauen ihren Mann.“

„Und warum stehen diese Frauen nicht einfach ihre Frau?“

Für alle Anwesenden war zu spüren, dass Kamenko ihren Fisch bereits am Haken hatte. Nur der Fisch bemerkte noch nichts davon.

„Sehr spitzfindig, Frau Kollegin. Aber das war nur so eine Redewendung. Wäre doch ein Schuss ins Knie, den Damen ihre holde Weiblichkeit abzusprechen.“

„Die holde Weiblichkeit, wie Sie das so unbeholfen ausdrücken, wäre schon froh, wenn Sie sie wenigstens erwähnen würden.“

Kamenkos letzte, mit unmissverständlicher Schärfe vorgetragene Bemerkung rückte Schweitzers innere

Welt nun doch zurecht. Diese Karawanken-Amazone war von ihm offenbar weniger eingenommen als er von ihr. Womöglich würde nicht einmal die raffinierte Tönung seiner Haare bei ihr den gewünschten Effekt erzielen. Ganz im Gegenteil nahm sie sich sogar heraus, ihn hier vor versammelter Mannschaft wie einen Rotzbuben zurechtzuweisen.

Etwas in ihm ließ Schweitzer in einen anderen Körpermodus wechseln. Aufrechte Haltung, durchgestreckter Rücken, die Hände in spitzer Rautenstellung. Mit einem Mal wirkte er wieder forsch und angriffslustig.

„Die werten Damen hatte ich in meiner anfänglichen Aussage selbstverständlich miteinbezogen."

„Fällt Ihnen ein Zacken aus der Krone, wenn Sie die sogenannten werten Damen nicht nur miteinbeziehen, sondern ihnen als eigenständigen und gleichwertigen Wesen auch den entsprechenden Platz einräumen? Wie wäre es, wenn Sie bei der Wahl Ihrer Worte nicht nur Ihre Mitarbeiter, sondern auch Ihre Mitarbeiterinnen ins Treffen führen?"

Schluss mit dieser lächerlichen feministischen Wortklauberei, hätte Schweitzer am liebsten gesagt. Schieben Sie sich Ihren ganzen Genderschmarrn samt Binnen-I verdammt noch einmal sonst wohin.

Aber erstens hätte Schweitzer die von ihm gerade noch in den erotischen Himmel fantasierte Kollegin damit wohl endgültig vergrault, und zweitens hatte Lauras vorgebeugter Kopf mit einem Mal etwas Bussardartiges angenommen. Ein Raubvogelweib, dessen scharfer Schnabel Schweitzer gleich in schmale Streifen hacken würde, gäbe er nicht einfach nach.

„Eine Nachlässigkeit, Sie haben völlig recht. Für diesen wertvollen Hinweis bin ich Ihnen unendlich dankbar, wirklich", krächzte Schweitzer wie ein kränkelnder Feldhase auf der Flucht und wandte sich an die ganze Runde. „Kann uns Männern nicht schaden, wenn wir uns in dieser Beziehung am Riemen reißen."

„Nicht nur in dieser Beziehung, Kollege Schweitzer", stellte Laura klar, stand auf und stützte die Hände auf den Tisch. „Ihr Team muss endlich den Arsch hochkriegen. Wir haben es mit einer bestens vorbereiteten, ausgeklügelten und hochgefährlichen Angriffswelle zu tun. Das Steuerungssystem der städtischen Verkehrsleitzentrale galt bis gestern als hochgradig geschützt, und nun ist es den Hackern wie auch immer gelungen, drei benachbarte Ampeln für 15 Minuten gleichzeitig komplett auf Grün zu schalten! Diese Cyberkriminellen haben unsere städtische Infrastruktur ins Visier genommen. Strom, Gas, Wasser und Abwasser! Das Öffnen der falschen Schleuse hätte eine ungustiöse Flut zur Folge! Das kann uns allen um die Ohren fliegen."

Schweitzer atmete heftig aus und ein. Nicht nur wegen Lauras unangebrachten Kommandotons. Viel schwerer wog, dass ihm die Brisanz dieser Besprechung erst jetzt in ihrer gesamten Tragweite bewusst wurde.

Innerlich verfluchte er sich für seine geistige Absenz. Mit so einem Fauxpas kannst du deine Beförderung gefährden, dachte er und beschloss, sich zum Abschluss wieder möglichst gut ins Spiel zu bringen.

„Versprochen, wir werden Tempo machen. Auf meine Mitarbeiterinnen und Mitarbeiter ist Verlass."

„Na also, geht doch", konnte er ein erstes Lob von Seiten der Kärntner Kollegin verbuchen. „Ich fasse noch einmal zusammen: Die brandgefährliche Manipulation der Ampeln hat wie durch ein Wunder nur zu einigen Blechschäden und mehreren Leichtverletzten geführt und wird nach außen als technisches Versagen kommuniziert."

„Der Bürgermeister“, setzte der leitende Beamte fort, „weigert sich nach wie vor strikt, die von den Terroristen geforderte Summe von 2,5 Bitcoin zu überweisen.“

„Das sind wie viel Euro?“, erkundigte sich einer aus der Runde.

„100.000.“

„Die wollen das wirklich in dieser Kryptowährung abkassieren?“

„Ja, weil sich Bitcoin-Adressen, die vergleichbar mit unseren Konten sind, anonym erzeugen lassen“, meldete sich Kamenko zu Wort. „Der Geldfluss ist zwar in der öffentlichen Blockchain transparent einsehbar, aber wir wissen nicht, wer Zugriff hat.“

„Und diese Bitcoins, wie werden die überwiesen?“

„Am Bitcoin-Bankomat oder mit Hilfe einer speziellen Kreditkarte.“

„Wenn der Bürgermeister nicht einlenkt, müssen wir mit weiteren Attacken rechnen“, sagte der leitende Beamte.

„Teams aus IT-Forensikern hängen den Täterinnen beziehungsweise Tätern im Netz bereits an den Fersen. Wir bleiben – um den Kollegen Schweitzer zu zitieren – auf alle Fälle dran“, schloss Laura Kamenko die Sitzung, griff nach ihren Unterlagen, nickte Schweitzer zu und verließ das Besprechungszimmer.

Dunkelbraun passt, sagte sich Schweitzer und blieb mit seinem Blick für ein paar Augenblicke an jener Tür hängen, durch die Laura gerade verschwunden war.

Leider war es Schweitzer nicht vergönnt, noch länger in diesem Bild zu verweilen, da ihn das aufdringliche Brummen seines Handys unterbrach. Er öffnete die eingegangene Nachricht, wunderte sich, dass sie auf Kroatisch verfasst und für ihn deshalb nur in Bruchstücken verständlich war, öffnete das beigefügte Foto, schloss angewidert die Augen und legte sein Handy mit dem Display nach unten auf den Tisch.

Du meine Güte! Was für ein entsetzlicher Anblick!

Und wie sensibel sein Magen gleich reagierte.

Für den unmittelbar einsetzenden inneren Aufruhr hätte Schweitzer dringend ein Stamperl Zirbenschnaps benötigt.

Ein Blick in die sich auflösende Runde bestätigte ihm, dass seine wechselnde Gefühlslage von niemandem bemerkt worden war. Gut so. Als zukünftiger Bezirkskommandant hatte er seine Emotionen in so gut wie jeder Situation eisern im Griff zu haben.

Eine Führungspersönlichkeit von seinem Format musste selbst dann die Contenance bewahren, wenn die europäischen Kollegen auf die per Europol verbreitete Nachricht über den abgetrennten Oberschenkel reagierten.

Gibt vielleicht Zusammenhang, schrieben sie in holprigem Deutsch und konfrontierten ihn völlig unvorbereitet mit dem Foto eines abgetrennten Frauenschädels, der in Rovinj auf einer Mauer im Hinterhof eines Restaurants namens *Dolce Vita* gefunden worden war.

Schweitzer zwang sich, ein zweites Mal hinzusehen. Bei genauerer Betrachtung wiesen das Fahndungsfoto von Daniela Pamminger und der Schädel durchaus Ähnlichkeiten auf. Allerdings ließ die geografische Distanz eher auf zwei Verbrechen schließen, die sich unabhängig voneinander ereignet hatten.

Nur werden abgetrennte Köpfe sowie Oberschenkel nicht häufig innerhalb einer so kurzen Zeitspanne gefunden. Also tippte Schweitzer auf Weiterleiten und Senden und wandte sich mit gefasster Miene wieder den Mitgliedern des Krisenstabes zu.

17

Größere Bahnhöfe versetzten Worschädl fast immer in Aufbruchsstimmung. Rein in den Zug und auf nach London. Und von dort aus vielleicht nach Amsterdam, Rom oder Paris. Such dir eine Himmelsrichtung aus, lass dich treiben, steig ganz spontan, egal an welchem Bahnhof, aus und erkunde ein Stück Welt.

Wer sich nicht rechtzeitig vom Reisefieber anstecken lässt, bleibt womöglich auf dem Abstellgleis 24 hängen, einem trostlosen Ort, wo das Leben zu enden scheint und von dem es ohne eigene Willenskraft und eine glückliche Fügung kein Wegkommen gibt.

Hier kann ein Waggondach samt darüber verlaufender Starkstromleitung zur einzigen Perspektive werden, zum rettenden Fingerzeig, der dich aus deinem verqueren Alltag befreit.

Für Worschädl wäre es am naheliegendsten gewesen, Schinagl hätte die verrückte Jasmin auf ein Bier eingeladen und wäre dabei mit ihr ins Gespräch gekommen. Über Musik, Männer, aktuelle Fernsehserien. Über coole Kleidung, Hunderassen, den Sinn und Unsinn des Lebens und was uns zum Lachen oder Weinen bringt. Über das Wesentliche eben.

Erst danach, wenn sie einen Draht zueinander gefunden hätten, würde ihr Schinagl beibringen, was sie zusammen mit Worschädl soeben per SMS von Schweitzer erfahren hatte. Sie würde das Mädchen fragen müssen, wo sie sich in den Tagen nach dem Streit aufgehalten hatte. Ob sie vielleicht das Land verlassen und einen Abstecher nach Istrien unternommen hatte. Warum sie den Kopf ihrer Mutter ausgerechnet in einem Hinterhof in Rovinj deponiert hatte.

Das alles ging aber nicht. Weil Jasmin sehr überzeugend damit drohte, mit einem Griff zur Hochspannungsleitung Selbstmord zu begehen. Und Schinagl hatte es trotz größter Eindringlichkeit noch nicht geschafft, eine leitende Person in diesem Bahnhofskomplex von einer unbedingt nötigen, sofortigen Notausschaltung zu überzeugen.

Sie redete in ihr Handy wie um ihr Leben, während Jasmin oben am Waggondach gnadenhalber eine von Worschädls Fragen beantwortete.

„Keine Ahnung, was in unserer Scheiß-Wohnung passiert ist. Da müsst ihr meine Scheiß-Mutter fragen."

„Hast du eine Idee, wo wir sie finden könnten?"

„In der Arbeit, wo denn sonst?"

„Dort ist sie gestern und heute nicht aufgetaucht."

„Dann hängt sie mit einem Kollegen ab."

„Von denen will sie aber keiner gesehen oder getroffen haben."

„Was ist, wenn sie einer von denen fickt? Wenn der das nicht groß rausposaunen will? He, keinen Schritt weiter."

Jasmin streckte ihre Hand noch höher. Bedenklich nahe zu dem dicken Kabel, das von 15 Kilovolt durchflossen wurde.

„In eurer Wohnung muss es eine schwere Auseinandersetzung gegeben haben", nahm Worschädl den Faden wieder auf.

„Hat das die Messie-Idiotin von gegenüber behauptet?"

„Sie hat mir von den Streitereien zwischen dir und deiner Mutter erzählt. Aber da war hoffentlich kein Blut im Spiel."

„Wieso denn Blut?"

„Weil in eurer Wohnung jede Menge davon vorhanden war.“ Worschädl warf einen Blick zu Schinagl, die am Handy offensichtlich erste Erfolge erzielt hatte, weshalb sie ihm mit einer Geste zu verstehen gab, dass er sich bereithalten sollte.

„Scheiße.“ Jasmin raufte sich ihr Haar. „Meine Mutter, die hat sich doch hoffentlich nicht selbst ...“

„Selbst verletzt? Eher nicht. Nach unserer Einschätzung sieht es nach einem Kampf aus.“

„Ich pack das nicht. Ich krieg den Scheiß nicht auf die Reihe.“

Jasmins plötzliche Verzweiflung wirkte echt und wurde von einigen der Jugendlichen festgehalten, indem sie ihre Handys zückten und als Kameras benützten.

„He, Arschbulle, lass Jasmin in Frieden“, schrie einer und erntete zustimmendes Gejohle.

Worschädl ließ sich nicht aus der Ruhe bringen.

„Gibt es jemanden, mit dem deine Mutter Konflikte haben könnte?“

„In ihrer Arbeit ist es ziemlich stressig zugegangen. Diese Freaks mit ihrer Internet-Paranoia sind alle komplett verrückt.“

Während des Zuhörens bemerkte Worschädl aus seinen Augenwinkeln, dass sich Schinagl vorsichtig hinter eine Säule zurückzog, um so aus Jasmins Blickfeld zu verschwinden. Sah so aus, als sollte gleich etwas passieren.

Die Entfernung zur Leiter, die aufs Waggondach führte, schätzte der Chefinspektor auf etwa sieben Meter. Die mussten mit vier, fünf schnellen Schritten zu schaffen sein. Dann waren noch die sechs metallenen Trittstangen zu überwinden, und damit würde er Jasmin hoffentlich erreicht und möglichst schnell fixiert haben. Sie durfte ihnen auf keinen Fall entkommen.

„Und in der Arbeit, hatte sie da Zoff?"

„Deine Scheißfragerei geht mir echt auf den Sack. Ich will wissen, was mit meiner Mutter los ist. Das Blut, verdammt, kommt das von ihr?"

Bevor Worschädl antworten konnte, funkte einer der Jugendlichen dazwischen: „Da stimmt was nicht, Jasmin!"

„Was?", schrie Jasmin.

In dieser Sekunde streckte Schinagl den Daumen in die Höhe.

„Die Bullenschlampe gibt ihm ein Zeichen!"

Worschädl rannte los. Erst, als er schon auf der Leiter war, registrierte Jasmin, dass die Dinge anders liefen als geplant. Jetzt musste sie beweisen, dass ihre Ankündigung nicht nur leeres Gerede war. Dabei war ihr inzwischen so ganz und gar nicht nach einem finalen Stromschlag zumute.

Als Worschädl schließlich aufs Dach trat, war ihre Entscheidung völlig klar. Ein Zurück kam nicht in Frage. Also schob sie ihre Hand nach oben, umschloss das Kabel und erwartete den Tod.

Doch nichts geschah.

Sehr verblüffend auch für das junge, auf ein echtes Drama eingestellte Publikum.

Anstatt mit einem Zischen abzufackeln, stand Jasmin nach wie vor wie frisch auferstanden über ihnen.

„Verfluchte Bullenschweine", zischte sie, löste ihre Hand und ging mit geballten Fäusten auf Worschädl los.

Der wich nach drei, vier respektablen Treffern geschickt aus, packte blitzschnell ihr Handgelenk, drehte es schmerzhaft nach außen und drückte die junge, wild fluchende Frau mit einem perfekt eingedrehten Armhebel aufs Waggondach.

„Geschafft", rief Schinagl erleichtert und spürte, dass ihr der Schweiß aus allen Poren lief.

Überhaupt nicht passend, dass genau jetzt eine SMS ihres Sohnes Tobias eintraf, in der er sich darüber beschwerte, dass seine Schwester immer noch nicht nach Hause gekommen war.

Worschädl war gerade dabei, Jasmins Arme auf ihrem Rücken zu fixieren.

„Sabine, das war arschknapp. Gut gemacht. Nimm diesen Kids bitte ihre verfluchten Handys ab."

„Das bringt nichts mehr, Robert. Du und Jasmin, ihr beide seid längst im Netz."

18

Über die Kaimauer spritzte die Gischt. Die Wellen rollten schwer und mächtig, während von der Nachbarinsel ein scharfer Wind herüberfauchte.

Vor dem trübblauen Himmel zogen dünne, zerzauste Wolken über die mächtigen, 450 Meter hohen Klippen.

Schwarzes Vulkangestein.

Doch im geschützten Hafen des ehemals kleinen, inzwischen touristisch erschlossenen und beliebten Fischerortes lagen die Boote ruhig und sicher. An eine Ausfahrt war auch für die Besatzung der *Lucia* nicht zu denken.

Lucia schrubbte das Deck. Ein Bootseigner prostete ihr von der Nachbarmole aus zu. Bier. Der wollte vor allem reden, woran Lucia jetzt und auch sonst wenig Interesse hatte. Kleines Grüßen mit der Hand, man will nicht unhöflich sein, aber sie war nun einmal keine, die gern oberflächliche Gespräche führte.

Das ging zurück bis zur Schule und zum Kindergarten. Selektiver Mutismus. Konsequentes Schweigen in bestimmten sozialen Situationen. Reden ging nur zu Hause. Außerhalb schaffte sie kein Wort. Über Jahre. Kein einziges.

Scheiternde Logotherapeutinnen.

Ratlose Psychotherapeutinnen.

Eine geniale Ergotherapeutin.

Die fühlte sich in Lucias Körper ein. Bewegung, Berührung, Haut. Stimulierte mit der Hand die Zwerchfellgegend. Massierte den Bauch. Strich über das Brustbein und die Wirbelsäule.

Nach Wochen erlaubte ihr Lucia sogar das Kitzeln. Auf der Fußsohle. Am Hals.

Das war der Schlüssel.

Damit öffnete sich die Tür.

Lucias Lachen. Ihre helle Stimme. Tränen mengten sich dazu. Das Lachen ging in Weinen über. Schubweise. Ein tiefer Schmerz. Als ob sich Krämpfe lösen würden.

Es endete mit einem Schrei. So laut, so gellend, so eruptiv, dass in der ergotherapeutischen Praxis die Wände und Bilder wackelten.

In der darauffolgenden Stille wanderten Lucias Mundwinkel nach oben. Das Lächeln einer Siegerin.

Sie war begeistert von sich selbst.

Sie hatte den Damm gebrochen.

Ab nun sprach sie einzelne ganze Sätze mit der Ergotherapeutin und einzelne halbe Sätze in der Schule. Ab nun konnte sie sich äußern und verständlich machen. Ab nun gehörte sie ein wenig mehr dazu.

Nur in Gruppen fühlte sich Lucia nie wirklich wohl. Saß auch später beim Informatikstudium im Unihörsaal gern allein. Hinten. In den letzten Reihen. Beteiligte sich auch hier nicht oft an Diskussionen. Hatte jedoch schnelle Finger, die rasant über die Tasten flogen.

Das Internet. Für sie ein Segen. Hier konnte sie kommunizieren, ohne zu sprechen oder jemandem persönlich zu begegnen. Hier entdeckte sie auch, dass ihre wahre Leidenschaft im Bereich der Netzwerk- und Datensicherheit angesiedelt war. Bei Firewall-Techniken und Technologien zum Designen von Netzwerken und Daten. Beim zügigen Erlernen von Angriffsmöglichkeiten. Beim zunehmenden Verstehen, wie sich Schwachstellen ergaben und vermeiden ließen.

Viel lieber als in Seminare über Kryptografie schrieb sich Lucia in White-Hat-Hacking-Webinare ein, die sich dem Hacken für einen guten Zweck oder aus ethisch legitimen Gründen widmeten.

Es dauerte nicht lange, und sie landete in einem der streng geheimen Hackerforen. War plötzlich unter ihresgleichen. In einer Netzcommunity. In einer Art anonymem Gruppenfeeling.

Kontaktloses Dabeisein. Sich ohne physische Nähe verbunden fühlen. Gemeinschaft erleben, ohne sich persönlich kennenzulernen. Ein für Lucia höchst erfreulicher und optimaler Zustand. Noch dazu verknüpft mit jeder Menge Anerkennung.

Ihre rasche Auffassungsgabe, ihr erstaunliches Organisationstalent, ihr unendliches Repertoire an trickreichen Tarn- und Täuschungsmanövern – all das erweckte wachsenden Respekt.

Neben Techniken wie dem Reverse-Engineering (Verstehen eines Systems, ohne dessen Design zu kennen) oder der De-Compilation (Rückübersetzung von Maschinencodes in lesbare Programmiersprache) brachte sie es beim Social-Engineering zur wahren Meisterschaft. Immer raffinierter kam sie online an interne Informationen über Firmen und deren Mitarbeiter, bis hin zu persönlichen Vorlieben und Neigungen. Perfektes Material, um potenzielle Geheimnisträger unter Druck zu setzen und von ihnen streng gehütete Passwörter oder Hochsicherheitsalgorithmen zu erpressen.

Schon bald galt Lucia als überdurchschnittlich begabte Hackerin. Mehr und mehr wurde ihr bewusst, dass sie in einer für sie idealen Welt gelandet war. In der sie für sich war, ohne wirklich allein zu sein. Die ihr die Zugehörigkeit zu einer Gruppe ermöglichte, ohne dass sich dort die üblichen Dynamiken wie Neid und Konkurrenz entfalteten. In der sie so sein konnte, wie sie war, und davon auch noch leben konnte. Hier, beschloss sie, war ihr Zuhause. Hier fühlte sie sich aufgehoben.

Es dauerte nicht lange, und sie kam in Kontakt mit Auftraggebern. Lukrierte coole, aufregende Jobs. Verdiente richtig gutes Geld.

Fünf Semester, dann schmiss sie ihr Studium. Übersiedelte von der Hauptstadt zurück in ihr Heimatdorf auf der Insel. Zerbrach sich den Kopf darüber, wie sie ihr illegales Gewerbe professionalisieren könnte.

Die Prostatakrebs-Erkrankung ihres von ihrer Mutter getrennt lebenden Vaters war zwar sehr bedauerlich, löste aber ihr Problem. Der gute Mann tilgte sein gesamtes schlechtes Gewissen ob seiner Erziehungs- und Betreuungsdefizite, indem er ihr die Führung seines kleinen, für ihre Zwecke bestens geeigneten Unternehmens übertrug.

Es handelte sich dabei um einen tadellos intakten, 50 Fuß langen Trawler mit dem einfallsreichen Namen *Lucia*. Pumpen, Motor und Ankerwinde waren ein Jahr zuvor überholt worden, das Steuerhaus war neu getrimmt, die Bänke und Sitze für 50 Fahrgäste befanden sich in gutem Zustand, und die beiden Caterpillar-Motoren mit einer Gesamtleistung von 475 PS liefen wie geschmiert.

Lucia stieg ins Geschäft ihres Vaters ein und übernahm seine Whale- and Dolphin-Watching-Touren. Eine perfektere Tarnung gab es nicht. Sie erlangte das Küstenschiffspatent, installierte das entsprechende technische Equipment und reihte sich in die Gruppe jener Anbieter ein, die das ganze Jahr über mit Touristen hinaus aufs offene Meer tuckerten.

Niemand konnte ahnen, dass Lucia unter dem Deck ihres Schiffes *Lucia* als Hackerin namens *Piratin* weitaus attraktivere Geschäfte betrieb. Durchaus nützlich, dass sie sich zu diesem Zweck relativ komplikationslos ins öffentliche Gratis-WLAN des im Hafen gelegenen Oficina de Turismo hacken konnte.

Im Hafen galt die junge Frau mit den kurz geschnittenen, brünetten Haaren als Eigenbrötlerin. Unverheiratet. Keine Beziehung.

Dann und wann fischte sie sich einen ansehnlichen Kerl aus einer Hafenbar, nahm ihn mit in die Kajüte, holte sich, worauf sie Lust hatte, und schickte ihn dann wieder weg. Zweimal Sex mit demselben Mann kam bei ihr höchst selten vor.

Mit Ausnahme von Pablo. Den behielt sie. Ein schöner Mann. Trainierter, muskulöser Körper, der nicht ganz hielt, was er versprach. Der erst 19-jährige Arbeitslose kompensierte seine mangelhaften Fähigkeiten für Sex mit überbordendem Gequassel.

Eine präejakulierende Plaudertasche, die ihr nur relative Befriedigung verschaffte, dafür aber witzige Geschichten und Anekdoten lieferte. Kein großartiger Bettgenosse, aber ein blendender verbaler Unterhalter. Damit beherrschte er ein Metier, in dem Lucia schwere Mängel aufwies.

Ihr spontanes Jobangebot nahm der junge Vater zweier kleiner, unehelicher Kinder von verschiedenen Müttern gerne an. Von nun an traf er Lucia nie wieder im Bett, aber täglich an Bord der *Lucia*.

Seine Chefin stand am Steuer, lenkte das Boot aus dem Hafen und hielt Ausschau nach Walen und Delfinen, während Pablo Touristen aus der ganzen Welt mit Geschichten über das lokale Fischaufkommen, Moby Dick, den Weißen Hai und Flipper begeistern konnte.

Den Charme eines amüsanten Entertainers versprühte er auch beim Servieren des obligaten Huhns mit Curryreis. Wenn er mit Tellern und Getränkedosen aus der Kombüse hinauf aufs Sonnendeck balancierte, flogen ihm die französischen, italienischen, chinesischen, deutschen, schwedischen, englischen und österreichischen Herzen nur so zu.

Lucias und Pablos Zusammenarbeit funktionierte prächtig.

Bis auf einen Wermutstropfen.

Pablo, der auf dem Gepäckträger seines Mopeds gerade eine Palette Bier herankarrte und auf der Mole vor der *Lucia* hielt, quälte die Sehnsucht nach einer weiteren Nacht mit seiner Kapitänin.

Zwar war er aktuell mit einer 18-Jährigen liiert, ein gewonnenes Herz war ihm als leidenschaftlichem Filou jedoch zu wenig. Noch dazu, wo die Nacht mit Lucia einen nachhaltigen Eindruck bei ihm hinterlassen hatte.

Auch jetzt, als er das Bier über den Steg an Bord brachte und einen Blick auf die schlanke, brünette Frau in blauen Jeans und dazu passender Windjacke warf, war ihm sofort wieder gegenwärtig, wie zielstrebig und rasant Lucia zur Sache gegangen war.

Die hielt sich nicht mit langem Herumgerede auf.

Sagte die ganze Zeit kein Wort.

War aber sonst sehr einfallsreich.

Konnte doch nicht sein, dass er so ein Fest nicht noch einmal erleben durfte, dachte Pablo und folgte Lucia unter Deck. Fand ihren Arsch so knackig wie eh und je, während er ihre Schlafkajüte passierte, die ihm seither verboten war.

Das daneben liegende, stets verschlossene Büro hatte er überhaupt noch nie betreten. Wer weiß, was sich da drin verbarg? Wahrscheinlich jede Menge Pornozeug.

So wie immer wartete sie auch jetzt, bis er an ihr vorbei war, erst dann öffnete sie die Tür, verschwand und sperrte von innen ab. Wortlos. Er hatte seine Aufgaben und sie ihre. Und ihre gingen ihn nichts an.

Pablo hätte auch nicht verstanden, was Lucia in ihren Laptop tippte, der in dem winzigen Raum neben einem anderen Rechner auf dem Schreibtisch stand. Er hätte die Wort- und Zahlenkombinationen nicht kapiert, die in unglaublicher Geschwindigkeit über den Bildschirm flirrten. Er hätte das Lächeln nicht deuten können, mit dem Lucia auf die Erkenntnis reagierte, dass aus Linz noch keine Kohle eingegangen war.

Die waren sicher intensiv damit beschäftigt, zu eruieren, wie es jemand geschafft hatte, von außen in die Steuerungszentrale der Ampeln und der Stromversorgung einzudringen. Easy, Leute. Very easy, dachte Lucia und fragte sich erneut, wie ihre Auftraggeber auf dieses Linz gekommen waren. Österreich, ja, Wien oder Salzburg, okay, das sagte einem was. Lipizzaner und Stephansdom, Mozart und Getreidegasse, das hatte man schon gehört.

Aber Linz?

Verbarg sich hinter vier lächerlichen Buchstaben tatsächlich eine ganze Stadt?

Beim Googeln hatte sie nichts entdeckt, das sie dort hingelockt hätte. Am ehesten noch das knallbunt beleuchtete Kunstcenter an der Donau oder der witzige Drachenzug durch eine unterirdische Märchenwelt.

Und jetzt zierten sich diese Idioten tatsächlich mit dem Überweisen.

Okay. Kein Problem, dachte Lucia und holte sich den zentralen Server des städtischen Krankenhauses auf den Bildschirm.

Ihr in Linz habt es so gewollt, dachte sie.

Ihr habt noch zu wenig Angst.

Ich zieh euch die Daumenschrauben an.

Zwinge euch in die Knie, ohne in euer Netzwerk einzudringen.

DDoS-Angriff.

Distributed Denial of Service Attack.

Massive Serverüberlastung.

Verursacht von einer immensen Anzahl global verteilter gehackter Rechner.

Der Angriff kommt von allen Seiten.

Legt eure Systeme lahm.

Nötigt euch, alles abzuschalten.

Wirklich alles.

19

„Die eigene Mutter schlagen, wie geht das, Jasmin?"

„Blöde Frage."

„Kann sein ... trotzdem ... ich kapier es nicht", sagte Worschädl, der Jasmin am Tisch im Verhörzimmer gegenübersaß und sich darüber wunderte, dass an dem respektlosen Gehabe des jungen Mädchens kein Funke von Furcht zu erkennen war.

Schwarz gefärbte Haare, ebenso geschminkte Augen und Lippen, das dazu passende T-Shirt mit der runenartigen Aufschrift „Heimatliebe". Jeans und Jacke ebenfalls in Schwarz. Außerdem die unverkennbare Fuck-you-Miene.

„Was gibt es da groß zu kapieren? Sie motzt herum, rückt noch dazu keine Kohle raus, irgendwann geht es eben mit mir durch."

„Was geht mit dir durch?"

„Was schon ... die Wut ... der ganze Hass."

„Und das lässt du an deiner Mutter aus?"

„Ist ja niemand da sonst."

„Dein Vater ..."

„Den kenne ich nicht. Den habe ich noch nie gesehen."

„Du bist ein Einzelkind?"

„Sieht ganz so aus."

„Und deine Mutter, hat sie Geschwister?"

„Einen Bruder, der uns nicht mag. Und dann gibt es noch meine Oma."

„Du kannst mir sicher sagen, wie wir sie erreichen können", sagte Worschädl und schob Jasmin einen Zettel und einen Kugelschreiber hin.

Jasmin schrieb eine Handynummer auf.

„Was willst du von meiner Oma?"

„Weiß sie, dass deine Wut mit dir durchgehen kann? Dass du dann deine Mutter schlägst?“

„He, übertreib mal nicht. Ist erst zweimal vorgekommen, dass ich ihr eine gescheuert habe.“

„Eine?“

„Keine Ahnung. Vielleicht sind es auch zwei gewesen.“

„Du verprügelst deine Mutter, obwohl sie dich die ganzen Jahre allein großgezogen hat?“

„Sind wir hier in der Kirche, oder was? Bist du ein Scheißpriester oder so was Ähnliches?“

„Ich will nur herausfinden, wie weit du gegangen bist.“

Jasmin war keine Idiotin. Sie begriff sofort, dass der sanfte Singsang und die verständnisvollen Blicke dieses Bullentrottels nur dazu dienten, sie ganz langsam weichzuklopfen.

Dieser Worschädl war wie ein Raubvogel, der seelenruhig über seiner Beute kreiste, bis sie eine Blöße zeigte. Dann schlug er zu.

„Keine Ahnung, was Sie meinen“, gab Jasmin vorsichtig zurück.

Schinagl, die, für Jasmin unsichtbar, hinter dem großen Einwegspiegel stand und das Gespräch beobachtete, war sich sicher, dass ihrem Kollegen die leichte Unsicherheit der Jugendlichen aufgefallen war. Jetzt zeigte Jasmin, dass sie sehr wohl verwundbar war, und diese Blöße würde sich ein Robert Worschädl garantiert nicht entgehen lassen.

Aber jetzt wurde er kurz von einer SMS abgelenkt, die auch bei Schinagl eintraf. Der Chefinspektor blickte auf sein Display und sandte durch die verspiegelte Glasfront einen verwunderten Blick in ihre Richtung. Schweitzer hatte sie beide soeben aufgefordert, sich unverzüglich in seinem Büro einzufinden.

Im Befehlston. Ohne ein freundliches „Bitte" oder ein höfliches „Darf ich euch ersuchen". Klang nicht so, als ob er vorhatte, ihnen zur gelungenen Festnahme von Jasmin Pamminger zu gratulieren. Für Worschädl Grund genug, um eher entspannt als dienstbeflissen zu reagieren. Mit einer Geste gab er seiner Kollegin zu verstehen, dass er das Verhör in aller Ruhe fortsetzen würde.

Sein nächster Spielzug bestand darin, die Jugendliche konzentriert anzusehen. Als ob er ihre Gedanken lesen könnte. Jasmin hielt dem nicht lange stand, ihre Pupillen suchten nach einem Anhalts- oder Fluchtpunkt, aber Worschädls nachdrückliche Stimme holte sie wieder zurück.

„Eure Wohnung war voller Blut." Ohne Vorwarnung legte Worschädl Fotos auf den Tisch. Sie zeigten die rot verschmierten Wände des Vor- und Wohnzimmers.

„Ach du Scheiße." Jasmin wirkte ehrlich schockiert. „Das sieht nach Massaker aus. Sag mir endlich, was mit meiner Mutter los ist!"

„Du bist vorgestern um 18 Uhr 50 mit dem Moped weggefahren."

„Eben! Ich bin weggefahren! Zu meinem Freund."

„Name?"

„Florian. Florian Kirsch."

„Adresse?"

„Turmstraße 134. Der kann das alles bestätigen. Ich habe mit dem hier nichts zu tun!", brüllte Jasmin und knallte die rechte Faust in ihre linke Hand. „Geht das in dein unterbemitteltes Bullenhirn?"

Worschädl ließ sich nicht provozieren. Sein Moment würde bald kommen. Aber noch war es nicht so weit.

„Meine Kollegen und ich vermuten aber, dass du noch einmal zurückgekommen bist."

„Dann sag deinen Kollegen, dass sie Idioten sind."

„Du hörst sofort auf, uns Polizisten zu beschimpfen.“ Worschädls Tonfall nahm an Strenge zu.

„Wer Scheiße baut, soll auch wie Scheiße behandelt werden.“

„Dieses Prinzip gilt hoffentlich auch für dich“, erwiderte Worschädl und beugte sich nach vorn. „Weil du es bist, die Scheiße gebaut hat. Du hast den Streit mit deiner Mutter zu einem späteren Zeitpunkt fortgesetzt. Halt den Mund! Jetzt rede ich!“

Jasmin zuckte zusammen und funkelte Worschädl an. Aber sie parierte. Brüllte nicht unkontrolliert los, schlug nicht einfach zu, sondern riss sich zusammen und hörte zu.

Ganz sicher bekam sie nicht mit, dass es Worschädl einige Überwindung kostete, in dieser Tonart weiterzumachen. Weil er wusste, dass es für Jasmin jetzt richtig hart werden würde.

„Euer Konflikt ist eskaliert. Du bist in die Küche, hast dir ein Messer geholt ...“

„Nein, hör auf, das ist krank.“

„... und bist damit auf deine Mutter losgegangen.“

„Dir hat wohl wer ins Hirn geschissen.“ Mit einem Mal klang Jasmins Stimme nicht mehr nach Dauerrebellion. Jetzt schwang nackte Panik mit.

„Du hast immer und immer wieder zugestochen. Irgendwann war es vorbei. Dann hat dich das Grauen über das Ausmaß deiner Tat gepackt. Plötzlich musstest du dir die Frage stellen, was du mit der Leiche machst.“

Jasmin riss sich los, stöhnte laut auf und presste sich die Fäuste in die Augen.

„Schluss jetzt, stopp, ich will das nicht mehr hören.“

Für Schinagl hinter dem Einwegspiegel wirkte die Pein, die Jasmin jetzt empfand, nicht aufgesetzt oder gespielt. Was sie sich anhören musste, setzte ihr ernsthaft zu und quälte sie. Am liebsten wäre Schinagl gewesen, wenn Worschädl die Befragung genau jetzt beendet hätte. Aber ihr war klar, dass sich der Chefinspektor für das Gegenteil entscheiden würde, weil er die Jugendliche endlich in der Ecke und fast schon am Boden hatte.

Worschädl wechselte seine Position. Stand auf, stellte sich hinter Jasmin und beugte sich so weit hinunter, dass sein Mund ganz nahe an ihrem Ohr war.

„Dein Freund, hat er dir dabei geholfen?“

„Was?“

„Zuerst hast du deine Mutter abgeschlachtet.“

„Nein, verdammt, ich will hier raus!“

„Und dann habt ihr sie zerstückelt. Ihr Oberschenkel ist als Erstes aufgetaucht.“

Worschädl legte das Foto des ersten Fundes auf den Tisch. Jasmin reagierte darauf mit einem erbärmlichen Wimmern.

„Danach der Kopf.“

Jasmin betrachtete das Foto, auf dem vorerst nichts als Müllcontainer in einem Hinterhof zu sehen waren.

Beim nächsten Foto mit dem abgetrennten Kopf ihrer Mutter wurde sie kreidebleich.

Kippte beinahe vom Stuhl.

Sprang auf, war mit drei Schritten an der Wand und knallte ihren Kopf dagegen. Mit voller Wucht. Zweimal, dann war Worschädl bei ihr, hielt sie fest, musste alle Kraft aufbringen, um das junge Mädchen zu bändigen.

Ihr platzten Tränen aus den Augen, sie musste sich übergeben.

Worschädl reichte ihr ein Glas Wasser und Taschentücher.

„Das gibt es nicht. Das ist unmöglich“, stöhnte Jasmin und wischte sich über den Mund.

„Jasmin, ich muss dich das jetzt fragen“, sagte Worschädl sanft und leise. „Dieser Kopf ... ist das deine Mutter?“

Jasmin nickte.

Glitt dabei ab in eine Art Apathie.

Wirkte mit einem Mal abwesend und ließ den Kopf zur Seite fallen.

Sie macht auf verrückt, dachte Worschädl bei sich. Gut, ich habe sie sehr grob behandelt, habe ihr vielleicht zu viel zugemutet, aber das ist zu dick aufgetragen. Mit dieser Inszenierung will sie sich aus dem Spiel bringen, aber sie ist noch mittendrin. Die Möglichkeit, dass sie es hier mit der Täterin zu tun hatten, war noch lange nicht vom Tisch.

„Jasmin, hallo, hier bin ich. Unser Gespräch ist noch nicht zu Ende. Wie habt ihr den Kopf nach Kroatien gebracht? Welche Verbindung hast du zu Rovinj?“

„Wieso Rovinj?“

„Weil der Kopf dort im Hinterhof eines italienischen Restaurants gefunden wurde.“

Bei Verhören können kleine Nuancen eine wesentliche Rolle spielen. Das Zucken der Mundwinkel, das Kneten von Fingern, ein kurzes Hüsteln. Die eine kleine Ungewöhnlichkeit zu viel.

Bei Jasmin waren es die Augen. Ein erneutes, jetzt aber nur minimales Abschweifen in die Ferne. Als ob sie etwas sehen oder erkennen konnte. Oder war es eine Erinnerung? Jedenfalls lag sowohl für Worschädl als auch für Schinagl auf der Hand, dass Jasmin mit diesem Ort etwas verband. Daran bestand kein Zweifel, auch wenn sie etwas ganz anderes behauptete.

„Ich sag ab jetzt gar nichts mehr, weil du mir sowieso nicht glaubst. Und okay ... meine Mutter und ich ... wir hatten es nicht immer leicht. Aber eines schwör ich dir. Wer das getan hat, den mach ich kalt.“

20

In früheren Zeiten hätte sie in Ledersandalen und einem Umhang aus Fell hinter Büschen ausgeharrt. In ihrer kräftigen Hand ein Speer aus Zedernholz, die Spitze aus scharf geschliffenem Stein. Sie hätte, wäre das Wild auf die Lichtung getreten, genug Geduld besessen, auf den geeigneten Moment zu warten. Bis ihr das Tier die Flanke zeigte.

Ein wuchtiger Wurf, das scharfe Sirren, der erzitternde Körper.

Die einknickenden Vorderläufe, der niedersinkende Leib.

Mit dem Speer tief im Fleisch.

Ihre Opfer waren der Jägerin egal. Ihr oberstes Ziel war das Erlegen. So oft und so viel wie möglich.

Paul Klammer wusste von seiner Kollegin nur, dass man sie Mirli rief. Mit ihrer vorbildlich hohen Abschussquote war die gestandene, immer ungeschminkte Mühlviertlerin für das Geschäft der Fahrscheinkontrolle weitaus begabter als er.

Dabei wirkte sie in ihrer stets sackähnlichen Kleidung höchst unscheinbar.

Stieg in die Straßenbahn wie ein zufälliger Fahrgast ohne große Ambitionen.

Eine einfache Passagierin, unterwegs von hier nach dort.

Niemand konnte vermuten, dass sie jederzeit in der Lage war, ihren Jagdinstinkt zu aktivieren.

Ihr liebster Streckenabschnitt war die Fußgängerzone zwischen den Haltestellen Taubenmarkt und Bürgerstraße. Dort fuhr die Bim mit stark reduzierter Geschwindigkeit, wodurch ausreichend Zeit blieb, alle Fahrgäste gründlich zu perlustrieren.

Während dieser langsamen Passage zwischen Mode-, Schuh- und Buchgeschäften gingen ihr jedes Mal verlässlich ein oder zwei Fische ins Netz.

Vor dem Fahrtantritt hatte Mirli ihren Kollegen Paul heute ausdrücklich ermuntert, auf seinem Weg von der Fahrerkabine zur Straßenbahnmitte ein steinhartes Herz zu zeigen und jeden erwischten Delinquenten ohne Gnade abzustrafen. Der Chef habe sich nämlich bei ihr lautstark über Pauls Laschheit ausgelassen. Wenn sich da nicht bald etwas zum Positiven entwickle, sei seine Karriere als Fahrscheinkontrolleur schon bald wieder zu Ende.

Den Tipp mit dem harten Herzen nahm Paul durchaus ernst. Er plante fix, mindestens einen Fahrkartensünder zu stellen und erbarmungslos zu sanktionieren.

Du musst den Wolf in dir endlich von der Leine lassen, beschwor er sich, stellte den Kragen seiner Lederjacke hoch und scannte den Fahrgastraum nach unsicheren Blicken oder auffälligen Absetzbewegungen in Richtung einer Ausstiegstür.

Während er jedoch Fahrgast für Fahrgast kontrollierte und dabei auf eine Dame stieß, die ihn entfernt an die Psychotherapeutin Karoline Worschädl erinnerte, wanderte seine Aufmerksamkeit unwillkürlich zu seinen Zweifeln über sein Gespräch mit ihr.

Gleich nach der Sitzung hatte er sich noch beseelt und hoffnungsfroh gefühlt, aber kurz darauf erschien ihm die Annahme, dass auf der Kreuzung alle Ampeln auf Grün geschaltet gewesen sein könnten, als viel zu weit hergeholt.

Vermutlich wollte ihn die Therapeutin nur beruhigen.

Ihn aus seiner Verzweiflung wieder auf festen Boden holen.

Sie hatte ihn doch sogar noch darin bestärkt, sich seiner journalistischen Qualitäten zu besinnen und mithilfe seiner früheren Kontakte ernsthafte Recherchen zu unternehmen.

Pure Therapeutentaktik.

Die hat ganz einfach mein Ich gestärkt und meinen Selbstwert aufgepäppelt, damit sie mich ohne schlechtes Gewissen entlassen kann, sagte sich Paul, vergaß dabei völlig auf den Wolf in ihm und war deshalb nicht gewappnet, als er plötzlich auf die reine, etwa zwölfjährige Unschuld traf.

Rehaugen.

Von unten nach oben gerichteter Blick.

Signalisierte Schuldbewusstsein und bettelte zugleich um Nachsicht. Was bei einem Gutmenschen wie Paul Klammer prächtig funktionierte.

Mit einem Mal fühlte er sich nicht wie ein Wolf, sondern wie Balu der Bär, der seine mächtigen Pranken schützend über das Waldkind Mogli halten sollte.

Ganz anders Kollegin Mirli, die Paul auf Erfolgskurs sah und ihn mit hochgestrecktem Daumen zum sofortigen Abstrafen animierte.

Dabei entging ihr nicht, dass Pauls Mogli jetzt auch noch weinte. Ja, das Mädchen drückte sich tatsächlich echte Tränen aus den Augen! Ein Wundermittel, durch das Pauls Vorsatz sekundenschnell in sich zusammenschmolz. Er streckte seine Waffen, beließ es bei einer mündlichen Ermahnung und wandte sich dem nächsten Fahrgast zu.

Für die jagdhungrige Mirli war das aber gar keine Option. Wie von der Tarantel gestochen startete sie in Richtung des Mädchens, wurde jedoch bereits beim zweiten Schritt von einem plötzlichen Rucken der Straßenbahn brutal aus dem Gleichgewicht gebracht.

Ihre Hände ruderten nach einem Haltegriff, allerdings legte die Bim jetzt auch noch eine Art Notbremsung hin und kam sehr ruppig zum Stehen.

Dieser Vorgang brachte Mirli derart aus der Balance, dass die Jägerin selbst wie frisch erlegt zu Boden ging, während das Mädchen in Richtung Ausstieg flüchtete.

Pauls in diesem Augenblick auftretende Verblüffung galt jedoch drei ganz anderen Ereignissen.

Erstens hatte auch die ihnen entgegenkommende Straßenbahn zeitgleich mit ihnen angehalten.

Zweitens waren alle Ampeln erloschen.

Und drittens waren in den Schaufenstern die Lichter ausgegangen. Und das alles geschah zu einer vollen Stunde, nämlich exakt um 17 Uhr.

Handelte es sich hier um einen konzertanten Stromausfall?

Oder gab es im Hintergrund einen Dirigenten, der dem Beleuchtungsorchester eine Pause befohlen hatte?

Lag hier ein Eigenversagen des Systems vor oder hatte jemand von außen mit Absicht einen Schalter umgelegt?

Mit dem Durchspielen all dieser Möglichkeiten erschien ihm nun auch eine gewollte Gleichschaltung der Ampeln nicht mehr gänzlich undenkbar. Was, wenn dieser Vorgang ganz bewusst gesteuert worden war?

Ein ungeheuerlicher Gedanke, der auf Pauls eingeschlafenes journalistisches Gespür wirkte wie ein längst fälliger Dornröschenkuss. Seine über so viele Jahre verlässlich funktionierende Intuition schlug endlich wieder ihre Augen auf. Mit einem Mal war er sich so wie früher sicher, dass er eine zwar noch unklare, aber goldrichtige Fährte witterte.

Pauls Überlegungen wurden von der Jägerin Mirli durchkreuzt, die auf ihn zuhumpelte, sich den Staub von der Hose klopfte und mit verbissener Miene ankündigte, dass sie sein katastrophales Fehlverhalten unverzüglich ihrem Vorgesetzten melden werde.

„Mach nur, Mirli. Hauptsache, es geht dir danach besser", antwortete Paul Klammer, tippte eine Nummer in sein Handy und atmete erleichtert auf, als er die Stimme seines ehemaligen Ressortleiters vernahm.

„Hallo, Harald, hier Paul. Paul Klammer, dein ehemaliger Mitarbeiter. Ich weiß, dass du nicht mit mir reden darfst. Aber ich bin an einer Geschichte dran, die dich garantiert interessieren wird."

21

„Robert, kannst du nicht einmal etwas gut machen, ohne gleichzeitig Mist zu bauen?"

Schweitzers angegraute Haare schienen zu vibrieren, als er vor Worschädl und Schinagl hin- und herschritt und theatralisch gestikulierte.

„Zur Schonung deiner Stimmbänder könntest du berücksichtigen, dass wir uns in deiner unmittelbaren Nähe befinden." Worschädl bemühte sich um eine möglichst ruhige Stimme.

„Nicht in diesem arroganten Ton, mein Freund", japste es aus Schweitzer heraus. „Noch dazu nach dieser hirnrissigen Aktion."

„Solange du nicht konkreter wirst, bleibt mir verborgen, was du meinst."

„Deinen vertrottelten Zirkusauftritt auf dem Dach dieses Waggons. Die negativen Reaktionen in den sozialen Medien treffen nicht nur dich, sondern auch deine Kollegen, Schinagl, mich, uns alle! Der damit verbundene Shitstorm wird uns in den Abgrund reißen."

„Es gibt auch unzählige Likes", hielt Schinagl dagegen. „Außerdem kommen die Hasskommentare eindeutig aus der rechtsextremen Szene."

Die junge Kriminalbeamtin hatte mit Worschädl am Besprechungstisch in Schweitzers Büro Platz genommen und musste beim Ausbruch ihres Chefs unwillkürlich an das Grimm'sche Rumpelstilzchen denken.

„Aber in den Vordergrund hat sich wieder einmal der Sturschädl Worschädl gespielt", schnaubte Schweitzer.

„Hörst du, was unser Vorgesetzter gerade von sich gegeben hat?" Worschädl kommunizierte mit Schinagl so, als ob sie unter sich wären.

„Du hättest Jasmin offenbar nicht daran hindern sollen, die Starkstromleitung anzufassen", lautete die trockene Interpretation der Bezirksinspektorin.

„Verdammt! Das ist doch nicht das Thema", echauffierte sich Schweitzer. „Es geht darum, dass du es nahezu bei jedem Fall auf die Titelseiten schaffst! Und zwar meistens mit Schlagzeilen, die meiner Reputation und der meiner Abteilung in keiner Weise dienlich sind! Jetzt wirst du auch noch zu einer fragwürdigen Internet-Berühmtheit!"

Von seiner Frau hatte Worschädl gelernt, auf die Zwischentöne zu achten. Auf die Sprache der Mimik und des Körpers.

Es waren Schweitzers ehrgeizig zuckende Schläfen, die ihn verrieten. Wegen seiner Bewerbung um den frei werdenden Posten des Bezirkskommandanten konnte er keinen medialen Wirbel gebrauchen. Er wollte dem Landeskommandanten den Eindruck eines Vorgesetzten vermitteln, der seine Mitarbeiter im Griff und seinen Stall in Ordnung hatte.

Zugleich verbarg sich hinter Schweitzers Wutanfall eine üppige Portion an Neid. Er missgönnt mir das Rampenlicht, dachte Worschädl. Er will keinen anderen, sondern nur seinen eigenen Namen in der Zeitung lesen. Er hasst es, wenn nicht er, sondern ein Mitarbeiter den prominenten Platz in der Auslage besetzt.

„Er sorgt sich um seinen Ruf", sagte Worschädl kopfschüttelnd zu Schinagl.

„Wobei ... ist der einmal ruiniert, lebt es sich gänzlich ungeniert."

„Das ist nicht witzig, Frau Kollegin! An Ihrer Stelle würde ich mich hüten, dumme Scherze über einen Beamten zu machen, der in Kürze eine Stelle in der obersten Führungsebene bekleiden wird."

Nach diesem mit schneidender Schärfe formulierten Satz lehnte sich Schweitzer zufrieden zurück. Das kurze Schweigen seiner Ermittler veranschaulichte ihm, dass sie endlich begriffen hatten, was für ein Kapazunder ihnen gegenüberstand.

Er war nun einmal keiner, der mit dem üblichen Maßstab zu beurteilen war. Er stand knapp davor, vom niedrigeren auf den höheren Thron zu wechseln. Diesen Aufstieg würde er sich auf keinen Fall verderben lassen.

„Sabine, hast du den Eindruck, dass es die oberste Führungsebene auch nur irgendwie juckt, wenn im Netz zur Jagd auf einen Chefinspektor aufgerufen wird?"

„Die Chefetage kümmert es auch nicht, dass jemand eine Prämie in Aussicht stellt, wenn du erwischt und ordentlich verprügelt wirst."

„Meine Güte, diese Drohgebärden nimmt doch bitte kein Mensch ernst", beschwichtigte Schweitzer und zückte seinen Kugelschreiber. „Konzentrieren wir uns besser auf die tote Programmiererin und diese Firma *Net Security Solution*."

Wie aufs Stichwort trat in diesem Moment eine Dame durch die Tür, die weder Worschädl noch Schinagl je zuvor gesehen hatten. Eine attraktive, selbstbewusst wirkende Erscheinung in enger, schwarzer Lederhose und türkiser Lederjacke, die sich an den Tisch setzte, als sei dort immer schon ihr Platz gewesen.

„Guten Tag. Mein Name ist Laura Kamenko. Abteilungsinspektorin, Polizeiinspektion Klagenfurt. Ich habe vorübergehend das Vergnügen, mit Ihrem Chef in einem Krisenstab zu sitzen. Und Überraschung: Ab sofort werde ich Ihnen in Ihrem aktuellen Fall ein wenig auf die Sprünge helfen."

„Ohne meine Zustimmung wird das wohl schlecht möglich sein", korrigierte Schweitzer, der von Kamenkos Auftritt offenbar ebenso überrascht war wie seine Mitarbeiter.

„Schönen Gruß vom Landeskommandanten. Er ist der Meinung, dass sich das Ermittlungstempo drastisch erhöhen muss."

„Schönen Gruß von Robert Worschädl: Wir brauchen keinen Klugscheißer, der uns erzählt, wie wir unsere Arbeit machen sollen."

„Wenn schon, dann Klugscheißerin, Kollege ..."

„Worschädl", warf Schinagl ein.

„Worschädl. Laut dem Landeskommandanten soll ich Ihnen Feuer unter Ihrem – Sie verzeihen – lahmarschigen Hintern machen."

„Großartig, wie präzise er unsere Vorgangsweise von seinem Schreibtisch aus beurteilen kann", bemerkte Schinagl bitter.

„Tatsache ist, dass Sie für Ihren aktuellen Fall eine kompetente Cyberexpertise brauchen. Für sämtliche diesbezüglichen Angelegenheiten wurde ich mit Leitungsbefugnissen ausgestattet."

Na bravo, ein weiblicher Feldwebel, stöhnte Worschädl innerlich auf.

Na toll, eine ganz Wichtige mit Alphatier-Tendenzen, stellte Schinagl gequält fest und blickte zu Schweitzer.

Den hatte bei Kamenkos letzten Sätzen eine ultimative Blässe heimgesucht. Eine Art Schockstarre, die ihn für mehrere Sekunden vollkommen verstummen ließ. Bis ihn die Welle eines aufkeimenden Zorns erfasste, den er nur mit größter Mühe unterdrücken konnte.

„Einfach über meinen Kopf hinweg geht das auf keinen Fall."

„So ist es aber bereits entschieden“, wurde er von Laura berichtigt. „Sie alle sind verpflichtet, mich über jeden Ihrer Schritte zeitnah zu informieren und gegebenenfalls meine Zustimmung einzuholen.“

Kamenko wunderte nicht, dass sie in überraschte, ablehnende und sogar feindselige Gesichter blickte, und sie setzte sogar noch eines drauf: „Ohne mein Okay passiert also in diesem Fall von jetzt an überhaupt nichts mehr. Ja, Schweitzer, das gilt auch für Sie!“

Worschädl und Schinagl warfen sich einen Blick zu, in den sich neben dem spürbaren Unmut über Kamenkos autoritäres Gehabe ein Hauch von Schadenfreude mischte. War auch ein wenig vergnüglich, ihren Chef so zusammengestutzt und kleinlaut zu erleben.

Erstaunlich, dass sich Kamenko nun entspannt zurücklehnte, als hätte sie einen Schalter umgelegt. Wie eine Kapitänin, die übergangslos von der Kommandobrücke stieg, um auf Augenhöhe zu kooperieren.

„Zuerst wäre ich sehr dankbar für eine Tasse Kaffee. Ohne Koffein kann ich weder denken noch freundlich sein“, lächelte sie entschuldigend. „Und dann legen wir bitte auf den Tisch, was wir bis jetzt alles haben.“

„Einverstanden. Sie und Schweitzer fangen am besten damit an“, brummte Worschädl. „Wieso hat man Sie ausgerechnet für diesen Fall nach Linz geholt? Hat die berufliche Tätigkeit von Philipp Aigner etwas mit dem Mord an seiner Arbeitskollegin zu tun? Gibt es Zusammenhänge mit der Firma *Net Security Solution*?“

„Falls es dazu bereits Antworten geben sollte, sind sie zum jetzigen Zeitpunkt für Ihre weiteren Ermittlungen nicht relevant.“

„Obwohl mit Daniela Pamminger eine Mitarbeiterin genau dieser Firma grausam hingerichtet wurde?“ Worschädls Ungehaltenheit war nicht zu überhören.

„Robert, mäßige dich im Ton“, mahnte Schweitzer, klopfte mit den Fingerknöcheln auf den Tisch, worauf sich seine Zerrung mit einem leichten Stechen meldete.

„Stefan, wenn man uns eine Kollegin mit Leitungsbefugnissen aufs Aug drückt, will ich kapieren, warum? Und ich will nicht das Gefühl haben, dass wichtige Informationen vor uns geheim gehalten werden.“

Kamenkos rechte Augenbraue schoss steil nach oben. Dieser Worschädl entpuppte sich schon jetzt als anstrengender Querulant. Zugleich traf er den Nagel auf den Kopf, weil sie und auch Schweitzer zu absolutem Stillschweigen verpflichtet worden waren. Aber sie hatte nicht die geringste Lust, sich auf eine Auseinandersetzung einzulassen.

„Das ist ein Missverständnis. Ich bin nicht hier, weil es eine Krise gibt, sondern weil es eine geben könnte. Deshalb setzen wir die üblichen Sicherheitsmaßnahmen in Gang. Unaufgeregt und ganz entspannt. Ich will lediglich für gut abgestimmte weitere Schritte sorgen.“

„Ich wäre nicht auf die Idee gekommen, dass wir dafür jemanden von außen brauchen.“

„Wie auch immer, ermitteln Sie und Ihre Kollegin ausschließlich im persönlichen und familiären Umfeld des Opfers. Freundinnen und Freunde, Bekannte, Nachbarinnen und Nachbarn, Verwandte.“

„Und die Aigners?“

„Gehen Sie ab sofort nichts an. Genauso wie diese Security-Firma. Darum kümmert sich ein Team, das aus versierten Cybercops besteht.“

„Wunderbar. Sie haben weitere Spezialisten hinzugezogen, obwohl wir nicht von einer Krise reden.“

„Nicht nur Spezialisten, Herr Worschädl, sondern auch Spezialistinnen. Alles rein prophylaktisch“, erklärte Kamenko. „Wir wollen auf den Eventualfall vorbereitet sein."

„Laut einem Praktikanten dieser Internet-Firma soll der Eventualfall bereits eingetreten sein. Er sagte etwas von Hackern, die den Nerv getroffen hätten", vermeldete Schinagl.

„Falls das so wäre, wüsste ich garantiert davon", gab Kamenko zurück und spürte genau, dass es nicht überzeugend rüberkam.

„Frau Kamenko, ich darf Sie darauf aufmerksam machen, dass wir keine Idioten sind und auch nicht als solche behandelt werden wollen", griff Worschädl ein.

„Was ganz sicher nicht in Frau Kamenkos Absicht lag. Es geht hier nicht um unsere Befindlichkeiten, sondern um die Klärung eines Mordfalls."

„Danke für die Belehrung, Stefan." Konnte es sein, dass Schweitzer drauf und dran war, die Seite zu wechseln und in eine Koalition mit Laura Kamenko einzutreten?

Schinagl legte Worschädl beruhigend die Hand auf den Arm. „Robert, die beiden wissen offenbar noch nichts über die Cyberattacken, von denen uns die Geschäftsführerin Astrid Lackner berichtet hat."

„Dann haben sie auch keine Ahnung von einem eventuellen Maulwurf, der interne Codes und Passwörter verkauft haben könnte."

Kamenkos linke Augenbraue zuckte dezent. „Ähnliche Gerüchte sind auch zu uns durchgedrungen. Aber wir konzentrieren uns lieber auf die Fakten."

„Eben." Schweitzer wedelte mit seinem Kugelschreiber. „Wenn die Arbeitsfelder so weit geklärt sind, kann uns Kollege Worschädl über den Schädel in Rovinj in Kenntnis setzen."

Schweitzer schien auf sein Wortspiel stolz zu sein und lächelte Kamenko zu, als wäre ihm gerade ein umwerfender Witz gelungen. Die Cyberspezialistin interessierte sich aber dafür, was Worschädl zu sagen hatte.

„Klar ist inzwischen, dass es sich ziemlich sicher um den Kopf von Daniela Pamminger handelt. Dasselbe gilt mit größter Wahrscheinlichkeit auch für den Oberschenkel – da fehlt uns noch die endgültige Bestätigung des Gerichtsmediziners."

„Wo befindet sich der Schädel jetzt?", fragte Kamenko.

„Hoffentlich schon auf dem Weg zu uns. Aufgrund der klaren Identifizierung durch ihre Tochter haben die italienischen Kollegen der Überstellung erfreulich rasch zugestimmt."

„Und wie sehen Ihre nächsten Schritte aus?"

„Wir sind in Kontakt mit der amtlichen Kinder- und Jugendhilfe, die ab sofort Jasmins Obsorge übernimmt. Außerdem nehmen wir an, dass es eine Verbindung zwischen der Toten und Rovinj gibt", antwortete Schinagl. „Wir klopfen Jasmins Alibi ab, setzen uns mit ihrer Großmutter und ihrem Onkel in Verbindung, befragen die weiteren Wohnungsnachbarn und fühlen auch ihren Hooligan-Freunden auf den Zahn."

„Das klingt sehr vernünftig, was meinen Sie, Herr Schweitzer?"

„Finde ich auch. Und ich weiß, dass ich mich auf meine Mitarbeiterinnen und Mitarbeiter voll und ganz verlassen kann."

„Dann an die Arbeit", brummte Worschädl, dem Schweitzers überbetontes Gender-Getue gehörig auf die Nerven ging. Er stand mürrisch auf, bewegte sich zur Tür, überlegte es sich anders und drehte sich noch einmal um.

„Was ich noch sagen wollte ... unglaublich sinnvoll, dass die Cybercops und wir getrennt ermitteln. Wenn die einen zu den Erkenntnissen der anderen keinen Zugang haben, lassen sich bestimmt hervorragende Ergebnisse erzielen."

Schinagl hätte diese süffisante Bemerkung gerne abgeschwächt. Weil sie Kamenko im Grunde sympathisch fand. Weil es keinen Sinn machte, sie gegen die Wand laufen zu lassen.

Das Handysignal kam ihr zuvor.

„Schinagl, hallo?"

„Pürstlmaier, Polizeianhaltezentrum Linz. Spreche ich mit Kollegin Sabine Schinagl?"

„Genau die ist dran."

„Sehr gut. Es ist wegen Ihrer Tochter."

„Wegen Kerstin? Was ist mit ihr? Ist ihr etwas passiert?"

„Eher den Kollegen."

„Was heißt den Kollegen? Hat sie etwas angestellt?"

„Kann man so sagen. Wir haben sie festgenommen."

22

Wut und Sorge.

Zwei Bestandteile der Gefühlsmischung, mit der Schinagl den Wagen durch die Gruberstraße lenkte.

Konnte denn nicht ein einziges Mal Pause sein? Musste auch in ihrem privaten Leben hinter jeder dritten Kurve eine Herausforderung auf sie warten? Warum war Kerstin wieder einmal zur falschen Zeit am falschen Ort gewesen? Und wieso wurde bei dieser Demo ausgerechnet ihre Tochter festgenommen?

Hoffentlich ging es nicht um Drogen. Im Hinblick auf ihre Kinder das absolute Albtraumthema. Deshalb hatte sie vor allem die ältere Kerstin nie vor erschütternden Erlebnissen aus ihrem Berufsleben verschont. Die 15-Jährige wusste genau, was Koks, Heroin oder Crystal Meth aus einem Menschen machen konnten.

Sie lenkte den Wagen über den Graben in Richtung Pfarrplatz. Dieser Stadtteil lebte von verwinkelten Gassen, exquisiten Boutiquen und ansprechenden Läden und Lokalen. Schinagl hatte kurz den Frühsommer mit den offenen Schanigärten vor Augen. Wenn sich Linz aus den Wohnräumen wieder auf die Straßen und in Parks und Gastgärten stülpte. Wenn die Stadt wieder so richtig zum Leben erwachte.

Aber noch war es nicht so weit. Vorher war für Schinagl ein echter Canossagang zu absolvieren. Sie hatte als Polizistin wegen ihrer Tochter, die mehr oder weniger auf die schiefe Bahn geraten war, in einem Wachzimmer anzutreten.

Die Kollegen dort sind sicher schon auf mich gespannt, dachte Schinagl, als sie ihren Wagen ungeniert auf einem der reservierten Polizeiparkplätze abstellte. Immerhin gehörte sie zum Club, auch wenn sie sich beim Betreten des Wachzimmers wie auf der anderen Seite fühlte.

„Guten Tag, Bezirksinspektorin Schinagl. Ich wurde angerufen."

„Genau, vom Kollegen Pürstlmaier. Sie sind also die Mutter."

Die Journaldienst-Beamtin, deren Kiefer intensiv mit einem Kaugummi beschäftigt waren, musterte Schinagl wie eine hopsgenommene Ladendiebin. Als hätte man sie soeben beim Entwenden eines Parfumfläschchens oder eines Kleidungsstücks erwischt.

„Pürsti! Die Schinagl ist endlich da!"

Schön, dass sich nach dieser lauthals verkündeten Botschaft die Köpfe aller neun anwesenden Mitarbeiter in Richtung Schinagl drehten. Großartig, dass sich auch im Blick des auf sie zukommenden „Pürsti" der geballte Vorwurf spiegelte.

Die halten mich für die schwärzeste aller Rabenmütter. Für die bin ich schon unten durch.

„Grüß Gott, Frau Kollegin."

Der schlanke, drahtige Pürsti streckte ihr seine kräftige Hand hin und drückte ordentlich zu. „Pürstlmaier. Ich sage Ihnen ... so ein Schlamassel. Das wird jetzt alles nicht so lustig."

„Ist Kerstin hier? Wie geht es ihr?"

„Fragen Sie lieber, wie es uns geht, Frau Kollegin. Ihr Früchtchen hat unsere Nerven mehr als strapaziert. Ist nur zu hoffen, dass sie das Respektlose und Vorlaute nicht von ihrer Mutter hat."

„Darf ich erfahren, warum sie hier ist?"

„Unsere Vermutung ist, dass es an der Erziehung hapert. Dass da etwas Grundsätzliches versäumt wurde. Und zwar von Anfang an."

Du heiliger Strohsack! Ein Husch-Pfusch-Pädagoge. Ein selbst ernannter Erziehungsspezialist. Stellt sich hin, sieht mich zum ersten Mal und erlaubt sich schon ein Urteil. Wenn der so weitermacht, sehe ich bald seine Kappe fliegen!

Kein gutes Zeichen, dass sie von Pürsti sowohl an den leiblichen Vater ihrer Kinder als auch an ihren Ex-Lebensgefährten erinnert wurde. Beides Männer, die es geschafft hatten, ihre Schwächen zu kaschieren. Der eine hatte sie mit seinem maskulinen Sexappeal beeindruckt, der andere glänzte mit künstlerischer Kreativität, und dieser hier spielte den großen Klugscheißer und lieferte doch nur abgedroschene Phrasen.

Der Pürsti reklamierte für sich, im Besitz der allumfassenden Wahrheit zu sein. Wer sich fragte, was denn nötig war, um ein korrektes und gutes Leben zu führen, brauchte nur das Orakel Pürsti befragen. Wer zwischen Gut und Böse oder Richtig und Falsch nicht unterscheiden konnte, setzte sich zu Pater Pürsti in den Beichtstuhl und wurde von ihm auf den rechten Weg geführt.

Der kommt vom Land, vielleicht von einem Bauernhof, dachte Schinagl. Der ist aufgewachsen in einer überschaubaren Kleinstruktur. Wo es neben der Kirche einen Kirchenwirt gibt und ein paar Schritte weiter den Gemeindesilo. Wo die Trafikantin namentlich weiß, wer sich welches Rubbellos kauft und wer für wie viel Geld Lotto spielt. Wo sich in Windeseile herumspricht, wem bei der letzten Sonntagsmesse in der zweiten Reihe links vorn ein halblauter Furz entfleucht ist.

Der Pürsti, vermutete Schinagl, war womöglich Anhänger einer Art von Frühschoppenpädagogik, dilettantisch zusammengezimmert von diversen Dorfhonoratioren, die sich regelmäßig nach der Sonntagsmesse beim Kirchenwirt ächzend auf die Stühle und Bänke rund um den Stammtisch fallen ließen.

Nach lautstarken Diskussionen, hitzigen Schreiduellen, einigen Krügerl Bier und mehreren Stamperl Schnaps lagen die grob geschnitzten Thesen der Männerrunde auf dem Tisch, so stellte sich Schinagl die Szene empört vor: Dem neunjährigen Gfrast der unter Notstand leidenden Verkäuferin in der Trafik fehlte ein Vater mit einer starken Hand; die Zwölfjährige vom geldgierigen Betreiberehepaar des Lebensmittelladens, die den gampigen Burschen jetzt schon schöne Augen machte, bräuchte dringend ein paar hinter ihre frühreifen Löffel; und dass die Zwillinge von der Volksschullehrerin und ihrem Sozialarbeiter-Lebensgefährten komplett verzogen waren – kein Wunder bei diesen linksalternativen und noch dazu veganen Ökoeltern.

Genau da passt der Pürsti hin, sagte sich Schinagl. Der sieht mich zum ersten Mal und weiß nach zehn Sekunden alles. Der hat sein Urteil schon gefällt, auch wenn er mir gerade erst begegnet ist.

„Herr Pürstlmaier, bevor wir uns über meine mutmaßlichen Erziehungsfehler unterhalten ...“

„Damit sind nicht nur Sie gemeint. Es wird doch um Himmels willen hoffentlich auch einen Vater geben.“

„Und bevor Sie auch noch mein Beziehungsleben thematisieren ...“

„Man wird doch noch fragen dürfen, ob zwischen den Eltern auch alles in Ordnung ist. Ob beide ihre Pflichten erfüllen. Damit aus der verhaltensauffälligen Tochter eventuell doch noch etwas wird.“

Ganz ruhig, sagte sich Schinagl. Der kommt aus einem anderen Jahrhundert. Der propagiert noch ein Familiengefüge namens „Vater-Mutter-Kind“. Der glaubt an eine Ordnung, die in dieser Form längst nicht mehr existiert. Pürsti lebt, denkt und glaubt rückwärtsgewandt. Er hätte es gerne so wie damals. Blöd, dass dieses Damals schon gewesen ist und sich die Verhältnisse gravierend verändert haben.

„Herr Kollege, ich präzisiere meine Frage und erwarte mir eine klare Antwort! Was wirft man Kerstin vor? Weswegen wurde sie festgenommen?"

Wieder wendeten sich die Köpfe. Wieder stand Schinagl im Mittelpunkt. Diesmal wegen ihrer Lautstärke. Außerdem wegen der Schärfe ihrer Worte. So forsch war dem Pürsti bis jetzt noch nie jemand gekommen. Und schon gar nicht eine Frau.

Er schien darüber auch nicht übermäßig glücklich. Wirkte eher pikiert, als er die Luft scharf in seine Lunge sog, sie dort sammelte, für ein paar Sekunden verweilen ließ und dann ausstieß.

Wie ein Stier vor dem Zertrampeln des Toreros.

Keiner im Raum wünschte sich, in Schinagls Haut zu stecken.

Die musste zusehen, wie Pürsti seinen Blick langsam und zugleich bedrohlich senkte. Wie er die vor ihm liegende Heftmappe aufschlug, sich verbissen darin vertiefte und sie keines Blickes mehr würdigte.

Schinagl war klar, dass er sie zappeln ließ. Weil sie zu weit gegangen und ihm zu nahe getreten war. So etwas vertrug ein Pürsti nicht. Bei so etwas stellte es einem Pürsti alle Stacheln auf. Noch dazu war sie es, die etwas von ihm wissen wollte, und nicht umgekehrt.

Wahrscheinlich hatte sie sich und Kerstin in eine ungünstige Ausgangslage gebracht. Aber die männliche Selbstgefälligkeit stand ihr nun einmal bis hier. Ihre Geduld mit diesem Gehabe war leider komplett aufgebraucht.

„Herr Pürstlmaier beziehungsweise Pürsti! Ich möchte auf der Stelle Ihren Vorgesetzten sprechen."

„Sehr gern, aber ich frage mich, was Sie sich davon erwarten." Am gefestigten Moralisten prallte Schinagls Attacke ab. Er lächelte wie jemand, der seine Tücher längst ins Trockene gebracht hatte.

„Tatsache ist, dass Ihre Tochter randaliert hat. Das nennt man Widerstand gegen die sogenannte Staatsgewalt."

Pürstlmaier hob seinen Kopf. Blickte Schinagl direkt in die Augen. Wie ein Priester, der den Kirchgängern von der Kanzel aus mit gütiger Stimme erklärt, wie schuldbeladen sie seien.

„Mir persönlich hat sie mit Fußtritten zwei schwere Hämatome sowie mit ihren Fingernägeln einen tiefen und schmerzhaften Kratzer zugefügt."

„Das tut mir leid. Aber was heißt das jetzt für Kerstin?"

„Wir prüfen gerade, ob wir Ihr missratenes Kind für weitere Befragungen nicht noch eine Weile hierbehalten müssen."

23

„Meine Mitarbeiter in der Küche verfluchen mich, weil ich nur die jungen, kleinen Calamari kaufe. Stimmt schon, dass es ewig dauert, sie zu putzen und vorzubereiten. Aber dafür sind sie wunderbar zart und die reinste Gaumenfreude."

Michaelis Vasilakos, den die jahrelange griechische Depression aus dem am Peloponnes gelegenen, malerischen Dörfchen Palea Epidavros über Albanien, Serbien und Kroatien zuerst nach Wien und dann nach Linz gespült hatte, stand bei den Worschädls am Tisch, servierte seine von ihm persönlich gegrillten Tintenfische auf Wildreis mit mediterranem Gemüse und Knoblauchsauce und hätte sich wohl sehr gerne an den Tisch seiner treuen Stammkunden gesetzt. Aber Pflicht blieb Pflicht, der Gastraum war zum Bersten voll, also schenkte er ihnen seinen besten Retsina ein, wünschte mit einem herzlichen „Kali orexi" guten Appetit, bewegte sich in Richtung Küche und bedachte dabei auch seine anderen Gäste mit freundlichen Bemerkungen.

„Der kann einem sogar einen verrückten Tag wie den heutigen vergolden", meinte Worschädl und schob sich eine Gabel mit Reis und Gemüse in den Mund.

„Klingt so, als ob es anstrengend gewesen wäre." Seine Frau Karoline nahm einen Schluck Wein.

„Vor allem mysteriös. Angefangen hat es mit einer Bluttat ohne Leiche. Die ist dann zum Teil aufgetaucht."

„Nur zum Teil?"

„Am Vormittag ein Oberschenkel, am Nachmittag der Kopf."

„Na toll. Sehr appetitlich. Mahlzeit."

„Entschuldige." Worschädl ließ sich ein Stückchen Tintenfisch auf der Zunge zergehen.

„Kein Problem. Hast du noch mehr Erfreuliches zu vermelden?“

„Selbstverständlich. Gegen Mittag habe ich eine durchgeknallte Jugendliche bis auf das Dach eines Zugwaggons verfolgt.“

„Bertl, du hast mir fest versprochen, dich nicht leichtfertig in Gefahr zu begeben und besser auf dich aufzupassen.“

„Es kommt noch dicker: Sabines Tochter wurde bei einer Demo festgenommen.“

„Meine Güte. Wo ist Kerstin da nur hineingeraten?“

„Sabine kümmert sich darum. Aber das ist noch immer nicht alles. Die ganz Wichtigen vom Landeskommando haben beschlossen, dass wir ab sofort den Anweisungen einer Cybertante folgen müssen.“

Karoline schmunzelte. „Dann muss sich von dieser Cybertante auch mein Brummbär etwas sagen lassen?“

„Das hätten sich die so vorgestellt. Selbst Schweitzer soll nach ihrer Pfeife tanzen.“

„Dieser Ehrgeizling? Das muss ihn doch zur Weißglut bringen.“

„Der frisst ihr eher aus der Hand.“

„Hoppla. Passt sie in sein Beuteschema?“

„Offensichtlich. Die bringt ihm sogar das Gendern bei.“

„Aber sie verfügt sicher auch über besondere fachliche Fähigkeiten.“

„Die haben sich mir noch nicht erschlossen.“

„Du hast die Frau also bereits abgeschrieben?“

„Aber nein. Bei mir hat jeder ... und jede eine Chance.“

„Nur darf man dir nicht ins Handwerk pfuschen. Und schon gar nicht eine Frau.“

„Karoline, bitte. Das sind Unterstellungen.“

„Die auf persönlicher Erfahrung beruhen. Was ist, wenn sie was draufhat und euch sogar helfen kann?“

„Sehr unwahrscheinlich, aber gut, ich könnte das in Erwägung ziehen.“

„Wie gnädig von dir, Bertl.“

„Finde ich auch. Sie ist eindeutig besser informiert als wir, gibt davon aber nicht das Geringste preis.“

„Aber du hast Vermutungen?“

Worschädl nickte. „Die Ermordete arbeitete in einem Unternehmen, das öffentliche Einrichtungen vor Cyberterror schützen soll.“

„Was den Mord in ein brisantes Licht rückt.“

„Aber nur, weil genau dieser Schutz durchbrochen wurde. Die heutigen Stromausfälle ...“

„Ich habe davon gehört.“

„... wurden angeblich durch Angriffe aus dem Internet verursacht.“

Karoline, die sich neben dem Zuhören ganz dem Zauber hervorragend zubereiteter Meeresfrüchte hingab, stutzte plötzlich und legte ihre Gabel auf den Teller. Soeben war ihr der verzweifelte Klient von heute Nachmittag in den Sinn gekommen.

„Denkst du, dass man mit solchen Angriffen auch unsere Ampelsysteme manipulieren könnte?“

„Für versierte Hacker wäre das sicher keine Schwierigkeit.“

„Na gut. Dann zeige ich dir jetzt eine SMS. Hat mir vor einer Stunde mein neuer Klient geschickt. Aber Achtung!“ Sie dämpfte ihre Stimme. „Das fällt in meine therapeutische Verschwiegenheitspflicht.“

Sie schob Worschädl ihr Handy hin.

„Alles klar“, antwortete Worschädl. Ihm war bewusst, dass ihn Karoline in etwas einweihte, das er mit größter Diskretion behandeln musste.

Sehr geehrte Frau Dr. Worschädl. Sie hatten recht. Mit größter Wahrscheinlichkeit waren tatsächlich beide Ampeln auf Grün geschaltet. Bin wieder voller Energie und sage unsere morgige Sitzung ab. Ich melde mich verlässlich wegen eines neuen Termins. Vielen Dank für alles. Paul Klammer

„Zwei auf Grün geschaltete Ampeln? Karoline, was bedeutet das?"

„Es geht um einen Unfall, der zum Glück nicht stattgefunden hat. Und um einen Klienten, der froh darüber ist, dass er doch noch alle Tassen im Schrank hat. Deutlicher darf ich nicht werden. Aber seine Geschichte könnte dich interessieren."

„Siehst du die Möglichkeit, ein Treffen zu arrangieren?"

„Mein Klient wäre sicher damit einverstanden. Ich kann ihn vorsichtig fragen."

Karoline verstummte, weil sie und alle anderen Gäste plötzlich im Dunkeln saßen. Licht aus, Energie weg, Stromausfall. Unruhiges Rumoren, heller Aufschrei, nervöses Lachen.

„Sighnòmi ... Entschuldigung", rief ein aufgeregter Michaelis Vasilakos, wieselte mit einer Taschenlampe durchs Lokal und eilte hinaus auf den Gang, wo er sich vermutlich am Sicherungskasten zu schaffen machte. Aber das Licht und der Strom kamen nicht so schnell zurück.

Worschädl aktivierte die Taschenlampenfunktion seines Handys, ging zum Fenster und stellte mit einem kurzen Blick nach draußen fest, dass auch in der nächsten Umgebung des Lokals die Lichter ausgegangen waren.

„Nicht nur wir sitzen im Dunkeln. Das ganze Stadtviertel dürfte betroffen sein", berichtete er Karoline.

„Da reden wir über manipulierte Ampeln, und schon fallen die Lichter aus“, antwortete sie.

Worschädls Handy reagierte auf diesen Satz mit einem Aufleuchten des Displays.

„Bei Sabine darf ich rangehen?“

„Selbstverständlich.“

„Hallo, Sabine, wie geht’s deiner Tochter?“

„Genau deshalb rufe ich dich an.“

„Du musst lauter reden. Hier herrscht große Aufregung wegen eines Stromausfalls. Wir sitzen bei Kerzenlicht beim Griechen.“

„Tut mir leid, dass ich euch störe.“

„Kein Problem.“

„Vielleicht doch. Sieht nämlich so aus, als ob ich dringend deine Hilfe bräuchte.“

24

#Kameraden, macht euch bereit, es geht los! Wir jagen diese Bullenschwuchtel. Und ich sage euch, wir kriegen ihn.

#Das Dreckschwein gehört gesteinigt, an die Wand gestellt und öffentlich exekutiert.

#Wenn wir wissen, wo der Volksfeind wohnt, mach ich ihn kalt.

#Die Adresse haben wir bereits. Informanten aus dem Polizeidienst haben uns auch seinen Namen zugespielt: Worschädl.

#Worschädl? Das ist kein Name, sondern eine Zumutung. Ich muss kotzen.

#Worschädl klingt nach Missgeburt. Voll behindert. Ein echter Spasti ...

#Soll verheiratet sein. Welche Irre sich den wohl eingetreten hat.

#Diese Bullenschlampe gehört gründlich durchgefickt.

#Das kann der Schlappschwanz doch gar nicht. Der Impotenzler darf ab sofort keine ruhige Minute mehr haben.

#Der Drecksack hätte es echt in Kauf genommen, dass eine von uns in den Starkstrom greift und verreckt.

#Der hat den Tod von Jasmin riskiert. Dafür sollten wir ihm 10.000 Volt durch seine verfaulten Eier jagen.

#Leute, teilt das Video, damit möglichst viele diesen fetten Trottel auf dem Waggondach sehen. Und noch was: Der Lieferant der Adresse darf sich auf 1.000 Euro Belohnung freuen.

#Dann lasst die Hunde von der Leine. Die Treibjagd kann beginnen.

25

Zuerst war der Kollege Pürstlmaier nicht der Meinung gewesen, dass Schinagl mit ihrer Tochter einfach so sprechen durfte. Schon gar nicht mit ihr allein.

„Gespräche hätten Sie schon viel früher mit ihr führen sollen. Da wäre Zeit genug gewesen. Aber die werden Sie sich halt nicht genommen haben. Und das wird sich jetzt nicht so einfach reparieren lassen."

Bei diesem Pürsti-Sager schoss Schinagls Wutpegel durch die Decke. Doch sie riss sich zusammen, ballte die rechte Hand zu einer Faust und bohrte die Fingernägel unter dem Tisch in ihre Handfläche. In ihrem Gesicht verrieten nur die angespannten Backenknochen, dass sie sich zu einer Kiefersperre zwang.

Weil es nicht immer hilfreich war, das zu sagen, was man dachte. Weil man sich für ein höheres Ziel auch einmal verleugnen durfte.

Schinagl rief sich diese Ratschläge von Karoline in Erinnerung und entschied sich dafür, sich klein zu machen, Reue zu zeigen und Pürsti in allem Recht zu geben.

„Als Alleinerzieherin ist es nicht immer ganz einfach."

„Im Nachhinein ist es halt auch nicht immer klug, eine Partnerschaft einfach so hinzuschmeißen."

„Stimmt. Im Nachhinein wüsste man es sehr oft besser."

„Weil eine Mutter die Autorität des Vaters auf Dauer nicht ersetzen kann."

Schinagl rang nach einer Antwort. Einem weiteren möglichst nichtssagenden Satz.

„Wo Sie recht haben, haben Sie recht. Dabei habe ich mich immer sehr bemüht. Wollte nur mein Bestes geben."

„Gut gemeint ist nicht immer gut getan."

„Ich glaube, Sie haben schon wieder recht."

„Trotzdem müssen Sie nicht gleich verzagen."

Jetzt habe ich ihn, dachte Schinagl. Jetzt bin ich ihm endlich schwach genug. Jetzt beginnt er, sich um mich zu kümmern.

„Manchmal frage ich mich, wie ich das alles so ganz allein schaffen soll."

„Frau Schinagl, wegen ein paar grauer Wolken werden wir nicht gleich das Handtuch werfen. Wenn man ganz am Boden ist, gibt es immer noch die BFD-Methode."

„Sie machen mich neugierig."

„Eine Erfindung meiner Ottenschlager Volksschullehrerin."

Ein Ottenschlager also, dachte Schinagl. Tiefstes Mühlviertel. Ein Ort, wo jeder jeden kennt.

„BFD. Benehmen, Fleiß und Disziplin. Darauf kommt es an im Leben. Das sind die Eckpfeiler, an denen sich auch der junge Mensch orientieren muss."

„Stimmt. Da muss ich meiner Tochter dringend ins Gewissen reden."

„Dann bringen Sie ihr als Erstes bei, wie man sich gegenüber einem Exekutivbeamten zu verhalten hat."

„Ich werde ihr verlässlich die Leviten lesen."

„Sehr gut. Sie soll sich hinter die Ohren schreiben, dass man einem Polizisten nicht mit einer Anzeige drohen kann."

Das ist die Kerstin, die ich kenne. Elftes Gebot: Du darfst dir nicht alles gefallen lassen. Genau das habe ich ihr beigebracht.

„Selbstverständlich. So etwas geht auf keinen Fall."

„Sie muss begreifen, dass sie sich damit nur selbst in Schwierigkeiten bringt."

„Genau so werde ich ihr das erklären. Vielleicht kann ich jetzt mit ihr unter vier Augen ...“

„Einverstanden.“

„Sehr großzügig. Vielen Dank.“

„Eine Anzeige bleibt ihr trotzdem nicht erspart.“

„Eine Anzeige von wem?“

„Von mir natürlich. Ich mache das nicht gern, aber Ihre Tochter darf ruhig etwas lernen.“

„Kann sein, dass ich zu diesem Thema noch ein, zwei Fragen habe. Aber wenn ich jetzt bitte zu meiner Tochter ...“

Karoline Worschädl wäre stolz auf mich, dachte Schinagl, als sie neben Pürstlmaier den Gang entlangging. Unglaublich, wie sehr man sich für ein lohnendes Ziel verbiegen kann. Sie hatte immerhin erreicht, dass Pürstlmaier sie in dem kleinen Besprechungszimmer mit Kerstin für kurze Zeit allein ließ.

Die 15-Jährige hockte auf einem Stuhl und sah wie das sprichwörtliche Häufchen Elend aus. Verheulte Augen, ins Gesicht hängende Haarsträhnen.

„Mama, tut mir so leid, ich habe schon wieder Scheiße gebaut“, schluchzte sie, als Sabine eintrat und sie in die Arme nahm.

„He, Kerstin, du hast bei der Demo für eine bessere Welt gekämpft.“

„Hätte ich zumindest vorgehabt.“

„Viel schlimmer wäre, wenn du Fridays for Future verschlafen hättest und nur an deinen eigenen Vorteil denken würdest. Aber du hättest mir was sagen können.“

„Du bist doch Polizistin. Ich wollte dich nicht in Schwierigkeiten bringen.“

Schinagl spürte Kerstins Tränen an ihren Wangen. Sie löste sich von ihr und reichte ihr ein Taschentuch.

„Dein Plan ist nicht ganz aufgegangen." Schinagl zog einen Stuhl heran und setzte sich. „Was ist passiert?"

Kerstin schnäuzte sich. „Wir sind richtig gut drauf gewesen. Haben unsere Parolen rausgeschrien. Alles war gut, bis uns plötzlich zwei Polizisten angebrüllt und voll auf uns eingeprügelt haben. Ganz vorne dieser Arsch von Pürstlhuber oder Pürstlhofer."

„Pürstlmaier."

„Scheißegal. Ich habe geschrien, dass er aufhören soll. Habe gebrüllt, dass meine Mutter Polizistin ist. Hat nichts geholfen. Der hat mich auf den Boden geworfen und fixiert."

„Du hast dich gewehrt?"

„Mama, ich bin nicht blöd. Die hätten mich doch nur noch härter angefasst."

„Du hast also niemanden getreten oder angespuckt?"

„Scheiße, nein, ich war in Panik."

„Kerstin, ich muss mich darauf verlassen können, dass du mir die Wahrheit sagst."

„Das ist die Wahrheit, Mama, tausendprozentig. Aber du kannst gegen die doch sowieso nichts unternehmen."

„Mal sehen. Du nimmst bitte Kontakt mit allen Leuten auf, die mit dir auf dieser Demo waren."

„Meine halbe Klasse ist da gewesen. Was hast du vor?"

„Wir brauchen Videos und Fotos von der Demo. Vielleicht lässt sich etwas verwenden."

„Super Idee. Mama, sag mir bitte, dass ich jetzt mit dir nach Hause darf."

Kerstins erbarmungswürdige Stimme zerriss ihrer Mutter fast das Herz. Vor allem wusste sie nicht, wie lange sie der Kollege noch hinhalten würde.

Sehr erlösend, dass sich in diesem Moment draußen laute Stimmen näherten. Die eine ordnete sie dem aus Ottenschlag stammenden, moralisch gefestigten Pürstlmaier zu. Das andere polternde Organ kam eindeutig von jenem Mann, mit dem sie seit mehreren Jahren beruflich durch dick und dünn ging und der jetzt ihr einziger Hoffnungsschimmer war.

Über diesen Hoffnungsschimmer zeigte sich Pürstlmaier beim Betreten des Besprechungsraums nicht sonderlich begeistert.

„Gesund ist das für die Jugend nicht, wenn es für ein Fehlverhalten keine Konsequenzen setzt."

Hinter ihm tauchte Worschädl auf. „Kerstin, du kannst zusammenpacken."

„Du bist eine Sensation", rief Schinagl erfreut.

„Super, danke, Onkel Robert", begrüßte ihn Kerstin in der für sie seit Jahren üblichen Anrede.

„Sehr gerne, Kerstin", brummte der Chefinspektor und wandte sich an Pürstlmaier. „Meine Kollegin hat mir am Handy berichtet, dass Sie Anzeige erstatten wollen."

„Richtig."

„Ich kenne Kerstin. Sie ist in Ordnung. Den Wirbel können Sie ihr und auch sich selbst ersparen."

„Damit das Kind glaubt, wir leben im juristischen Schlaraffenland? Wo man tun und lassen kann, was man will? Weil die Mama ohnehin immer alles wieder richtet?"

„Mama, darf ich etwas dazu sagen?"

„Nein, Kerstin, lieber nicht. Heute erscheint mir der Herr Pürstlmaier gedanklich nicht mehr sehr beweglich. Vielleicht kann er sich morgen wieder daran erinnern, wie es sich wirklich zugetragen hat."

„Und dann vergessen wir die ganze Angelegenheit und lassen es auf sich beruhen", sagte Worschädl.

„Da brauchen Sie sich keine Hoffnungen zu machen. Das wird von mir durchgezogen."

„Ganz wie Sie wollen. Kann aber sein, dass es sich in dieser Angelegenheit schon bald ausgepürstelt hat."

Schinagl lächelte, ließ den Herrn Kollegen stehen, verließ mit ihrer Tochter und Worschädl das Wachzimmer und bewegte sich in Richtung Auto.

Kerstin hakte sich bei ihrer Mutter und Worschädl unter und grinste bis zu den Ohren. „Ihr zwei habt das super gemacht."

„War nicht so schwierig", sagte Worschädl.

„Wie auch immer ... du bist ein Schatz", gab Schinagl zurück.

„Euer Schatz würde sich freuen, wenn ihr ihn mitnehmt. Ich habe beim Griechen um das eine Glas zu viel getrunken und bin mit dem Taxi da."

„Klar, Onkel Robert", sagte Kerstin. „Du darfst sogar vorne sitzen. Wir bringen dich, wohin du willst."

26

Der am Nachmittag aufgekommene Nordostwind hatte die Wolken weggefegt. Auf dem wie geputzt wirkenden Himmel glänzte ein praller Vollmond mit den Sternen um die Wette.

Schinagl ließ den Wagen langsam durch die ruhigen Straßen rollen.

An der zentralen Goethekreuzung, wo sich in wenigen Stunden der Verkehr aus allen Himmelsrichtungen zusammenballen würde, sorgten die beleuchteten Reklametafeln eines Möbelgeschäfts und eines türkischen Supermarktes für schummriges Licht.

Kerstin bekam davon nichts mit. Sie lag auf der Rückbank und schlief. Ein zusammengerolltes und erschöpftes Knäuel.

Von Worschädl auf dem Beifahrersitz war nur sein ruhiges, entspanntes Atmen zu hören. Vielleicht fragte er sich gerade, wovon die Menschen hinter den dunklen Fenstern und Vorhängen träumen mochten.

Schinagl schaltete das Radio ein und war froh über Ed Sheerans helle, glasklare Stimme: *White lips, pale face, breathing in the snowflakes, burnt lungs, sour taste, light's gone, days end ...*

„Robert, du kennst mich. Ich bin von Grund auf neugierig."

„Du willst es wissen?"

„Unbedingt. Wie hast du das hingekriegt?"

„Eine alte Beziehung, Sabine."

„Bitte etwas konkreter."

„Tut mir leid, Ich muss mich vage halten. Männersolidarität."

„Also Frauengeschichten." Schinagl lenkte den Wagen am *Design Center*, einer großen Messe- und Veranstaltungshalle, vorbei und steuerte auf die Industriezeile zu.

„Eine außereheliche Beziehung. Ich verfüge über gewisse Kenntnisse."

„Du hast jemanden erpresst?"

„Ich habe einen Mann des öffentlichen und politischen Interesses sehr freundlich darauf aufmerksam gemacht, dass ich über seine Bettgeschichten Bescheid weiß und dass sein Geheimnis bei mir bestens aufgehoben ist. Um ihm seine Entscheidung zu erleichtern, habe ich mich für Kerstin verbürgt."

Schinagl bog in die Hafenstraße ein und hielt kurz danach direkt vor Worschädls Wohnhaus.

„Ich habe gewusst, dass ich mich auf dich verlassen kann. Danke für alles. Schlaf gut, Robert."

„Gute Nacht."

Worschädl wirkte müde wie nach einer längeren Bergtour, als er ausstieg und zu seiner Haustür ging.

Schinagl betätigte den Blinker, stieg aufs Gaspedal, warf noch einen Blick zurück zu ihrem Kollegen, der nach seinem Schlüssel kramte, und sah im Rückspiegel ihr tief schlafendes Mädchen. Schinagls beruhigte und entspannte Stimmung wurde durch ein Geräusch irritiert, das sich rasch verstärkte. Ein Dröhnen, das eindeutig näher kam.

Plötzlich tauchten sie auf.

Zuckende Scheinwerferlichter.

Kamen auf der schmalen, gut beleuchteten Straße direkt auf sie zu.

Drei schwere Motorräder.

Biker mit Vollvisierhelmen und Lederkluft.

Fuhren wie eine kleine Armada an ihr vorbei.

Der Erste nützte eine Parklücke hinter Schinagl und lenkte sein wuchtiges Gefährt auf den Gehsteig.

Schinagl blickte etwas zu lang in den Rückspiegel, geriet auf die linke Straßenseite, wich gerade noch einem abgestellten Auto aus.

Erneuter Blick in den Rückspiegel.

Zwei Biker kreisten und kurvten auf der Straße, während der Kerl auf dem Gehsteig auf Worschädl zuhielt.

Ein schwarzer Ritter.

Bewaffnet mit einer schweren Eisenkette.

Ausgerechnet in diesem Moment richtete sich Kerstin erschrocken auf.

„Kerstin, unten bleiben!“, brüllte Schinagl. „Hörst du? Unten bleiben, bis ich was anderes sage.“

Schinagl wirbelte das Lenkrad nach rechts, zog mit kreischenden Reifen einen Bogen, griff im Wenden nach ihrer Waffe, trieb den Wagen auf den ihr nächsten Angreifer zu und erwischte ihn mit der linken Vorderseite. Während es den Schwergewichtler wie von der Lanze getroffen aus seinem Sattel katapultierte, sprang sie auf die Bremse, stieß die Tür auf, rollte auf die Straße, bekam den zweiten Biker vor den Lauf und drückte ab.

Sofortiges Schlingern des Motorrads.

Der Fahrer brachte es wieder in die Spur.

Griff sich an die Schulter.

Wahrscheinlich ein glatter Durchschuss.

Schinagl war egal, dass der Mann das Weite suchte.

Sie sah, dass sich auch sein gestürzter Freund aufrichtete und hochkämpfte.

Doch jetzt musste sie sich um ihren Kollegen kümmern.

Als die Kette auf ihn zuflog, riss Worschädl die Arme hoch, um seinen Kopf und das Gesicht zu schützen. Der aufheulende Motor, das Rasseln der Kette. Und dann der Schmerz. Rechte Schulter. Als ob man sie gespalten hätte.

Von der Wucht des Schlages wurde Worschädl gegen die Hausmauer geschleudert.

Eine Racheaktion, schoss es ihm durch den Kopf. Weil ich Jasmin verhaftet habe. Die statuieren ein Exempel.

Für weitere Gedanken blieb Worschädl keine Zeit. Der Biker nützte eine Hauseinfahrt, um zu wenden, und raste wieder auf ihn zu.

Ich muss diese verfluchte Kette kriegen. Es gibt nur diese eine Chance.

Nur war die äußerst gering, weil sein Gegner die Kette wie eine Peitsche führte. Er zog sie im Fahren über den Asphalt. Schwang sie hoch. Hatte es diesmal auf Worschädls Kopf abgesehen.

Weder der Motorradfahrer noch der Chefinspektor konnten ahnen, dass Schinagl im selben Augenblick einen am Gehsteigrand abgestellten Altpapiercontainer ins Auge fasste. Sofort wusste, was zu tun war, auch wenn sie nicht abschätzen konnte, ob das auch funktionieren würde.

Das Zeitfenster, das der jungen Bezirksinspektorin blieb, war bedenklich schmal. Also federte sie sofort hoch und rannte los.

Im linken Augenwinkel Worschädl, der an der Schläfe blutete und den Angreifer mit angespannten Armen erwartete. Rechts der Biker in seinem martialischen Lederanzug, bereit zum finalen Vernichtungsschlag.

Schinagl erreichte den Container und wuchtete ihn aufs Trottoir. Direkt vor die Räder des heranrasenden Bikers.

Man sollte im ersten Reflex nicht voll auf die Bremse treten. Weil man dann sein Fahrzeug nicht mehr unter Kontrolle hat und keinen Gedanken an die Kette verschwenden kann.

Schwerpunktverschiebung.

Anstatt Worschädl niederzuschlagen, wollte der Kerl jetzt nur noch die Kollision mit der Tonne verhindern.

Ideal für Worschädl, da nun er es war, der ungehindert nach der Kette greifen konnte. Zusätzlich war es von Vorteil, dass man Worschädls muskulären Status als gut bei Kräften bezeichnen konnte. Nachdem er die Kette erst einmal gepackt hatte, würde er sie so schnell nicht wieder loslassen. Was sich zum Problem für den Biker entwickelte, der mittels einer Schlaufe am Handgelenk damit fix verbunden war.

Wird man von einem Motorrad brutal heruntergerissen, kann man durchaus ins Fliegen kommen. Und sehr schnell tief hinunterfallen.

Worschädl war völlig außer Atem.

Sein Herz wummerte wie ein Presslufthammer.

Doch es war nicht der Zeitpunkt, sich um seinen Blutdruck zu sorgen.

Karoline hätte es einen Schlüsselmoment genannt. Jetzt durfte man sich nicht in Nebensächlichkeiten verirren, sondern musste die eine entscheidende Aktion setzen. Jetzt musste man wissen, was zu tun war.

Also warf sich Worschädl mit dem Schwung seines kompletten Lebendgewichtes auf den ebenso fülligen wie willenlosen Leib des Bikers, wuchtete ihn auf den Bauch, fesselte seine Hände mit der Kette auf dem Rücken und blickte zu Schinagl, die gerade dabei war, sich aufzurappeln.

„Scheiße, Sabine, mit deiner sensationellen Aktion hast du mir den Arsch gerettet."

„War mir ein Vergnügen, Robert." Schinagl war unendlich froh, dass Worschädl einen zwar ramponierten, aber prinzipiell gesunden Eindruck machte.

„Mama!"

Kerstins helle Stimme traf Schinagl wie ein Stromschlag.

Im Trubel der Ereignisse hatte sie vollkommen auf ihre Tochter vergessen, die jetzt vor ihr auf dem Gehsteig stand.

„Gut gemacht, ehrlich, das war super."

„Dabei konntest du eigentlich nichts sehen, weil du unten bleiben solltest."

„War leider nicht lange durchzuhalten. Entschuldigung, wenn meine Mama und mein Onkel Robert in Gefahr sind, muss ich doch Schützenhilfe leisten."

„Gut, dass du wenigstens im Auto geblieben bist", brummte Worschädl.

„Und noch besser, dass ich das Fenster runtergelassen habe. Sonst hätte es zu sehr gespiegelt", erklärte Kerstin.

„Was heißt gespiegelt?"

„Gespiegelt eben." Kerstin wedelte mit ihrem Handy. „Hab Fotos gemacht. Im Sportmodus. Auch von den beiden, die abgehauen sind. Kann ja sein, dass ihr das brauchen könnt."

27

„Bertl?"

„Karoline, ich dachte, du schläfst schon."

„Ich habe lange auf dich gewartet. Dann hat mich ein Knall geweckt."

„Wahrscheinlich betrunkene Randalierer."

„Für einen Moment dachte ich, es war ein Schuss."

„Nicht in unserer Gegend, Karo. Bei uns geht es ruhig und friedlich zu."

„Die Geschichte mit Kerstin ... ihr habt es hingekriegt?"

„Ja, sie durfte mit nach Hause und war darüber mindestens so glücklich wie Sabine."

„Gut gemacht, Bertl. Ein Anruf zwischendurch wäre nett gewesen."

„Ich weiß. Nur haben sich die Ereignisse gewissermaßen überschlagen. Ich habe es einfach nicht geschafft", sagte Worschädl, legte sich vorsichtig ins Bett und deckte sich zu.

„Das klingt ja richtig turbulent", murmelte Karoline und kuschelte sich zu ihrem Bertl.

„Aua. Bitte nicht berühren", stöhnte Worschädl auf und biss sich auf die Lippen. Karoline sollte nicht bemerken, dass er sich wie ein Wrack fühlte, das nach einer schlimmen Havarie auf den Meeresgrund gesunken war.

„Du, Bertl, was ist los?"

„Nichts Ernstes. Nur eine kleine Rippenfellentzündung."

„Ach so? Nichts Ernstes? Trotzdem so schmerzhaft?" Karoline legte ihre Hand auf Worschädls Rippengegend.

„Himmel, Karo, bitte nicht!"

„Licht an, Herr Worschädl."

„Ich bin ziemlich müde, Karoline."

„Keine Chance!"

Karoline drehte das Licht an, zog Worschädls Decke weg und schob sein Pyjamaoberteil hoch.

„Mein Gott! Von oben bis unten bandagiert. Kommt mir bei einer Rippenfellentzündung etwas übertrieben vor."

„Na gut, ich war beim Röntgen. Der Arzt meint, sie sind geprellt."

„Röntgen und Arzt? Und du hättest kein Wort gesagt? Jetzt aber sofort raus damit! Wie ist das passiert? Erzähl mir nicht, dass du nur leicht hingefallen bist."

Wie sehr sich Worschädl doch bemüht hatte, den Motorrad-Überfall vor seiner Frau zu vertuschen. Bis ins kleinste Detail hatte er geplant, wie er seinen malträtierten Körper am besten vor ihr verbergen konnte.

Stattdessen hatte er nun zu einem Bericht über die Vorgänge, die sich am späten Abend direkt vor ihrer Haustür zugetragen hatten, anzutreten.

Ihm tat es leid, dass Karoline während seiner Ausführungen dicke Tränen über die Wangen rollten. Zugleich liebte er es, wie sie dabei zärtlich über seinen Oberkörper strich.

„Ich weiß nicht, wie oft ich so etwas noch ertrage, Bertl."

„Sabine hat gut auf mich aufgepasst. Außerdem hat sich Kerstin zum Glück nicht an die Anweisungen ihrer Mutter gehalten und die Motorräder der Bande so fotografiert, dass wir die Kennzeichen entziffern können. Die werden in unserem Gästehaus also sehr bald eine Suite beziehen. Und meinem Angreifer mache ich morgen klar, was es heißt, sich mit jemandem von uns so heimtückisch anzulegen."

„Kannst du die weitere direkte Auseinandersetzung nicht Sabine überlassen?“

„Ich soll mich aus dem Schussfeld begeben?“

„Das könnte deinen Feindbild-Status bei den Hooligans ein wenig mildern. Die Jagd auf dich ist doch nur ein Nebenschauplatz. Dein Hauptziel ist es doch nach wie vor, einen Mordfall aufzuklären.“

„Dann darf ich diesen rechten Dummkopf also morgen nicht an seinen Eiern packen?“

„So wie ich Sabine kenne, schafft sie das genauso effizient wie du.“

„Okay, meine kluge Frau hat mich überzeugt.“ Worschädl beugte sich mit einem unterdrückten Stöhnen über Karoline und küsste sie.

„Deine kluge Frau kann dir auch noch berichten, dass sich ihr Klient sehr gerne mit dir treffen möchte. Am liebsten schon morgen.“

„Du meinst deinen Journalisten?“

„Genau. Er ruft dich an. Und ich erkläre unsere nächtliche Konferenz hiermit für beendet. Jetzt wird geschlafen.“

„Obwohl ich durchaus noch andere Ideen hätte.“

„Mein Gott, Bertl. Denk an deine Rippenprellung.“

„Ich bin aber keinesfalls für komplette Abstinenz.“

„Darüber lässt sich reden, Bertl. Aber sicher nicht mehr heute. Also ... he ... Hände weg! Und gute Nacht.“

28

Die Depression kam oft in Schüben. Verursachte eine bleierne Müdigkeit. Erschwerte ihm das Aufstehen. Verlangte ihm bei jedem Schritt enorme Überwindung ab. Machte ihm manchmal sogar das Verlassen seiner Wohnung unmöglich. Immerhin schaffte er es, sich krankzumelden. Aber heute musste er aus dem Bett. Heute blieb ihm keine Wahl.

Um fünf Uhr früh nahm er eine Dosis Tabletten ein, nach einer halben Stunde verspürte er den notwendigen Funken Antriebskraft, brachte es fertig, sich zu waschen, anzuziehen und die Wohnung zu verlassen. Einen Coffee to go besorgte er sich an einer Tankstelle.

Er parkte seinen Wagen an der gleichen Stelle wie gestern. Beobachtete, wie im Haus der Aigners das Licht anging. Erster Stock, kleines Fenster, wahrscheinlich das Bad.

Er stellte sich vor, wie sich Bettina auf die Muschel setzte, pinkelte, die Hände und das Gesicht wusch, Zähne putzte und sich unter die Dusche stellte.

Knappe zehn Minuten später wurde es im Erdgeschoß hell. Bettina öffnete die Haustür, bückte sich nach der Morgenzeitung, war kurz darauf schemenhaft hinter den Vorhängen zu sehen. Zuerst in der Küche, dann am Esstisch. Beim Morgenkaffee.

Um 6 Uhr 45 beendete sie ihr Frühstück, begab sich wieder in den ersten Stock, begegnete wahrscheinlich ihrem Mann, der bis jetzt nicht zu sehen gewesen war. Zog sich an. Machte sich noch einmal kurz zurecht. Schlüpfte in eine Jacke, setzte sich den Fahrradhelm auf, trat vor das Haus.

Er sah den kleinen Rucksack auf ihrem Rücken. Wie sie das Radschloss öffnete, sich auf den Sattel schwang und losfuhr.

Er startete. Wollte herausfinden, welche Strecke sie täglich nahm.

Der Mann folgte ihr in die Grüntalerstraße und wenig später in die Hebenstreitstraße. Sehr schön. Sie wich den Hauptverkehrsadern aus und nahm kleine Nebenstraßen. Trotz des damit verbundenen Umwegs würde sie das Krankenhaus pünktlich zu Dienstbeginn erreichen und um acht Uhr im OP die tägliche Morgenbesprechung leiten.

Morgen würden ihre Kolleginnen und Kollegen allerdings vergeblich auf sie warten, dachte er, als die drahtige Frau mit rasantem Tempo in einen schmalen Feldweg einbog. Kein Verkehr, keine Passanten. Ideal, sagte er sich und spürte zugleich eine seltsame Traurigkeit.

Sie konnte nämlich nichts dafür. Trug nicht die geringste Schuld. Aber sie war eine von denen, die in der Mitte lebten. Umringt von Menschen, die sie respektierten. Achteten. Liebten.

Für ihn war hingegen nur ein Platz ganz am Rand vorgesehen. Dort, wo man sich zeitlebens abgelehnt und einsam fühlt. Er hatte nie dazugehört. Die Fähigkeit, sich zu verbinden, dauerhafte Zusammengehörigkeit zu leben, war in ihm nicht angelegt.

Das hatte er nie gelernt. Hatte ihm niemand vorgelebt.

Dabei, die Sehnsucht, die war da. Das Verlangen nach Menschen und Gruppen. Nach einer Familie. Nur war ihm das nicht vergönnt.

Er war gut im Alleinsein. Ein echter Einsamkeitsprofi mit ausgeprägten Single-Fähigkeiten. Die ihn jedoch nicht glücklich machten.

Wofür er Bettina keine Schuld gab.

Ihr Pech war, dass sie ihm zur Verfügung stand. Sie war sein Spielball. Sein Mittel zum Zweck.

Sie tat ihm leid.
Weil er wusste, was sie erwarten würde.
Was er mit ihr vorhatte.
Er hätte ihr das gern erspart.

29

Heute früh hatte es Laura Kamenko vor dem Badezimmerspiegel ihres Hotelzimmers nicht geschafft, sich die Übermüdung aus dem Gesicht zu waschen. Kein Wunder bei nur fünf Stunden Schlaf in den letzten beiden Nächten. Zuerst die manipulierte Ampelschaltung, wenig später der 15-minütige Ausfall der Straßenbahnen und nur ein paar Stunden später kein Strom in der halben Stadt.

Zwar war der Spuk nach zwei Stunden wieder vorbei, aber diese erneute Machtdemonstration der Cyberterroristen hatte den Bürgermeister derart beeindruckt, dass er seine Entscheidung, sich auf keinen Fall erpressen zu lassen, in Frage stellte.

Bei der in aller Eile einberufenen Besprechung im Büro des obersten Stadtregenten waren ausgesuchte Mitglieder der Stadtregierung, der Direktor der Linzer Stadtwerke, begleitet vom Leiter der IT-Abteilung, und der Landeskommandant der Polizei versammelt.

Jede Menge Männer und, als einzige Frau, Laura Kamenko, auf die sich immer wieder alle Augen richteten. Von ihr erhofften sich die Anwesenden eine Erklärung, wie es die Hacker bewerkstelligen konnten, ausgeklügelte Passwörter zu knacken, raffinierte Sicherheitsvorkehrungen zu umgehen und die Steuerung der Stromversorgung einer ganzen Stadt zu manipulieren.

Neben nachvollziehbaren Erkenntnissen in dieser hochkomplexen, für Laien kaum begreifbaren Materie wünschte sich die Runde dringend einen konkreten Lösungsvorschlag. Konnte die eigens aus Klagenfurt herbeigeholte Beamtin, die österreichweit als Koryphäe unter den Cyberermittlern galt, nicht einfach die

Hände heben, eine beschwörende Zauberformel flüstern und diesen Wahnsinn ein für alle Mal beenden?

Laura, die den Erwartungsdruck sehr wohl spürte, zog es vor, erst einmal zuzuhören und sich einen Eindruck über die erlesene Runde zu verschaffen.

Der Bürgermeister, pragmatisch und vernunftbetont, kehrte gerade zu seiner ursprünglichen Strategie zurück und betonte, dass er es nach einigen Überlegungen weiterhin als kontraproduktiv erachte, die Lösegeldforderung zu erfüllen.

„Wir dürfen diesen Verbrechern nicht signalisieren, dass wir erpressbar sind. Nein, wir liefern uns denen nicht so einfach aus."

Der Direktor der Stadtwerke, auf dessen blauem Hemd sich dunkle Schweißflecke zu einer Insellandschaft formten, zog nervös an seiner Elektrozigarette und fragte lautstark, wozu er sich verdammt noch einmal eine sündteure IT-Abteilung leiste, wenn diesem Banditenhaufen ohnehin alle Türen offen stünden. Dem Abteilungsleiter der IT sei hoffentlich klar, dass er, und zwar er ganz allein, für dieses Desaster verantwortlich sei.

Der direkt angesprochene, übergewichtige, vermutlich unter hohem Blutdruck leidende Abteilungsleiter stammelte, dass er die Firmenleitung seit einem Jahr vergeblich dränge, für die Internetsicherheit mehr Geld in die Hand zu nehmen. Dafür habe man ihn als hysterischen Spinner abgestempelt, der sich für den Nabel des Betriebes halte, obwohl er doch nur einer von vielen Dienstleistern für das gesamte Unternehmen sei.

„Ich habe Sie wiederholt gewarnt, Herr Direktor", insistierte der Abteilungsleiter und putzte dabei seine Brille.

„Aber nicht laut genug", polterte der Direktor.

„Oder Sie haben ihm nicht aufmerksam genug zugehört", mischte sich Kamenko ein.

Der wie vom Donner gerührte Blick des Direktors beeindruckte sie nicht im Geringsten.

„Vermutlich wollten Sie nichts investieren. Kosten optimieren, Einsparungsmaßnahmen setzen. Nur kommen gerade im Bereich der öffentlichen Verwaltung immer mehr smarte Elemente vor. Das macht solche Einrichtungen zu relativ einfachen Zielen für Erpressung. Sie wären nicht der Erste, dem der unzureichende Schutz ganz furchtbar auf den Kopf fällt. Weil uns die Cyberterroristen immer einen Schritt voraus sind. So wie Ihnen Ihr Abteilungsleiter einen Schritt voraus gewesen ist, Herr Direktor."

Kamenko sah den Adamsapfel ihres Gegenübers hüpfen.

Sie nahm im Raum ein allgemeines Räuspern und Scharren wahr.

Nervöse Wolken vor dem Sturm.

Der Bürgermeister schien den Stadtwerke-Direktor gut zu kennen. Hatte mit ihm vielleicht schon die eine oder andere Woche auf einer Segeljacht verbracht. Konnte vorausahnen, dass der honorigen Persönlichkeit gleich die Hutschnur platzen würde, spielte Feuerlöscher und ergriff das Wort.

„Frau Kamenko, bevor wir irgendwelche abstrusen Schuldzuweisungen in die Welt setzen ... diese Banditen wissen offenbar sehr genau, wo man uns verwunden kann. Aber wir dürfen uns von denen nicht einschüchtern lassen. Die spärlichen Nachrichten, die wir von den Tätern erhalten haben ... konnten Sie die schon ausreichend zurückverfolgen?"

„Ausreichend noch nicht, weil es sich um ausgebuffte Profis handelt, die ihre Spuren im Netz sehr gekonnt verwischen. Aber wir sind uns inzwischen sicher, dass die Angreifer über Insiderinformationen verfügen müssen."

„Insiderinformationen aus der Firma, die unsere Systeme schützen soll?"

„*Net Security Solution.* Genau. Die Terroristen sind durch extrem schwer zu findende Schwachstellen eingedrungen. Die Schlösser waren perfekt versperrt. Irgendjemand hat ihnen den Schlüssel zugespielt."

„Sie meinen, ein Mitarbeiter?"

„Oder eine Mitarbeiterin. Das wäre zumindest naheliegend."

„Gibt es schon einen Verdacht?"

„Vielleicht steckt die ermordete Daniela Pamminger dahinter, vielleicht auch ein Mitarbeiter namens Philipp Aigner oder jemand anderer. Wir ermitteln jedenfalls mit Hochdruck und mobilisieren dafür alle Kräfte."

„Davon gehen wir aus", warf der Elektrozigaretten-Direktor ein. „Wann können Sie uns endlich sagen, wer diese Verbrecher sind?"

„Im besten Fall in mehreren Tagen oder Wochen, im schlechtesten nie", antwortete Kamenko und erhob sich. „Die Spezialeinheit, die sich rund um die Uhr an die Fersen der Terroristen heftet, geht aufgrund der Datenströme davon aus, dass die Hacker irgendwo in Europa sitzen."

„Immerhin ein Anhaltspunkt."

„Wir reden hier nur von den Auftragnehmern. Die Auftraggeber können sich in Mexiko, Amerika oder auch in Thailand befinden. Das Internet ist ein riesiger Datenozean, Herr Bürgermeister. Doch irgendwann werden unsere Gegner einen Fehler machen."

Der Bürgermeister stöhnte auf. „Geht es auch etwas genauer?"

„Wir nehmen die E-Mails eingehend unter die Lupe. Nachdem sie weder verschlüsselt noch abgesichert sind, bleibt als einziger Anhaltspunkt der sendende Mailserver. Dabei kann es sich auch um jeden beliebigen Gratisdienst handeln. Wenn der Hacker auf seine Nachrichten allerdings über ein Virtual Private Network zugreift, wird er physisch kaum zu finden sein."

„Klingt nicht gerade optimistisch", steuerte der Abteilungsleiter mit bedrückter Stimme bei.

„Gut geplante Angriffe hinterlassen keine Spuren und löschen jegliche Hinweise oder Beweise", setzte Kamenko fort. „Allerdings müssen die Datenströme zu den Servern zuerst sogenannte Border-Firewalls passieren. Das sind physisch getrennte Systeme, die mitschreiben, wer wann auf was zugreift. Mit diesen Firewall-Logfiles sollte sich rekonstruieren lassen, von welchen IP-Adressen unter Benutzung welcher Usernames und Passwörter auf welche Server zugegriffen wurde. Umgekehrt muss auch eine im System platzierte Schadsoftware durch die Border-Firewall nach außen kommunizieren. Das wird genauso in Firewall-Logfiles aufgezeichnet."

„Und diese Logfiles können uns zum Aufenthaltsort der Terroristen führen?", wollte der Bürgermeister wissen.

„Vielleicht. Wir haben Hinweise, dass ein infizierter Server vom Inneren des Stadt-Netzes heraus Server kontaktiert, die auch schon bei anderen internationalen Erpressungsversuchen zum Einsatz gekommen sind."

„Das heißt, dass sich die Polizei damit schon näher beschäftigt hat?"

„Angeblich soll es sogar schon vage Hinweise auf die Urheber dieser Datenströme geben."

„Und bis sich die konkretisieren, können die in unseren Verkehrs- und Stromnetzwerken schalten und walten, wie sie wollen?“

„Wir haben die Ampeln inzwischen in einen nicht zentral gesteuerten Modus versetzt“, meldete sich der Stadtwerke-Direktor. „Um weitere Manipulationen zu verhindern, wurde auch der Zugriff vom und ins Internet unterbunden.“

„Was eine bereits implantierte Schadsoftware nicht daran hindern wird, weiterhin Unheil zu stiften“, sorgte Kamenko für Ernüchterung.

„Die haben uns also weiter in der Hand?“, fragte der Bürgermeister.

„Außer, Sie zahlen das Lösegeld. Oder der Firma *Net Security Solution* gelingt es, die bestehenden Lücken so zu schließen, dass ein weiteres Eindringen unmöglich ist.“

Kamenko griff nach ihrem auf dem Tisch liegenden Handy, überflog die Nachricht, die soeben eingetroffen war, und blickte wieder in die Runde. „Es gibt eine gute und eine schlechte Nachricht. Zuerst die gute. Die Cybercops haben sich Zugang ins System der Security-Firma verschafft.“

„Wir hacken die Firma, die uns vor Hackern schützt?“, meldete sich der Direktor.

„Um festzustellen, ob sie uns auch wirklich schützt. Wenn es einen Maulwurf gibt, werden wir ihn in Kürze haben.“

„Was ist mit der schlechten Nachricht?“

„Die Cyberkriminellen haben ihre Lösegeldforderung soeben verdoppelt. Wenn wir nicht innerhalb von 48 Stunden zahlen, legen sie die IT des Städtischen Krankenhauses lahm.“

30

Letzte Nacht hatte Schinagl kaum ein Auge zugetan. Immer wieder kreisten ihre Gedanken um die Festnahme ihrer Tochter. Sie hatte Kerstin vor dem Einschlafen noch einmal an die Videos ihrer Demo-Freunde erinnert.

Zum Glück hatte sich Kerstins Bruder Tobias, nachdem er bei der Nachbarin geschlafen hatte, heute problemlos in die Schule bringen lassen. Erstaunlich, wie sehr er seine Lehrerin und einige seiner Mitschüler inzwischen ins Herz geschlossen hatte. Beruhigend, dass aus seiner Ecke im Moment keine zusätzliche Aufregung zu erwarten war.

Schinagl musste sich eingestehen, dass sie die überraschende Trennung von Michael einiges an Kraft gekostet hatte. Ihre mentale Haut war merklich dünn, ihr Geduldsfaden riss schneller als sonst, und die notwendige professionelle Distanz zu dem Nazi-Biker, der ihr mit herablassendem Grinsen am Tisch im Verhörraum gegenübersaß, war so gut wie nicht vorhanden.

Unvorstellbar, dass die erst 16-jährige Jasmin Pamminger in diesen fast 30 Jahre alten Schwergewichtler verliebt war und mit ihm eine Beziehung hatte.

Kahler Schädel, kurzgeschnittener, blonder Bart. Kurzärmeliges, schwarzes T-Shirt mit der Aufschrift „Vollstrecker“, darüber eine Lederweste, auf der ein „White-Power“-Abzeichen mit geballter Faust, die deutsche Reichkriegsflagge sowie ein Abzeichen mit den Buchstaben HH prangten.

Muskulöse Arme mit jeder Menge einschlägiger Tätowierungen und an der protzigen Silberkette um den Hals das Eiserne Kreuz. Nazisymbolik.

Okay, jeder Mensch hat seine spezielle Biografie, seine Herkunft, seine Sozialisierung. Niemand ist grundlos zu dem geworden, der er heute ist. Aber auch Polizisten sind nur Menschen. Es war einfach zu viel verlangt, einem Rechtsradikalen, der auf den Lieblingskollegen eine wahre Hetzjagd veranstaltet hatte, übermäßig freundlich zu begegnen.

Vielmehr hätte Schinagl Lust gehabt, ihre Macht gezielt zu missbrauchen und ihm die Pistole über den Schädel zu ziehen. Zur Spannungsabfuhr. Einfach so. Immerhin hatte dieser Sack vorgehabt, Worschädl mit einer Eisenkette wie einen Hund halb tot zu prügeln.

Logisch, dass Worschädl sie heute gebeten hatte, die Befragung allein durchzuführen, damit er stattdessen wegen seiner Rippenprellung einen Arzt aufsuchen konnte. Gute Entscheidung. Eigentlich ein kleines Wunder, dass sich der Herr Chefinspektor dafür Zeit nahm. Darauf sollte man trinken, dachte sich Schinagl und nahm aus dem vor ihr stehenden Glas einen Schluck Wasser.

Prompt meldete sich der vorgestrige Hitler-Fan: „Mir gibst du nichts zu trinken?"

„Geht nicht. Wasser ist aus."

„Wasser ist aus? Was soll das heißen?"

„Für echte Dumpfbacken wie Sie will leider nichts aus der Leitung kommen. Herr Florian Kirsch, Sie sind wohnhaft in Linz?"

„Turmstraße 134. Außerdem will ich mein Handy wiederhaben!"

„Familienstand?"

„Ledig. Handy wegnehmen ... dürft ihr das?"

„Sie gehen einer Arbeit nach?"

„Lagerlogistiker. He, das mit dem Wasser ..."

„Lagerlogistiker ist gleich Staplerfahrer?"

„Kann man so sagen."

„Herr Kirsch, Ihr Arbeitgeber, was hält der wohl von Ihrer gestrigen Aktion?"

Unruhiges Rucken bei Kirsch.

„Den geht das überhaupt nichts an."

„Das Problem ist nur, dass er zwangsläufig davon erfahren wird. Was hattet ihr mit meinem Kollegen vor? Ihn erschlagen?"

„Der sollte eine Abfuhr kassieren. Für den Scheiß auf dem Waggondach."

„Dafür, dass er Ihrer Freundin Jasmin das Leben gerettet hat?"

„Schwachsinn. Ihr Bullen habt sie da reingeritten."

„Ihr Nazis legt euch die Wahrheit immer so zurecht, wie sie für euch am besten passt. Ihnen ist hoffentlich klar, dass wir über versuchten Totschlag reden."

„Spinnst du? Haben sie dir ins Hirn geschissen?"

„Was ist mit Philipp Aigner? Sollte der auch so eine Abfuhr kriegen?"

„Philipp Aigner? Noch nie gehört."

„Vorsicht. Ich sorge dafür, dass Sie für jede Lüge einen Monat länger im Gefängnis sitzen!"

„Was glaubst du, was ich mit dir mache, wenn ich wieder draußen bin?"

„Gefährliche Drohung. Gratuliere. Dafür gibt es Extrawochen. Sie wollten mir etwas zu Philipp Aigner sagen."

„Verdammt! Ich kenne diesen Scheiß-Aigner nicht."

„Interessant. Wieso haben Sie ihn dann so eifrig fotografiert?"

Schinagl schob ihm sein Handy über den Tisch. Das Foto auf dem Display zeigte Philipp Aigner mit Daniela Pamminger an einem Kaffeehaustisch.

„Wie seid ihr Arschlöcher in mein Handy reingekommen?"

„Für unsere Techniker ist so was ein Kinderspiel. Wieso haben Sie Aigner beschattet?"

„Was heißt beschattet? Ich habe den nur geknipst. Für Jasmin. Die wollte wissen, mit wem ihre Mutter vögelt."

„Und? Hatte sie mit Aigner was am Laufen?"

„Kann ich nicht sagen. Ich hab die nur im Café gesehen oder beim Spazierengehen."

„Kam es zu Berührungen?"

„Nichts Auffälliges. Kein Schmusen oder sowas. Aber das muss ja nichts bedeuten."

„Kennt Jasmin diese Fotos?"

„Sicher. Jedes einzelne."

Sabine nickte und fand den Gedanken naheliegend, dass sich der Programmierer Philipp Aigner doch etwas genauer mit dem Schmetterling über dem rechten Knie der Ermordeten beschäftigt haben könnte. Deren Tochter hatte das möglicherweise nicht geschmeckt.

Hätte sich Jasmins Aggression dann aber nicht gegen Aigner richten müssen? Wäre es nicht logischer gewesen, wenn die OP-Teamleiterin Bettina Aigner den Oberschenkel ihres eigenen Mannes vor ihrer Haustür gefunden hätte?

Oder fühlte sich Jasmin durch diese Liaison von ihrer Mutter verlassen und wollte sie mit ihrer Ermordung endgültig und für immer an sich binden? Passte das zu einer 16-Jährigen, die ihre Mutter ständig anflegelte und sogar tätlich gegen sie vorging?

„Jasmin behauptet, dass sie am Dienstagabend mit Ihnen zusammen war."

„Nach dem Krach mit ihrer Mutter? Stimmt, da ist sie direkt zu mir."

„Und ist sie dann bei Ihnen zu Hause gewesen?"

„Durchgehend. Die ganze Zeit."

„Wie lange genau?"

„Mindestens bis sieben Uhr früh. Da musste ich zur Arbeit."

„Und Jasmin?"

„Hat wahrscheinlich lange geschlafen und ist dann zu ihren Kumpels auf den Bahnhof. Macht sie immer so."

„Nur glauben wir euch das leider nicht", merkte Schinagl an.

„Pech für euch."

„Herr Kirsch, wir gehen davon aus, dass Jasmin die Leiche ihrer Mutter nicht allein zerstückelt hat."

Schinagls Satz verursachte in Kirschs imposantem rechtem Bizeps ein plötzliches nervöses Zucken. Auf seiner Stirn bildete sich ein feuchter Film. Dahinter ratterte sein garantiert nicht allzu großes Hirn.

„Und du dumme Nuss denkst, dass ich das war?"

„Sie sind Jasmins Freund."

„Hallo? Ich habe ihr oft genug gesagt, dass sie ihre Mutter nicht wie Dreck behandeln soll!"

„Und als Sie erfahren haben, dass Jasmin ihre Mutter getötet hat ... was haben Sie da gesagt?"

„Gar nichts, weil es nicht so war! Jasmin hat das nicht getan. Genauso wenig, wie ich irgendwen auseinandersäge."

„Einem, der mit einer Eisenkette auf einen Kriminalbeamten zugeht, traut man so was durchaus zu."

„Du spinnst. Du bist total verrückt!"

„Wir werden sehen, wie der Richter das beurteilt", sagte Schinagl. „Ich nehme an, dass man über Sie die Untersuchungshaft verhängen wird."

„Mein Anwalt boxt mich da schon raus."

„Dann muss er ein richtig guter Boxer sein. Tätlicher Angriff auf einen Kriminalbeamten, schwere Körperverletzung, mehrfacher Verstoß gegen das Wiederbetätigungsverbot, gefährliche Drohung, Beihilfe zum Mord ..."

Der Biker starrte Schinagl mit großen, verblüfften Augen an. Er schien erst jetzt zu realisieren, dass es nicht gut um ihn stand. Er hatte sich in eine Situation gebracht, in der ihm nicht einmal sein martialisches Nazi-Gehabe aus der Patsche half.

Er sah echt verzweifelt aus. Seine Zukunft stand auf dem Spiel und er hatte furchtbar schlechte Karten.

Solche Momente hatte Schinagl schon oft erlebt. Für manche dieser gescheiterten Existenzen hätte sie die Uhr gern wieder zurückgedreht. Zu den Tagen vor der Tat, vor dem Verbrechen. Um alles rückgängig zu machen. So, als wäre nie etwas passiert.

Für manche der überführten Täter empfand sie Mitleid.

Bei Florian Kirsch war das ganz anders.

Den Schockzustand, in dem er von einem Polizisten aus dem Raum geführt wurde, gönnte sie ihm von ganzem Herzen.

31

Der Verlängerte im Café Winkelbauer war seine drei Euro wert. Herrliche Bohne, würziger Geschmack, ein erfreuliches Trinkvergnügen, obwohl beim Heben der Tasse die komplette Rippengegend schmerzte.

Worschädl hatte sich gerade darüber gewundert, dass beim Durchblättern der heutigen Zeitung kein Wort über die Cyberangriffe auf Infrastrukturen der Stadt Linz zu lesen war, als ein fahrig wirkender Mittvierziger in einem zerknitterten Sakko den Gastraum betrat. Er sah sich um, identifizierte den an einem Tisch sitzenden, etwas rundlichen Herrn als Karoline Worschädls Ehemann und steuerte auf ihn zu.

„Herr Worschädl?"

„Dann müssen Sie Herr Klammer sein."

„So ist es. Schön, dass Sie sich die Zeit genommen haben."

„Sehr gerne. Vielleicht können wir uns ja gegenseitig von Nutzen sein."

Klammer nickte und setzte sich: „Ihre Frau hat gesagt, dass ich Ihnen vertrauen kann."

„Auch wenn sie in Bezug auf mich befangen ist ... auf Karolines Urteil ist Verlass."

„Davon bin ich überzeugt. Mir wäre es nur recht, wenn wir unser Treffen möglichst diskret behandeln könnten."

„Am besten hat es gar nicht stattgefunden."

„Sehr gut, wir verstehen uns."

Paul Klammer wirkte erleichtert. Er winkte dem Kellner und bestellte einen Verlängerten.

„Hat Ihnen Ihre Frau von meinem eigenwilligen beruflichen Werdegang erzählt?"

„Kein Wort. Sie hält sich an ihre Verschwiegenheitspflicht."

„Ich mache es kurz: Die letzten Monate habe ich mich als Fahrscheinkontrolleur in der Straßenbahn versucht. Heute früh habe ich diesen Job wegen mehrfach bescheinigter Unfähigkeit hingeschmissen."

„Das spricht für Sie. Und bevor Sie Fahrscheine kontrollierten?"

„War ich Journalist. Keiner von denen, die zu allem Ja und Amen sagen. Dafür habe ich mit meiner Entlassung die Rechnung präsentiert bekommen. Dank Ihrer Frau habe ich Mut gefasst und den Fuß wieder in die Tür gestellt. Mit Erfolg. Ich darf unter einem Pseudonym endlich wieder einen Artikel schreiben."

„Kann es sein, dass sich dieser Artikel mit seltsamen Vorgängen in unserer Stadt befasst?"

„Richtig. Ich habe alte Quellen angezapft, auf die ich mich absolut verlassen kann. Von denen höre ich, dass die Kacke ordentlich am Dampfen ist."

Für Worschädl war offensichtlich, dass er jemandem gegenübersaß, der die Spielregeln beherrschte und sich absichtlich vage hielt. Konkreter würde er erst bei der Aussicht auf ein Gegengeschäft werden.

„Herr Klammer, wenn ich Sie bitte, mir Genaueres zu erzählen ..."

„Würde ich mir wünschen, dass Sie mir vorher einen gewissen Einblick über interne polizeiliche Vorgänge ermöglichen."

Worschädl nippte an seinem Espresso und vergewisserte sich, dass an den umliegenden Tischen niemand Interesse an ihrem Gespräch zeigte. Dann dämpfte er seine Stimme.

„Vielleicht haben Sie bereits gehört, dass es sich bei den Stromausfällen offiziell um technische Probleme handelt."

„Eigenartig, dass sich die jedes Mal zur vollen Stunde ereignen."

„In Wahrheit haben wir es mit gezielten Cyberattacken zu tun. Angeblich ist es Hackern gelungen, trotz gewissenhafter Sicherheitsvorkehrungen und mehrfacher Schutzschirme in die Steuerungszentralen von gefährdeten Infrastrukturen einzudringen.“

Klammer klopfte mit seinem Kugelschreiber auf den Tisch. „Zuständig für den Schutz vor solchen Angriffen ist laut meinen Recherchen eine Firma ...“

„... namens *Net Security Solution.* Bei denen ist die Hölle los.“

Klammer machte sich Notizen und sah Worschädl auffordernd an. Ein journalistischer Spürhund, dachte Worschädl. Der Mann hat noch nicht genug.

„Auch innerhalb der Polizei wird die Sache streng geheim gehalten, zugleich aber sehr ernst genommen. Wir haben Verstärkung bekommen. Eine Cyberspezialistin und ein Team aus Cybercops, die rund um die Uhr im Einsatz sind.“

„Ich darf das alles verwenden?“, fragte Klammer.

„Solange niemand erfährt, dass ich Ihre Quelle bin.“

„Selbstverständlich. Die Cyberspezialistin, hat die auch einen Namen?“

„Wahrscheinlich, aber an den kann ich mich nicht erinnern.“

Paul Klammer lächelte. „Es ehrt Sie, dass Sie Ihre Kollegin schützen wollen.“

Worschädl lächelte zurück. „Was Sie hoffentlich nicht davon abhält, mich auch an Ihren jüngsten Erkenntnissen teilhaben zu lassen.“

Durch Klammer ging ein körperlicher Ruck. Er war endlich wieder im Geschäft. Bekam Stoff und hatte etwas anzubieten. Herrlich.

„Ihre Angaben kann ich bestätigen. Aber Sie dürften noch nicht wissen, dass die Cyberkriminellen für die Beendigung ihrer Angriffe ein Lösegeld gefordert haben."

„In welcher Höhe?"

„2,5 Bitcoin. Also 100.000 Euro."

„Na toll."

„Der Bürgermeister will nicht zahlen."

„Dann wird es weitere Angriffe geben."

Klammer sah sich um. Niemand blickte zu ihnen herüber, kein Mensch interessierte sich für sie.

„Inzwischen hat sich die Lösegeldforderung bereits verdoppelt. Angeblich steht eine Attacke auf das städtische Krankenhaus bevor."

„Herr Klammer, diese Info ist gesichert?"

„Nicht zu 100 Prozent."

„Sehr gut. Danke. Das hilft mir weiter."

„Geht mir genauso. Wir bleiben am besten in Kontakt", sagte Klammer, legte einen Fünfer auf den Tisch und stand auf.

„Machen wir. Ich werde morgen Zeitung lesen."

Klammer nickte und verließ das Café. Während Worschädl dem Kellner winkte, meldete sich sein Handy.

„Hallo, Sabine."

„Robert, was sagt der Arzt?"

„Welcher Arzt?"

„Deine Rippen. Du wolltest doch ..."

„Ach so, nein. Mir ist ein Kaffeehaustermin dazwischengekommen."

„Hätte ich mir denken können. Wo bist du?"

„Im Café Winkelbauer."

„Ich hol dich in zehn Minuten ab. Es gibt neue Erkenntnisse. Wir besuchen Philipp Aigner."

32

Höchstens drei Stunden Schlaf. Viel zu wenig für einen Großkampftag in einer Firma mit Krisenstimmung und Besprechungsmarathons.

Am gestrigen Abend hatte Philipp Aigner reichlich Wein getrunken, war viel zu spät ins Bett gegangen, bereits nach einer Stunde wieder aufgewacht und konnte ab dann nicht mehr schlafen. Weil sich in seinem Kopf alles nur um einen Gedanken drehte.

Es geht gegen mich. Ich bin das Ziel.

Wie gern hätte er doch das Karussell in seinem Hirn gestoppt, schaffte es aber einfach nicht. Die Identifizierung des Oberschenkels hatte in ihm einen Schalter umgelegt. Dann las er in der Zeitung auch noch die Meldung über den in Rovinj gefundenen Frauenkopf!

Wie war das möglich? Wer wusste noch von Danielas Beziehung zu diesem Ort? Wer grub jahrelang gehütete Geheimnisse aus und zerrte sie an die Oberfläche? Wer hatte vor, ihn, seine Ehe, seine gesamte Existenz zu ruinieren?

Als er vom Läuten des Weckers aus einer Art Halbschlaf erwachte, war ihm speiübel. Er hatte gerade in unzähligen Varianten und Wiederholungen vom Abtrennen des Kopfes geträumt.

Er kämpfte sich aus dem Bett und traf im Bad auf seine Frau. Bettina war schon am Sprung in die Arbeit, warf einen letzten Kontrollblick in den Spiegel, verabschiedete sich mit einem Kuss und wünschte ihm einen schönen Tag. Vom Fenster im oberen Stockwerk sah er zu, wie sie sich mit ihrem violetten Helm und dem kleinen Rucksack aufs Rad schwang, in die Pedale trat und durch die Hauszufahrt verschwand.

In vier Wochen hatten sie eigentlich eine fünftägige Reise nach Marrakesch geplant. Die Weihnachtszeit wollten sie auf den Malediven verbringen.

Nachdem Philipps Vater nach einer kurzen Krebserkrankung gestorben war, hatte die Erbschaft ihnen vor einigen Monaten ermöglicht, ihren Hauskredit früher als geplant zurückzuzahlen. Sie hatten die letzte Überweisung mit einem Glas Champagner gefeiert und einander versprochen, es sich ab sofort möglichst gut gehen zu lassen und viele Reisen zu unternehmen.

Falls die Wahrheit ans Licht kommen sollte, musste Philipp befürchten, dass Bettina niemals wieder mit ihm in ein Flugzeug steigen beziehungsweise mit ihm unter einem Dach leben wollte. Die Angst, sie schon sehr bald zu verlieren, raubte ihm fast den Verstand.

Er erledigte seine morgendlichen Routinen, trank einen schnellen Kaffee, blätterte die Morgenzeitung durch, stieg ins Auto und fuhr bis zur nächsten Trafik.

Er brauchte echte Zigaretten. Endlich wieder ein paar tiefe Züge. Er stand neben dem Auto, inhalierte gleich zwei hintereinander, fühlte sich deutlich entspannter. Jetzt konnte er wieder halbwegs vernünftig denken.

Er warf die angebrochene Zigarettenpackung in einen Mülleimer, setzte sich hinters Lenkrad und kämpfte sich durch den Morgenverkehr bis zum Sitz seiner Firma.

Als er den Lift im 26. Stock verließ, wurden ihm von einer Sekretärin zwei Kriminalbeamte angekündigt, die in seinem Büro auf ihn warteten. Gleich darauf traf er auf diesen Worschädl, der ihn entfernt an den italienisch-französischen Schauspieler Lino Ventura erinnerte, und auf seine Kollegin Schinagl, vor der er ab der ersten Sekunde ganz automatisch Respekt empfunden hatte. Mit plumpen Witzchen war bei dieser Frau sicher nichts zu holen. Das war eine, die den Stier bei den Hörnern packen konnte.

Als ihn die beiden damit konfrontierten, dass er sich laut einigen Beweisfotos privat mit Daniela getroffen hatte, stiegen Panikwellen in ihm hoch. Er ließ sich in seinen Schreibtischsessel fallen und rang nach Luft. Woher konnten die das wissen? Und wieso konnten sie ihm sogar das Café nennen, in dem er sich mit Daniela erst vorige Woche nach der Arbeit verabredet hatte?

Als Philipp seine Sprache wiedergefunden hatte, brachte er den Polizisten reinen Gewissens bei, dass er mit seiner Arbeitskollegin keine außereheliche Affäre gehabt hatte. Nach einigem Hin und Her schienen sie ihm auch abzukaufen, dass er mit ihr ausschließlich Berufliches besprochen hatte.

„Genauso wie ich konnte sie sich nicht erklären, wie die Hacker an die Insiderinformationen gekommen waren. Weil es in der Firma nur drei Personen gibt, die Zugang zu den besonders heiklen Daten hatten oder haben."

„Wahrscheinlich die Geschäftsführerin Astrid Lackner", sagte Schinagl.

„Genau. Außerdem Daniela und ich", antwortete Philipp. „Daniela hat mir hoch und heilig versichert, dass sie sich immer ordnungsgemäß verhalten hat."

„Haben Sie ihr geglaubt?"

„Vorerst ja. Aber seit den jüngsten Ereignissen ... Für mich selbst kann ich beide Hände ins Feuer legen."

„Gut für Sie, wenn das auch wirklich stimmt", war Worschädl nicht hundertprozentig überzeugt. „Wie schätzen Sie Ihre Chefin ein? Könnte auch sie dahinterstecken?"

„Nein, ausgeschlossen. Dafür ist sie viel zu korrekt und zu seriös. Ihr Gehalt ist außerdem an Prämien gekoppelt. Die erhält sie nur bei entsprechenden Gewinnen."

„Dann bleibt also nur Frau Pamminger."

„Was sich im Nachhinein nicht so einfach überprüfen lässt", meinte Philipp.

Schinagl winkte ab. „Unsere Cybercops haben ihre Methoden. Die werden schon Licht ins Dunkel bringen."

Bis dahin hatte sich Philipp gut geschlagen. Doch dann kam Worschädls Abschlussfrage. Oder eher eine Feststellung. Blitzschnell, beiläufig, aus dem Hinterhalt.

„Die Tatsache, dass der Oberschenkel ausgerechnet in Ihrer Hauszufahrt deponiert wurde ... haben Sie dafür inzwischen eine Erklärung?"

Beinahe wäre Philipp ein „Ja" herausgerutscht. Aber er blieb standhaft. Hielt dicht. Sagte einfach: „Leider nein."

Erkannt hatte er nämlich nur einen Teil der Täterlogik. Was ihm völlig verschlossen blieb, war auch nur der Hauch einer Idee zu dessen Identität. Er hatte nicht die geringste Vorstellung davon, wer ihn derart grausam vernichten wollte.

Ob die beiden Kriminalbeamten beim Verabschieden bemerkt hatten, dass sich seine panische Grundstimmung in keiner Weise gebessert hatte? Dass es ihn ungemein erleichtert hätte, loszuwerden, was ihn rund um die Uhr beschäftigte?

Stattdessen schüttelte er Schinagl und Worschädl die Hand. Dankte ihnen für ihre Bemühungen. Hoffte inständig darauf, dass sich der Deckel der Truhe wieder schließen und sein Geheimnis für immer ein Geheimnis bleiben würde.

33

Zum Glück schienen die Kolleginnen und Kollegen des OP-Teams nicht zu bemerken, dass Bettina Aigner bei der heutigen Dienstbesprechung nicht ganz bei der Sache war. Sie war mäßig engagiert, agierte trocken und pragmatisch. Ihre sonst so beeindruckende Umwicklungskompetenz war blockiert von einer Vielzahl an Gedanken.

Zuerst fragte sie sich, ob es richtig gewesen war, ihren Vorgesetzten vor dem heutigen Dienstantritt über die polizeilichen Ermittlungen und den grausigen Fund in ihrer Hauseinfahrt zu informieren. Außerdem beschäftigte sie dieser graue Van, der vor ihrem Haus gestanden und ihr eine ganze Zeit lang nachgefahren war. Zweimal hatte sie gedacht, er wäre abgebogen und nicht mehr hinter ihr, aber dann tauchte er wieder auf. Blieb auf Abstand, hing aber wie eine Klette an ihr dran. Ihre aufkeimende Paranoia verflüchtigte sich erst, als sie mit ihrem Rad in jenen Teil der Krankenhaus-Tiefgarage fuhr, der dem Personal vorbehalten war.

Immer wieder fiel ihr ein, dass auch Oberarzt Rochanski ein ähnliches oder sogar gleiches Fahrzeug fuhr. Bettinas mangelndem Interesse für Autos war es zuzuschreiben, dass sie nicht einschätzen konnte, ob es sich um dieselbe Marke handelte. Aber Van ist Van, und ausgerechnet an diesem Morgen war es zu einer Begebenheit gekommen, die ihr nicht ganz geheuer gewesen war.

Rochanski kam noch vor der Morgenbesprechung auf einen Sprung in ihr Büro, um ihr ein weiteres Mal für die gestern so gut gelaufene OP zu danken. Ein achtes Weltwunder, mit dem sie nie gerechnet hätte.

Auffällig war jedoch vor allem, dass er seine Hand auf ihren Oberarm und dann auch noch auf ihre Hüfte legte. Zum einen verwunderte Bettina die plötzliche ungewohnte Nähe, zum anderen das Blitzen seiner Augen. In Rochanskis Blick lauerten Gier und Begehren, dessen war sich Bettina sicher.

Hatte sie sich gestern ihm gegenüber zu offen und entgegenkommend verhalten? Hatte sie ihm mit einem Blick, einer Geste Anlass gegeben, sich von ihr mehr zu erhoffen?

Sie wusste, dass er verheiratet war. Bei ihrer Fahrt ins Krankenhaus radelte sie täglich an der dermatologischen Praxis seiner Frau vorbei. War die Ehe der beiden noch intakt? Hatten die beiden Sex? Oder war er hungrig nach einer körperlichen Begegnung mit einer Frau und sprang ausgerechnet auf Bettina an?

Die Schaltknöpfe in ihrem Hirn stellten plötzlich einen Pfad zum abgetrennten Oberschenkel her. Zu Rochanskis offenem Zugang zu jeglichen chirurgischen Instrumenten. Als sie bemerkte, in welche Verknüpfungen sie sich verstieg, pfiff sich Bettina sofort zurück. Das eine hatte mit dem anderen nichts zu tun. Sie durfte sich nicht zu dermaßen an den Haaren herbeigezogenen Schlussfolgerungen hinreißen lassen.

Irgendetwas ist mit mir passiert, dachte sie, während sie ihren Mitarbeitern die Veränderungen im Dienstplan erklärte. Ich sehe nur mehr potenzielle Täter. Genauso wie bei diesem Tattoo. Der Schmetterling knapp über dem Knie. Für eine Sekunde hatte sie sogar ihrem Mann misstraut. Ihm unterstellt, dass er sie mit Daniela betrogen hatte.

Philipp hatte es hoffentlich nicht bemerkt. Ihr kurzer Zweifel war nämlich überhaupt nicht angebracht gewesen. Sie führten eine gute Ehe, kamen auch nach vielen Jahren gut miteinander aus und liebten sich. Einen Streit aus nichtigen Gründen konnten sie gerade jetzt nicht brauchen.

Aber hinterging Philipp seine Firma? Hatte er interne Geheimnisse nach außen getragen? War ein Teil des Mobiliars in ihrem Reihenhaus mit illegalen Geldern finanziert?

Doch auch diese Überlegungen schüttelte Bettina ab. Ihr Mann und kriminelle Energie? Nein, das traute sie ihrem disziplinierten und korrekten Weggefährten nicht zu. Philipp war keiner, der andere täuschte und über den Tisch zog.

Bettina wälzte einen Gedanken nach dem anderen, hörte sich dabei ihre eigenen Dienste bekannt geben, schaute in die mehr oder weniger aufmerksamen Gesichter ihrer Mitarbeiter und wurde plötzlich von einem kalten Wind gestreift.

Den hatte sie auch vorhin auf dem Fahrrad gespürt und er hatte nichts mit der frischen Morgenluft zu tun gehabt. Noch dazu standen hier im Besprechungszimmer weder Türen noch Fenster offen. Alles hatte seine Ordnung. Alles lief nach Plan. Dennoch stieg ein Gefühl in ihr hoch, das sie in dieser Heftigkeit schon lange nicht mehr überfallen hatte. Bettina Aigner hatte Angst.

Lag es an Rochanskis übergriffiger Annäherung? Daran, dass er soeben den Raum betreten hatte, mit verschränkten Armen neben der Tür stand und ihr freundlich zunickte?

Plötzlich wurde Bettina bewusst, dass es der Dienstplan war, der sie in derartige Panik versetzte. Sie bemerkte erst jetzt, dass sie dem Oberarzt in der kommenden Woche beinahe täglich zu assistieren hatte. Rochanski musste seine Operationen ganz gezielt auf ihre Anwesenheitszeiten abgestimmt haben.

Er suchte ihre Nähe.

War auf sie fixiert.

Hatte er heute vor ihrem Haus auf sie gewartet?

War er ihr in seinem grauen Van durch die halbe Stadt bis zum Krankenhaus gefolgt?

Bettina kam beim Vorstellen des Dienstplans ins Stocken. Brachte mit einem Mal keinen ganzen Satz mehr heraus. Wurde von einem Schwindel erfasst und sah ihre Mitarbeiter nur mehr sehr verschwommen. Geriet in einen Zustand, in dem ihr alles zu entgleiten drohte.

„Bettina, geht es dir nicht gut?"

„Nein, danke, alles in Ordnung. Nur der Kreislauf", antwortete Bettina, atmete tief durch, war froh, dass ihr jemand ein Glas Wasser reichte, trank es aus, fasste sich wieder.

Sie durfte nicht zulassen, dass sich ihre aktuellen Empfindungen auf die Mitarbeiter übertrugen. Im OP brauchte es neben der fachlichen Sicherheit auch Gelassenheit, Konzentration und eine Portion Humor. Gerade an Tagen mit einer Häufung von anspruchsvollen Operationen galt es, Optimismus und Zuversicht zu vermitteln.

Bettina setzte ihr professionelles Lächeln auf.

Bedankte sich fürs Zuhören.

Wünschte allen einen erfolgreichen und nicht allzu stressigen Tag.

Fand wieder zu jenem leichten, motivierenden Tonfall, den hier alle so an ihr schätzten. Stand mit den anderen auf, griff nach ihren Unterlagen und zuckte unmerklich zusammen. Weil Rochanski auf sie zukam.

„Schwester Bettina. Alles okay?"

Nein, nichts ist okay, dachte Bettina. Du Vollkoffer hast dich in mich verknallt. Du Idiot willst mir an die Wäsche.

Keine Ahnung, wie ich damit umgehen soll. Wie ich dir beibringen kann, dass ich an dir in erotischer oder sexueller Hinsicht nicht das geringste Interesse habe. Wie ich dir am besten klarmache, dass zwischen uns garantiert nichts laufen wird.

Bettina ließ sich nichts anmerken.

„Ja, danke, geben Sie mir zehn Minuten, dann bin ich bei Ihnen im OP."

34

Wer zur Prosektur will, muss für gewöhnlich in den Keller. Leichenkammern und Seziertische sind nichts fürs Erdgeschoß und die Stockwerke darüber. Der Tod und die eingehende Beschäftigung mit seinen Ursachen und Begleitumständen werden besser tief unter die Erde verbannt.

„Philipp Aigner wirkte gestresst", merkte Schinagl auf der Treppe nach unten an.

„Verzwickt und nervös", bestätigte Worschädl. „Was er wohl vor uns verbirgt?"

„Jedenfalls lügt er wie gedruckt. Hat sich die Kamenko bei dir gemeldet?"

„Kein einziges Mal. Die ist offenbar auf Tauchstation."

Vor ihnen öffnete sich die gläserne Schiebetür zum Eingangsbereich in die Obduktionsabteilung. Die Gestalt, die ihnen in grüner OP-Kleidung entgegenkam, ließ sich allein aufgrund der theatralischen Begrüßungsgeste als Gerichtsmediziner Dr. Jürgen J. Janko identifizieren.

„Ihnen ist hoffentlich klar, dass ich meinen freien Tag geopfert habe." Um seine Heldentat zu unterstreichen, schwang Janko demonstrativ ein Knorpelmesser durch die Luft.

„Großartig", freute sich Worschädl. „Wir ermitteln ohne Netz und brauchen dringend Ihre Ergebnisse." Der Chefinspektor konnte dabei seine Augen nicht von dem Oberschenkel und dem Kopf abwenden, die nebeneinander prominent auf dem Seziertisch thronten.

„Genauso habe ich auch privat argumentiert ... was nicht ganz so einfach war. Das Aussuchen der Hochzeitsanzüge wäre angestanden, aber das ist zum Glück noch nicht so dringend."

„Wie schön, Sie heiraten?"

„Im sonnigen Juli, Frau Schinagl."

„Und Sie brauchen gleich mehrere Hochzeitsanzüge?", erkundigte sich Worschädl.

„Genau zwei. Einen für mich und einen für meinen Verlobten. Beide perfekt aufeinander abgestimmt. Für Sie beide habe ich heute einen Disput mit meinem zukünftigen Mann in Kauf genommen", betonte Janko. „Nicht so schlimm. Eine Essenseinladung, und alles ist wieder gut. Schließlich soll er sich nicht schon vor unserer Vermählung vernachlässigt fühlen."

„Er wird hoffentlich verstehen, dass wir unbedingt wissen müssen, ob diese beiden Körperteile ..."

„Natürlich versteht er das. Andererseits sind die Hochzeitsanzüge gerade unser großes Thema. Sie haben keine Ahnung, wie oft und intensiv wir darüber diskutieren."

„Gerade in der Mode sind unterschiedliche Meinungen die perfekte Ausgangslage für originelle Lösungen", meinte Schinagl.

„Das haben Sie jetzt schön gesagt", freute sich Janko.

An und für sich fand es Worschädl amüsant, wie engagiert sich die beiden über Hochzeitsanzüge unterhalten konnten. Er hätte es ihnen durchaus vergönnt, sich dieser Thematik noch eingehender zu widmen, wenn nicht ein anderer offener Punkt ganz oben auf der Tagesordnung gestanden wäre.

„Darf ich fragen, ob Oberschenkel und Kopf etwas gemeinsam haben?"

„Aber natürlich. Entschuldigung. Wir können hundertprozentig davon ausgehen, dass wir zwei wesentliche Bestandteile von Daniela Pamminger vor uns liegen haben."

„Wie wurden sie abgetrennt?"

„Mit einer Elektrosäge und einem Messer mit sehr scharfer Klinge. Nicht auszudenken, wie viel Blut dabei geflossen ist."

„Ist Ihnen sonst noch etwas aufgefallen?"

„Kleine Spuren von Speiseresten, Herr Worschädl. In den Haaren. Grüner Salat, Champignons ..."

„Der Kopf wurde neben dem Müllcontainer einer Pizzeria in Rovinj gefunden."

„Koje sranje", entfuhr es Janko.

„Das heißt auf Deutsch?", fragte Schinagl.

„Sorry, es handelt sich um einen nicht salonfähigen Fluch. Ist mir leider rausgerutscht."

„Klang aber nach einwandfreiem Kroatisch", stellte Worschädl fest. „Das verloren wirkende ‚J.' in Ihrem Namen ...?"

„Steht für Josip. Meine Mutter kam im Hafenviertel von Zadar zur Welt."

„Dann sprechen Sie auch Kroatisch?"

„So halbwegs. Ich komme damit durch."

Worschädl nickte Schinagl unmerklich zu. Sie verstand es als Aufforderung, ihren angeregten Hochzeitsanzugsdiskurs mit einem neuen Themenschwerpunkt fortzusetzen.

„Das klingt erfreulich. Unser Kroatisch ist nämlich denkbar schlecht. Genauso steht es um das Englisch des Restaurant-Chefs in Rovinj. In seinem Hinterhof wurde der abgetrennte Kopf gefunden."

„Wir haben ihn telefonisch kontaktiert und konnten uns kaum verständigen", ergänzte Worschädl.

„Laut seiner Homepage vermietet er auch Ferienwohnungen und betreibt einen Campingplatz."

„Verstehe", äußerte sich Janko. „Sie fragen sich, warum der Kopf genau dort gefunden wurde. Weiters wollen Sie wissen, ob es zwischen diesem speziellen Ort, der ermordeten Frau und dem Restaurant-Chef eine Verbindung gibt."

„Wunderbar kombiniert und auf den Punkt gebracht", schwärmte Schinagl und brachte Janko zum Strahlen.

Worschädl zückte sein Handy und drückte die Wiederwahl-Taste.

„Sagen Sie bitte dem Restaurant-Chef, dass ich ihm gleich ein Foto von Frau Pamminger schicke."

Der Gerichtsmediziner mit kroatischen Wurzeln sowie Hochzeitsplänen übernahm das Handy des Chefinspektors. „Ist doch wunderbar, wenn man der Kripo beim Recherchieren unter die Arme greifen kann."

„Sie haben etwas gut bei mir!", sagte Schinagl.

„Hochzeitsanzugsberatung?"

„Sehr gern."

„Puno hvala."

Janko streckte den Daumen hoch, begrüßte seinen Gesprächspartner in Rovinj mit einem kräftigen „Dobar dan" und verfiel sofort in ein einwandfreies, temporeiches, von emotionalen Schwingungen begleitetes Kroatisch, von dem die beiden Kriminalbeamten nicht einmal Bruchteile verstanden.

35

Der Kurs über „Algorithmen und Datenstrukturen" an der Fachhochschule für Informatik, Kommunikation und Medien war in der Regel gut besucht. Vor allem, weil der vortragende Professor trotz der trocken klingenden Thematik als origineller Rhetoriker galt.

Bei seiner Eröffnungsvorlesung baute er vorne auf seinem Tisch einen Campingkocher samt kleiner Bratpfanne auf, fischte aus seinem Rucksack eine Sechserpackung frischer Eier aus biologischer Freilandhaltung, bereitete live ein Spiegelei zu und erklärte anhand des Kochvorgangs die grundlegenden Eigenschaften eines Algorithmus.

„Versuchen Sie, ein Ei in der Pfanne zu braten, ohne es vorher aufzuschlagen. Sie produzieren damit höchstens ein Ei in gebratener Schale, aber ganz sicher kein Spiegelei. Falls Sie das Ei aufschlagen und es mit der Schale braten, fabrizieren Sie das ungenießbare Gericht ‚Ei mit Schale'. Für das Ergebnis ‚Exquisites Spiegelei' müssen Sie jedoch genau festgelegte Handlungsschritte befolgen."

Verwunderte, belustigte, skeptische Gesichter der Studentinnen und Studenten. Was hatte dieses Spiegelei-Gleichnis mit dem Inhalt der Vorlesung zu tun?

„Wir reiben den Pfannenboden mit Butter ein und erhitzen die Kochplatte auf mittlerer Stufe. Wir schlagen das Ei in der Mitte auf, brechen es über dem Pfannenboden in zwei Hälften, lassen es in die Pfanne gleiten und bringen es mit dem Pfannenwender in Form. Wir reduzieren die Hitze und lassen das Ei garen, bis das Eiweiß die gewünschte Konsistenz erreicht hat.

Lektion 1: Unter einem Algorithmus verstehen wir eine Reihe von Anweisungen, die in einzelnen Schritten in einer festen Reihenfolge ausgeführt werden, um ein Problem beziehungsweise eine Herausforderung zu lösen.

Nachdem das Spiegelei nun fast perfekt gelungen ist, fügen wir gleich noch eine Eigenschaft von Algorithmen hinzu, nämlich die Terminierung. Algorithmische Prozesse sind zeitlich begrenzt und haben am Ende ein Ergebnis. Ist doch schön, dass wir hier nicht unendlich lange braten müssen. Also, Leute, wer hat Hunger?“

In der nächsten Vorlesung lobte er jene Maschinen, die ihm aufgrund seines Kaufverhaltens jedes der Kleidungsstücke vorgeschlagen hatten, die er an diesem Tag trug und die ganz und gar seinen legeren Vorlieben entsprachen.

Weniger lustig fand der Professor, dass der Algorithmus eines Reiseveranstalters dafür gesorgt hatte, dass er im Flugzeug zu seinem Urlaubsdomizil auf der griechischen Insel Kreta nur gegen einen stolzen Aufpreis einen Platz neben seiner Frau bekommen konnte. Aber es sei, schloss er, nun einmal schwierig, künstlich intelligente, selbst lernende Systeme so zu trainieren, dass sie in der Lage wären, ethisches Verhalten zu erlernen.

Für heute hatte der Professor den Studierenden einen neuen Programmierer-Witz versprochen und hätte durchaus auch einen parat gehabt, als er den Vorlesungssaal wie üblich in einer zu weiten Hose, einem blau karierten, nur flüchtig gebügelten Hemd und mit seinem gewohnt fröhlichen „Einen wunderschönen und großartigen guten Morgen“ betrat.

Seine den Witz einleitende Frage nach den Todfeinden jedes Programmierers blieb jedoch unbeantwortet, als er während des Fragens die Schreibtischlade öffnete, um ihr die darin verstauten Whiteboard-Stifte zu entnehmen. Ohne hinzusehen, also quasi blind, mit Blick zu den Studierenden.

Einige warteten gespannt auf die Auflösung seiner Rätselfrage, andere kannten den Witz bereits, wenige lachten prophylaktisch. Wer auch immer aus den Zuhörer-Reihen in diesem Augenblick auf den Professor blickte, konnte beobachten, dass er, als er in die Lade griff, plötzlich innehielt, seinen launigen Vortrag unterbrach und von einer körperlichen Spannung erfasst wurde, die man als Vorstufe zur Schockstarre hätte interpretieren können.

Vorerst vermochte der Professor nicht zu begreifen, was er in der Lade zwischen Daumen und Zeigefinger hielt. Jedenfalls keinen Whiteboard-Stift. Dazu war das längliche Ding zu weich, zu ... ja ... zu fleischlich.

Fleischlich.

Das war der Begriff, nach dem er gesucht hatte, den er jedoch weder denken noch laut formulieren wollte.

Trotzdem konnte er nicht aus seinem wissenschaftlichen Habitus heraus und er stellte systematisch jene Fragen, die ihn vermuten ließen, was er da gerade in der Lade durch seine Finger wandern ließ.

Zuerst musste man einer Person habhaft werden, dass man in ihrem lebendigen oder toten Zustand frei über sie verfügen konnte. Und dann hatte man ihr eine Verletzung zuzufügen, die an Grauenhaftigkeit kaum zu überbieten war.

Bezeichnend, dass sich der Professor überwinden musste, einen Blick in die Lade zu wagen.

Er zog die Hand zurück.

Knallte die Lade zu.

Erstarrte.

Die Interpretation des seltsamen Verhaltens ihres sonst so launigen Professors fiel bei den einzelnen Studenten unterschiedlich aus. Für die meisten lag klar auf der Hand, dass ihm jetzt nicht nach Humor und Witz zumute war.

Doch er schien sich wieder zu sammeln, als er sich räusperte und sogar zum Sprechen anhob: „Ich muss testen, ob die Stimme, die es mir soeben verschlagen hat, überhaupt noch existiert. Ja. Gott sei Dank. Prima. Blicken Sie jetzt alle bitte zuerst auf Ihre linke und dann auf Ihre rechte Hand. Falls Sie nichts Ungewöhnliches feststellen und wirklich alles in Ordnung ist, muss das, was da in der Lade liegt, einer Person gehören, die sich nicht in diesem Raum befindet. Sie bleiben bitte alle sitzen und bewahren Ruhe“, sagte der Algorithmik-Professor heiser, zückte sein Handy und wählte die Nummer der Polizei.

36

Ich muss meine Klienten dort abholen, wo sie sind. Zuerst wollen sie vor allem verstanden werden. So empfinden dürfen, wie sie empfinden. So denken dürfen, wie sie denken. So sein dürfen, wie sie sind.

Worte von Karoline, die Worschädl durch den Kopf gingen, als er sich zu Jasmin an den Verhörtisch setzte.

Ihre erste Nacht, die sie wegen Widerstands gegen die Staatsgewalt im Polizeianhaltezentrum verbracht hatte, war an der Jugendlichen nicht spurlos vorübergegangen. Sie wirkte geknickt und unsicher, wollte sich das aber nicht anmerken lassen. Sie würdigte Worschädl keines Blickes und nahm eine prophylaktische Abwehrhaltung ein.

„Jasmin, das mit deiner Mutter tut mir sehr leid." Worschädls Stimme klang wohlwollend und väterlich.

Keine Reaktion.

„Du bist noch so jung. Dein Leben ... so ganz allein ohne Eltern ... die Kinder- und Jugendhilfe ist informiert. Sie wird mit deiner Obsorge betraut."

Kurzes Hin- und Herrücken auf dem Stuhl.

„Du hast deine Mutter doch sehr gemocht. Hast dich für sie interessiert."

Unruhige Augen.

„Wolltest wissen, mit wem sie sich trifft. Welche Männer sie kennenlernt."

Worschädl zog ein Foto aus der Tasche und legte es auf den Tisch. Es zeigte Daniela Pamminger und Philipp Aigner, die auf einer Parkbank an der Donaulände saßen.

„Woher hast du das?" Jasmins Stimme klang zittrig.

„Von deinem Freund."

„Von Flo? Was ist mit ihm? Was habt ihr mit ihm gemacht?"

„Ihn bei uns einquartiert. Nur drei Zellen von dir entfernt."

„Wegen der Scheißfotos? Sind die verboten oder was?"

„Er hat zusammen mit anderen einen Kriminalbeamten angegriffen. Mit Motorrad und Eisenkette. Ist ihm nicht so ganz geglückt."

„Schade. Beim nächsten Mal wird es klappen."

Kaltes, provokantes Grinsen. Worschädl zwang sich, ruhig zu bleiben.

„Jasmin, der Mann auf dem Foto ..."

„Weißt du doch längst. Ein Arbeitskollege meiner Mutter. Interessiert mich einen Scheißdreck."

„Trotzdem sollte Florian für dich vier Wochen lang heimlich fotografieren, wo und wie er sich mit deiner Mutter trifft."

„Hab mir eben Sorgen um sie gemacht. Wollte wissen, was sie so treibt. Mit wem sie in die Kiste steigt. Ob der Arsch in Kürze bei uns einzieht und sich über mein Bier hermacht."

„Hätte dir sicher nicht gepasst."

„Ab der ersten Sekunde hätte ich den rausgeekelt. Hab mehr als einmal erlebt, dass sich meine Mutter von irgendeinem behinderten Typen flachlegen lässt und nichts dagegen hat, wenn der dann Familienoberhaupt und Papa spielen will."

Worschädl kam sich vor wie auf einer Autobahn, auf der alle Hinweisschilder in eine einzige Richtung zeigten. Jasmin schien nicht zu bemerken, dass sie sich als mögliche Täterin präsentierte. Aus dem, was sie soeben von sich gegeben hatte, ließ sich ein ganzes Bündel an Motiven für den Mord an ihrer Mutter zusammenzimmern.

„Eure Urlaube in Rovinj ... habt ihr die zu zweit oder zu dritt verbracht?"

Diese unerwartete Frage versetzte Jasmin in eine andere Zeit. In ein Früher, das sich leicht und unbeschwert anfühlte und alte Empfindungen weckte.

Die kindliche Freude beim Graben im Sand.

Das lustvolle Planschen im seichten Wasser.

Das gedankenlose Laufen über den langen Strand.

Natürlich konnte sie diesem Worschädl ganz unmöglich sagen, dass er sie gerade an eine wunderschöne Lebensphase erinnert hatte.

Stattdessen bellte sie ihm ins Gesicht, dass ihn das einen Dreck angehe.

„Jasmin, wach auf", antwortete Worschädl. „Du stehst unter Mordverdacht. Wenn du uns etwas verschweigst, reitest du dich nur noch tiefer rein."

„Okay, meine Mutter und ich, wir waren dort auf Urlaub. Kleine Ferienwohnung. Gar nicht schlecht. Bis es mir gereicht hat. In den letzten Jahren bin ich nicht mehr mitgefahren."

„Warum erzählst du das nicht gleich?"

„Hallo, ich habe ein echt mulmiges Gefühl. Das Schwein bringt meine Mutter um, schleppt ihren Kopf über die Grenze und deponiert ihn dort, wo ich mit ihr am Strand Muscheln gesammelt habe. Alter, woher weiß der das? Wieso kennt der unser Leben?"

Worschädl lehnte sich zurück und lächelte wie ein netter Onkel, der gleich ein Märchen der Gebrüder Grimm erzählt: „Klingt überzeugend, könnte aber auch ganz anders gewesen sein. Da ist ein kleines Mädchen, das ohne seinen Vater aufwächst. Kein Wunder, dass Jasmin die Männergeschichten ihrer Mutter intensiv beschäftigen. Weil ihre Mama mit jedem neuen Mann Jasmins Vater betrügt, mit dem sich das Mädchen verbunden fühlt, obwohl sie ihn nicht einmal kennt."

„Hauptsache, du weißt Bescheid und checkst, wie der Laden läuft." Jasmin schüttelte den Kopf. „Kaum zu fassen, was in deinem Kopf abgeht."

„Wir sind noch nicht fertig. Denn einige Jahre später hat Jasmin den Eindruck, dass sich ihre Mutter zu sehr auf jemanden eingelassen hat. Ihn vielleicht sogar liebt. Womöglich sogar mehr als ihre eigene Tochter. Das hält sie nicht aus. Das lässt sie nicht zu. Sie will ihre Mama nicht verlieren. Will sie für sich behalten. Deshalb greift sie im Streit nach einem Messer und sticht zu."

„Das Mädchen, von dem du redest, muss ein voller Psycho sein."

„Möglich. Aber als ihre Mama verwundet und leblos vor ihr liegt, wird ihr klar, was sie getan hat. Zum einen spürt sie eine große Zufriedenheit, zum anderen fühlt sie sich schuldig und schämt sich für ihre Tat. Ein Teil von ihr klopft sich dafür auf die Schulter, ein anderer Teil möchte bestraft werden. Deshalb platziert sie die Leichenteile so, dass die Polizei sie früher oder später finden und sie überführen wird."

Jasmin saß da wie ein Raubtier vor der Beute. Am Sprung. Als ob sie Worschädl in der nächsten Sekunde an die Gurgel gehen wollte.

„Du Arsch glaubst noch immer, ich bin diese Wahnsinnige."

„Ich halte es für sehr wahrscheinlich."

„Ist aber komplett daneben. Gib es zu, du hast die volle Panik, weil du mir nichts beweisen kannst. Ist doch alles nur Blabla."

Jasmin grinste. Zeigte Worschädl jenes Gesicht, das ihre Mutter auf die Palme gebracht hatte. Rotzfreche Überlegenheit.

Aber prinzipiell hatte sie recht. Worschädls Version war so stabil wie ein Kartenhaus im Wind. Sie hatten gegen die Jugendliche nicht das Geringste in der Hand.

Worschädl raffte die Fotos zusammen, als Schinagl den Raum betrat. „Sorry, ich muss kurz stören. Passt es, wenn ich Jasmin eine Frage stelle?"

„Ja, natürlich", antwortete Worschädl.

„Ich weiß noch nicht, ob ich dir eine Antwort gebe." Jasmin schaute Schinagl trotzig an.

„Ich glaube, dass meine Frage nicht nur für uns interessant sein könnte. Ich habe mir noch einmal alle Fotos auf dem Handy deines Freundes angesehen. Bei dem hier bin ich hängen geblieben."

Schinagl legte ein weiteres Foto auf den Tisch. „Beschreib mir bitte, was du siehst."

„Hast doch selbst Augen im Kopf. Meine Mutter sitzt mit diesem Aigner an einem Tisch. Sie quatschen und trinken Rotwein."

„Was siehst du noch?"

„Andere Gäste."

„Genauer, Jasmin."

„Mensch, du kannst vielleicht nerven. Aber gut, meinetwegen. Auf dem Tisch ein bisschen weiter weg sieht man ein aufgestelltes Handy."

„Das hinter zwei Gläsern verborgen ist und von einer Hand gehalten wird. Das Handy ist auf deine Mutter und Aigner gerichtet."

Anerkennendes Nicken von Worschädl. Sah so aus, als hätte Schinagl etwas Entscheidendes entdeckt.

„Scheiße. Das kann unmöglich Flo gewesen sein", sagte Jasmin aufgeregt. „Wenn ihr jetzt behauptet, dass ich die mit dem Handy bin, müsst ihr Paranoia haben."

„Ich behaupte nur, dass die beiden von einer weiteren Person beobachtet und fotografiert wurden."

„Tatsächlich", bestätigte Jasmin und wandte sich an Worschädl. „Die ist um einiges cleverer als du."

„Da erzählst du mir nichts Neues", bestätigte Worschädl.

„Findet ihr raus, wer das mit dem Handy ist?"

„Sicher. Aber die wichtigste Frage ist, ob wir dir vertrauen können."

„He, du Superbulle. Sie war meine Mama. Ich habe sie doch nicht umgebracht."

Am liebsten hätte Worschädl das wilde Mädchen in den Arm genommen und gedrückt. Ging aber nicht. Wäre nicht professionell gewesen. Und hätte sie niemals zugelassen. Hoffentlich log sie nicht.

„Wir glauben dir das. Wir nehmen an, dass du die Wahrheit sagst."

Tiefes Seufzen bei Jasmin.

„Sagt ihr mir, wenn ihr das Arschloch erwischt habt?"

„Machen wir", versprach Schinagl. „Robert, wir müssen los. Dringende Besprechung. Wurde soeben einberufen."

37

Das Gerät, das in der Abenddämmerung kurz nach 18 Uhr vom Fensterbrett eines Kinderzimmers abhob, zuerst den Garten des Einfamilienhauses erkundete und dann auf einen nahe gelegenen Feldweg zusteuerte, schwankte in der Luft wie ein betrunkenes Insekt. Zog steil in die Höhe, sackte danach tief ab, brach nach links aus oder torkelte nach rechts.

Woran das lag? Gewiss nicht an der Drohne selbst. Diese irrte zwar mit einem beeindruckend intelligenten Equipment durch die Luft, war jedoch nicht in der Lage, eigene Entscheidungen zu treffen oder gar sich selbst zu steuern.

Das Fluggerät war mit Haut und Haaren den fragwürdigen Künsten eines Anfängerpiloten ausgeliefert. Mit ganzen neun Jahren stand der Dreikäsehoch am Fenster seines Zimmers und hoffte inständig, dass er sein erst zwei Tage altes Geburtstagsgeschenk wieder heil nach Hause bringen würde.

Hoch und heilig hatte er den Eltern versprochen, zuerst die Bedienungsanleitung zu studieren, dann die Video-Fluganleitungen im Internet durchzugehen und schließlich eingehend im Trockenen zu üben.

Aber dann waren die beiden vor einer halben Stunde zu einem Treffen mit Freunden gefahren. Hatten ihn mit dem Objekt seines kindlichen Begehrens vollkommen allein gelassen. Da lag es doch auf der Hand, dass der Junge seine Selbstbeherrschung eher früher als später verlieren würde.

Zum Glück war diese Wohngegend nicht besonders dicht besiedelt. Somit bestand kaum Gefahr, dass sich Nachbarn über eine durch die Luft taumelnde Blechhummel beschwerten.

Der Junge bewegte den Joystick der Fernbedienung nervös und hastig, konnte aber im letzten Moment einen Zusammenstoß mit einer frei stehenden Linde vermeiden.

Er biss sich auf die Unterlippe. Konzentrierte sich voll darauf, keinen Absturz zu fabrizieren. War ausschließlich auf die über den Himmel tanzende Drohne fixiert und starrte angespannt auf die Baumgruppe, hinter der sie gerade verschwunden war.

Er hatte keine Sekunde für den kleinen Bildschirm auf der Steuerungskonsole übrig. Deshalb entging ihm, was die hochpräzisen Kameras der Drohne gerade aufzeichneten.

Eine Radfahrerin mit violettem Helm, die zügig den Feldweg entlangfuhr.

Einen grauen Van, der sich hinter einer Baumgruppe verbarg, plötzlich auf den Feldweg setzte und der Radfahrerin den Weg versperrte.

Den Aufprall des Fahrrads auf dem Auto.

Den Salto, mit dem der Körper der Frau über die Kühlerhaube geschleudert wurde.

Den Mann, der aus dem Auto stieg, die reglose Frau hochhievte, in den Kofferraum legte, das Rad verstaute, einstieg und losfuhr, am Ende des Feldwegs in eine Seitenstraße abbog und verschwand.

38

Lagebesprechung 19.00 Uhr. Büro Kamenko. Raum 424, vierter Stock. Anwesenheit und pünktliches Erscheinen unbedingt erforderlich!

Schweitzer schritt den Gang im vierten Stock des Polizeikommissariats aus nördlicher Richtung entlang und ärgerte sich mehrfach.

Kamenkos Nachricht hatte ihn während des Tönens seiner Haare erreicht und den Friseur zum Hudeln gebracht. Zudem nahm sich die gute Dame mit ihrem anordnungsähnlichen Text Chefallüren heraus, die ausschließlich ihm vorbehalten waren. Darüber hinaus war befremdend, dass einer aus Klagenfurt importierten, vorübergehenden Unterstützungskraft ein eigenes provisorisches Büro in einem Stockwerk über ihm zugesprochen worden war.

Schinagl, die sich mit Worschädl von südlicher Seite näherte, waren sowohl ihr Chef als auch Kamenko vollkommen egal. Sie hatte mehrmals versucht, Pürstlmaier wegen seiner idiotischen Anzeige zu erreichen. Aber dieser Obermoralist hob weder ab, noch rief er sie zurück.

Der plante offenbar nach wie vor, Kerstin frontal anzugreifen, damit sein eklatantes Fehlverhalten bei der Demo gar nicht erst zur Sprache käme. Mit welch sinnlosem Zeug man sich im Leben herumschlagen muss, dachte Schinagl und hoffte inständig auf ein Video, das Pürsti schonungslos entlarvten würde.

Nur gut, dass sich Worschädl bereit erklärt hatte, bei dem bevorstehenden Termin die Rolle des Wortführers zu übernehmen. Der neben ihr dahinschreitende Chefinspektor bastelte bereits an einer Strategie, mit der er die zu erwartende Standpauke möglichst ruhig und souverän parieren konnte. Als er den auf sie zueilenden Schweitzer erblickte, entschied er sich für einen knausrigen Umgang mit Informationsvorsprüngen. Je unangenehmer man Schinagl und ihm entgegentreten würde, desto zurückhaltender würde er seine Wissenshäppchen zur Verfügung stellen.

„Es wird ihr um diesen verdammten Finger gehen!“, rief Schweitzer, der betont sportlich auftrat. Eng geschnittene schwarze Jeans, dunkelgraues Poloshirt, knapp sitzendes schwarzes Sakko. Das Outfit wirkte wie ein ambitionierter Slim-Fit-Versuch, der wegen seines Wohlstandsbäuchleins nicht so ganz gelingen wollte.

„Um den Finger im Vortragspult des Fachhochschulprofessors? Dieses Rätsel haben wir doch längst geklärt.“

„Ach so, Robert? Und wieso weiß ich nichts davon?“

„Du hast uns noch nicht gefragt.“ Worschädl öffnete die Tür und lud seinen Chef mit einer höflichen Geste ein, doch bitte vor ihm einzutreten.

Schweitzers aufflammender Unmut über Worschädl wurde von der Bestürzung über die immense Größe von Kamenkos Schreibtisch abgelöst. Auch ihr Chefdrehsessel aus Leder sah weitaus pompöser aus als seiner. Unbegreiflich, dass man beziehungsweise frau der Cyberspezialistin derart großzügige Privilegien gewährte.

Wobei, wenn die Kamenko mich um etwas bäte, bekäme sie es auf der Stelle, sagte sich Schweitzer. Mir fiele sogar noch das eine oder andere Extra-Zuckerl ein, dachte er und beschloss, vorerst auf die Wirkung seiner neuen, dezent kolorierten Schläfen zu setzen. Dunkles Braun. Satt und zugleich unaufdringlich. Vielleicht um einen Hauch zu viel.

„Sie wissen, warum ich Sie hergebeten habe?“, fragte Kamenko, erhob sich und ging zum Besprechungstisch.

„Vermutlich, um die Lage zu besprechen", antwortete Schweitzer beflissen.

„Das auch", sagte Kamenko und nahm gleichzeitig mit den anderen Platz. „Aber zuerst, Kollege Worschädl, werden Sie mir sagen, weshalb Sie und Frau Schinagl meinen Anweisungen nicht Folge leisten."

Worschädl drehte den Kopf etwas zur Seite, runzelte die Stirn, verschränkte die Arme und setzte ein verwundertes Lächeln auf.

„Anweisungen, Frau Kamenko? Wenn es die wirklich gab, haben sie uns nicht erreicht."

„Ich habe doch klipp und klar gesagt, dass Sie sich ausschließlich auf Daniela Pamminger und ihre Tochter konzentrieren sollen."

„Stimmt, und diese Richtung haben wir auch verfolgt und eingehalten."

„Und wieso krebsen Sie dann ungeniert bei den Aigners und dieser Internet-Firma herum?"

„Frau Kamenko, ich bitte Sie!" Worschädl breitete die Arme aus, als ob er die Anwesenden segnen wollte. „Es liegt doch auf der Hand, dass sich bei unseren Ermittlungen rund um die Pammingers auch noch andere Querverbindungen ergeben haben."

„Denen wir natürlich nachgegangen sind", ergänzte Schinagl.

„Dann muss ich mich leider wiederholen. Zum zweiten und zum letzten Mal: Die Aigners und *Net Security Solution* sind für Sie absolut tabu!"

„Tabu?" Worschädl wandte sich fassungslos an Schweitzer. „Stefan, ist die Kollegin tatsächlich befugt, uns eine so ... na ja ... fragwürdige Anweisung zu geben? Steht sie als interimistische Aushilfe wirklich so weit über dir?"

Kurze Stille. Wie bei einem Fußballmatch, wenn einem Spieler ein genialer Querpass übers ganze Feld gelingt. Soeben sah es noch nach einem konflikthaften Kickerl zwischen Worschädl und Kamenko aus, und plötzlich war der Ball bei Schweitzer, der nicht damit gerechnet hatte und für ein paar Sekunden erheblich überfordert wirkte.

Schinagl, die sich wie eine Zuschauerin auf den Rängen fühlte, brach bei dieser Worschädl'schen Finte in inneren Jubel aus und spendete heimlichen Applaus.

Schweitzer kämpfte indes gegen einen doppelten Gesichtsverlust. Einerseits vor Kamenko, andererseits vor seinen Mitarbeitern ... und Mitarbeiterinnen! Seine Antwort durfte weder in die linke noch in die rechte Waagschale fallen, sondern musste möglichst vage bleiben.

„Eigentlich nur partiell. Daran, dass ich euer Vorgesetzter bin, hat sich selbstverständlich nichts geändert. Aber es steht außer Frage, dass Frau Kamenko in bestimmten Segmenten den Ton angibt."

„Was auch niemand in Frage stellt", brachte sich Schinagl ins Spiel. „Uns wundert vielmehr, dass es eher ums Abstecken der Reviere als ums Zusammenführen von Inhalten geht. Zum Beispiel darum, dass Aigner und das Mordopfer an jener Fachhochschule studiert haben, an der heute Morgen der Finger gefunden wurde."

Jetzt war Worschädl begeistert. Kaum auf dem Feld, und so ein Treffer. Ins Kreuzeck. Die Gegenmannschaft überrumpelt und vorgeführt. Perfekt.

Schweitzer rückte den Kragen seines Sakkos zurecht und zupfte an den Ärmeln.

Kamenko hingegen wusste nicht, ob sie sich grün und blau ärgern oder anerkennen sollte, dass sie einem sehr schlauen und bestens abgestimmten Team gegenübersaß. Der von mehreren Seiten an sie herangetragene Ratschlag, dem eigenwilligen und schwer lenkbaren Worschädl möglichst wenig Spielraum zu lassen und ihn mit klaren Vorgaben an die kurze Leine zu nehmen, war gründlich danebengegangen. Worschädl war keiner, der sich hierarchisch führen ließ. Optimale Zusammenarbeit war mit diesem ausgebufften Fuchs nur möglich, wenn man ihm auf Augenhöhe begegnete.

„Na gut", lenkte Kamenko ein. „Dann erzählen Sie uns doch, wie Sie das herausgefunden haben."

„Durch ganz normale Ermittlungsarbeit. Über die Homepage der Fachhochschule kommt man zu den Jahrgängen und den Fotos der Absolventen, und über die Fotos gelangt man auch an die Namen. Dauerte nur ein paar Minuten", antwortete Schinagl. „Zwischen Philipp Aigner und Daniela Pamminger gibt es auch noch weitere Verbindungen."

„Wäre fein, wenn Sie uns davon in Kenntnis setzen."

„Vielleicht wollen Sie uns vorher über die aktuelle Lage bei den Cyberangriffen auf die Stadt Linz berichten", warf Worschädl ein. Ihm entging nicht, dass sich sowohl Kamenkos rechte Augenbraue als auch ihre Mundwinkel leicht hoben. „Wir haben gehört, dass sich bei der Lösegeldforderung von 100.000 Euro etwas geändert haben könnte."

„Robert, um Gottes willen, das ist alles streng geheim!" Schweitzer wischte sich den Schweiß von der Stirn.

„So streng geheim, dass die beiden schon einiges in Erfahrung bringen konnten", meinte Kamenko anerkennend in Richtung Worschädl und Schinagl und gab sich einen Ruck. „Die Lösegeldforderung wurde inzwischen auf das Doppelte erhöht."

Sie sagt die Wahrheit, dachte Worschädl. Sie hat erkannt, dass wir uns nicht verarschen lassen.

„Gibt es noch etwas, das wir wissen sollten?"

„Wir suchen fieberhaft nach dem Standort der Cyberkriminellen."

„Gibt es bereits erste Erfolge?"

„Wir haben Hinweise darauf, dass sich ihr Server auf den Kanarischen Inseln befinden könnte. Und um wirklich alles offenzulegen: Mein Team hat sich Zugang zu den Systemen der Firma *Net Security Solution* verschafft."

„Sie haben sich da reingehackt?", fragte Schinagl.

„War sehr kompliziert, aber jetzt sind wir drin und checken alle Mitarbeiter. Bei Daniela Pamminger haben wir nichts gefunden."

„Das heißt, unser Unschuldslamm Philipp Aigner könnte doch der Maulwurf sein?"

„Meine Kollegen haben ihn gerade in der Mangel. Allzu lange kann das nicht mehr dauern. Sobald wir nähere Informationen haben, werde ich Sie sofort verständigen."

„Sehr schön, vielen Dank." Worschädl lehnte sich zurück und nickte Schinagl zu.

„Okay. Kommen wir zu den Platzierungen der Leichenteile", ergriff die Bezirksinspektorin das Wort. „Wir haben die Hofeinfahrt der Aigners, den Urlaubsort des Opfers und jetzt den gemeinsamen Studienplatz."

„Falls der Finger von Pamminger stammt", gab Schweitzer zu bedenken.

„Das wird gerade überprüft, aber wir gehen davon aus. Zwischen dem Mordopfer und Philipp Aigner muss es eine Verbindung geben, die über das Berufliche hinausreicht. Das ist umso wahrscheinlicher, als sie sich mehrfach auch privat getroffen haben."

Schinagl legte die Fotos von Jasmins Hooligan-Freund Florian auf den Tisch.

„Woher haben Sie die?“, fragte Kamenko erstaunt.

„Von einem Rechtsradikalen, der Daniela Pamminger im Auftrag ihrer Tochter beobachtet hat. Achten Sie bitte genauer auf dieses Bild. Hier. Das Handy im Hintergrund.“

„Ein weiterer Beobachter.“ Kamenko wirkte sehr aufmerksam und angespannt.

„Was hat das bitte zu bedeuten?“, fragte Schweitzer.

„Genau das fragen wir uns auch. Aber wir nehmen an, dass Philipp Aigner Licht ins Dunkel bringen könnte“, sagte Schinagl.

„Falls wir ihn befragen dürfen“, ergänzte Worschädl.

„Dann machen wir das doch zu dritt“, schlug Kamenko vor.

„Ich weiß nicht, ob uns das erlaubt ist“, warf Schweitzer ein.

„Wir müssen es ja nicht an die große Glocke hängen.“ Kamenko lächelte, stand auf und wandte sich noch einmal an Schweitzer. „Ihre kleine Veränderung steht Ihnen übrigens sehr gut, Herr Schweitzer.“

„Sehr nett, vielen Dank. Und jetzt an die Arbeit, Leute.“

Draußen am Gang erkundigte sich Schinagl, was Kamenko soeben gemeint hatte.

„Seine Haare. Er hat sie getönt.“

„Sind Sie sicher?“

„Die Schläfen sind eindeutig dunkler.“

„Jetzt, wo Sie es sagen ... ja, stimmt ... er hat seine grauen Haare überdeckt.“

„Ich fasse es nicht“, amüsierte sich Worschädl. „Färbt sich dieser eitle Gockel doch tatsächlich seinen Kamm.“

„Frau Kamenko, ich sag Ihnen was", meinte Schinagl, als sie das Gebäude verließen und über den Parkplatz zum Auto gingen. „Das hat er für Sie getan."

„Ich weiß, Frau Schinagl. Ich weiß", seufzte Kamenko und nahm auf der Rückbank Platz.

Gemeinsames Schmunzeln, als Schinagl den Wagen startete. Ins Geräusch des Motors mischte sich das Piepsen einer ankommenden Nachricht. Worschädl griff nach seinem Handy, blickte aufs Display und war sofort alarmiert.

„Sabine, Moment, da ist etwas von Philipp Aigner reingekommen."

Er reichte Schinagl sein Handy. Kamenko beugte sich über die Sitzlehne nach vorn.

Was die beiden Frauen zu sehen bekamen, trug nicht zu ihrer Entspannung bei.

Das Foto zeigte Bettina Aigner, die auf einem Stuhl saß.

Gefesselt mit Kabelbindern.

Um ihren Mund ein dickes Tuch.

In das Bild ragte eine Hand mit einem großen, spitzen Messer.

39

Der Nachthimmel machte einen geordneten Eindruck. Alles war an seinem Platz. Gerade voraus das markante W des Sternbilds Kassiopeia. Daneben die ausgedehnte, schwerer erkennbare Giraffe. Und schließlich – unverwechselbar – der Große Bär.

Beim Betrachten des Firmaments ging der Mann manchmal in der Vielfalt verloren. Tauchte ab ins All, fühlte sich wie eine verirrte Sternschnuppe, musste das Auge vom Teleskop nehmen, um sich wieder zurechtzufinden.

Heute war er orientiert. Wie ein Fixstern. Weil er wusste, was zu tun war. Was er vorhatte, war richtig und gerecht.

Er verließ den Platz am Teleskop, stieg die Treppe hinunter bis ins Erdgeschoß. Zu linker Hand lag der Gemeinschaftsraum mit der kleinen Küchennische, zu rechter Hand die Toiletten.

Eine weitere Stiege führte nach unten in den Keller. Drei Lagerräume. In einem davon hatte er Platz für zwei Stühle und einen großen Tisch geschaffen.

Zuerst gab er ihr zu essen und zu trinken, führte sie zur Toilette auf dem Gang, dann fesselte er sie wieder an den Stuhl. Es machte ihm nichts aus, dass sie jetzt wusste, wer er war. Sie würde keine Gelegenheit finden, es jemandem mitzuteilen.

Er sah ihre Verzweiflung, als er den Boden mit Plastikfolien auslegte. Registrierte ihr Entsetzen über das auf dem Tisch liegende chirurgische Besteck mitsamt der Axt und einer elektrischen Knochensäge.

Seine Frage, ob sie zum Öffnen der Bauchdecke ebenfalls ein 20er-Skalpell verwenden würde, beantwortete sie mit einem erbärmlichen Wimmern. Darauf erklärte er ihr mit ruhiger, entspannter Stimme, dass einer Frau mit ihrer beruflichen Erfahrung unangenehme Wahrheiten zuzumuten wären.

Deshalb wolle er ihr nicht verschweigen, dass er auf die übliche Rasur des Operationsfeldes genauso verzichten werde wie auf eine akribische Desinfektion des betreffenden Hautareals.

Nach dem Durchtrennen der Subcutis beziehungsweise untersten Hautschicht werde er die Wunde mit zwei stumpfen Rechenhaken fixieren, um sich dann eingehend mit ihren inneren Organen zu beschäftigen.

Aber noch hatte sie nichts zu befürchten.

Vor ihrem Ableben würde sie sogar noch jemanden kennenlernen.

Doch zuvor musste er ihr unbedingt noch eine Geschichte erzählen.

Darüber, wie kaputt ihre Ehe war.

40

Kreidebleiche Gesichtsfarbe, fliegende Augen, extrem hastige Bewegungen, stakkatoartiges Sprechtempo. Als Worschädl, Schinagl und Kamenko kurz nach 20 Uhr beim Haus der Aigners im Binzerweg eintrafen, stand der Programmierer sichtlich unter Schock.

Beim Öffnen der Eingangstür beteuerte er mit weinerlicher Stimme, dass er seine Frau über alles liebe und auf keinen Fall verlieren dürfe. Dabei klammerte er sich an eine Flasche Bier, von der ihn Schinagl jedoch sanft befreite.

Worschädl führte ihn ins Wohnzimmer, setzte ihn auf einen Stuhl, nahm ihn an beiden Händen und redete eindringlich auf ihn ein.

„Herr Aigner, Sie hören mir bitte zu. Nein. Nicht weiterreden. Stopp. Ja, so ist es gut. Ganz ruhig. Tief durchatmen. Und gleich noch einmal. Wunderbar."

Kamenko fischte aus ihrer Handtasche ein Fläschchen Notfalltropfen und reichte Aigner gleich danach einen kleinen Löffel. „Schlucken Sie das runter. Gut machen Sie das. Bravo, optimal."

„Herr Aigner, wann haben Sie Ihre Frau zum letzten Mal gesehen?", fragte Worschädl.

„Heute früh um ungefähr sieben Uhr."

„Hat sie sich im Lauf des Tages gemeldet?"

Aigner schüttelte den Kopf.

„Wollte sie ganz normal in die Arbeit fahren?"

„So wie immer. Mit dem Rad."

„Laut ihren Mitarbeitern ist sie dort auch angekommen, brachte einen wie immer sehr intensiven Arbeitstag hinter sich und verließ gegen 17 Uhr das Haus", berichtete Schinagl leise.

„Ich war lange in der Arbeit. Bin beim Heimfahren davon ausgegangen, dass Bettina schon zu Hause ist. Doch als ich gerade die Haustür öffnete, kam dieses grässliche Foto ..." Philipp Aigner brach in ein Schluchzen aus, das ihm Worschädl jetzt leider nicht gestatten konnte.

„Sie müssen jetzt stark sein. Wir brauchen Ihre Hilfe. Warum richtet sich die Aggression des Täters gegen Daniela Pamminger und Ihre Frau?"

„Tut mir leid, ich habe keine Ahnung."

„Sorry, aber diesen Schwachsinn kauft Ihnen keiner mehr ab." Schinagl klang genervt.

Aigner zuckte zusammen und schien zugleich mit sich zu ringen.

„Frau Schinagl hat recht", bestätigte Worschädl. „Für Lügengeschichten bleibt uns jetzt keine Zeit. Sonst wird Ihre Frau genauso tranchiert wie Daniela Pamminger."

Okay, die beiden beherrschen auch die harte Gangart, stellte Kamenko fest und entschied sich, ihr Einverständnis zu demonstrieren.

„Wir sind auf Sie angewiesen. Von Ihnen hängt es ab, ob Ihre Frau diesen Wahnsinn überlebt. Also los jetzt! Karten auf den Tisch, Herr Aigner."

Aigner sah sie verzweifelt an, zögerte noch kurz und öffnete endlich den Mund. „Ich weiß nicht, ob es eine Rolle spielt, aber Frau Pamminger und ich ... wir teilen ein Geheimnis, von dem sonst niemand etwas weiß."

„Raus damit", forderte ihn Worschädl auf.

„Wir haben zusammen studiert."

„Das wissen wir bereits."

„Bettina und ich, wir waren damals schon ein Paar."

„Und mit Daniela haben Sie mehr als nur studiert?", fragte Kamenko.

„Ein einmaliger Ausrutscher. Nicht länger als eine Nacht."

In dieser Sekunde war Schinagl klar, was Aigner ihnen mitteilen wollte. Es gab einen Zusammenhang, der gravierend und lebensbestimmend war.

Sie trat einen Schritt auf Aigner zu.

„Sie sind der ominöse Unbekannte, von dem niemand etwas weiß! Sie sind Jasmins Vater."

41

Er hatte den zweiten Stuhl herangeschoben und sich zu ihr gesetzt.

Nein, das Tuch könne er ihr nicht abnehmen.

Nein, sie dürfe nicht sprechen.

Das hier war seine Bühne, sein Auftritt.

Den durfte er sich nicht verderben lassen.

„Bettina … ich darf doch Bettina sagen? Vielen Dank. Ihr Mann heißt Philipp, oder? Ja. Philipp und Daniela. Wussten Sie, dass sich die beiden nicht erst an ihrem gemeinsamen Arbeitsplatz getroffen haben? Wie bitte? Sie haben keine Ahnung? Sie haben als sehr junge Frau nicht mitbekommen, dass Ihr Freund eine Affäre mit einer Studienkollegin hatte? Ist doch witzig, dass Ihr Mann mit Ihnen kein Kind in die Welt setzen konnte. Mit dieser Daniela Pamminger hat es nämlich gleich beim ersten und einzigen Mal geklappt.“

Wie heftig Bettina plötzlich atmete. Wie sich ihre Augen weiteten.

Ihr Lebensgebäude. Ihr Beziehungsgerüst. All das drohte einzustürzen.

Sie schüttelte den Kopf. Wehrte sich dagegen.

„Sie glauben mir nicht? Soll ich Ihnen Danielas Laptop zeigen? Die Mails vorlesen, die sie ihm geschrieben hat? Sie wollte sich damals unbedingt wieder mit ihm treffen. Begriff erst nach und nach, dass er in einer Beziehung war. Ich will Ihnen nicht verschweigen, dass Philipp diesen One-Night-Stand bereute. Er erlaubte sich nicht, Daniela noch einmal zu sehen. Damit wäre es das eigentlich gewesen. Keinen Menschen hätte dieses kurze Intermezzo groß beschäftigt.“

Nachvollziehbar, dass Bettina Aigner ihre sonst so selbstverständliche Souveränität als Leiterin eines OP-

Teams jetzt vollkommen verloren hatte. Sie zerrte an den Kabelbindern. Konnte es nicht mehr ertragen.

„Kurz danach habt ihr geheiratet. Ihr seid sicher ein wunderschönes Paar gewesen. Da war Philipps kleine Welt auch noch vollkommen in Ordnung. Nur erreichte ihn zwei Tage später eine brisante Mail. Von Daniela. Darin stand, dass sie ihn ganz dringend sprechen müsse. Bettina, Sie können sich denken, was jetzt kommt? Sie ahnen, was sie ihm mitteilen musste? Ihr frisch angetrauter Ehemann hat sich damals nicht gerade fein benommen. Wollte von dem Kind nichts wissen. Hat die Abtreibung verlangt. Wollte auf keinen Fall, dass Sie auch nur ein Wort erfahren.“

Bettinas entsetzter Blick. Die pure Fassungslosigkeit. Dieses Ausmaß an Niedertracht hatte sie ihrem Philipp wohl nicht zugetraut.

„Woher ich das alles weiß? Meine ersten Stiche haben Daniela Pamminger nur halb außer Gefecht gesetzt. Sie war bei Bewusstsein, konnte reden. Ich habe ihr versprochen, dass ich sie am Leben lasse, wenn sie mir alles erzählt. Sie hat mir geschildert, wie wütend und enttäuscht sie war. Sie hat mir von ihrer Entscheidung berichtet, das Kind auf alle Fälle zu behalten. Und von dem mündlichen Vertrag, den sie mit Philipp geschlossen hat. Er sollte als Vater nie aufscheinen, sicherte Daniela aber seine verlässliche finanzielle Unterstützung zu. Und seine inoffiziellen Alimente hat dieser Schlawiner immer brav bezahlt. Er hat auch diverse Anschaffungen wie das erste Fahrrad oder eine Playstation finanziert. Einmal hat er die junge Mutter und ihr Baby sogar bei einem ihrer Urlaube in Rovinj besucht. Und es kommt auch heute noch vor, dass er sich nach seiner Tochter sehnt. Aber sie weiß nicht, wer er ist. Hat keine Ahnung, dass es ihn gibt.“

Jetzt steht keine Mauer mehr. Kein Türstock.

Alles zerstört, alles kaputt.

So saß Bettina da.

In sich zusammengesunken. Am Ende.

„Ihr Mann fährt manchmal zum Bahnhof, kauft sich eine Zeitung, setzt sich auf eine Bank und will in Wahrheit nur in der Nähe seiner dort herumlungernden Tochter sein. Sitzt einfach nur da und beobachtet ein Mädchen namens Jasmin, das keinen Vater haben durfte."

Er hielt inne und sah, dass Bettina Tränen über die Wangen liefen.

Das war gut.

Weil es gerecht war.

Bettinas Glück war zerstört.

Ihre Beziehung aus den Angeln gehoben.

Sie sah ihren Mann in einem völlig neuen Licht.

Das tat ihr weh.

Nun hatte sie nichts mehr, wo sie sich zu Hause fühlte.

Nun ging es ihr so wie ihm.

42

Die larmoyante Stimme, mit der ihnen Philipp seine Geschichte erzählte, war für Schinagl kaum zu ertragen. Baut mit einer heimlichen Affäre ein Kind, will es wegmachen lassen und taucht als Vater nahezu völlig unter. Verantwortungsloser geht es nicht. Und dann soll man auch noch Mitleid haben.

„Warum haben Sie sich mit Frau Pamminger in letzter Zeit häufiger getroffen?", fragte Worschädl gerade.

„Sie hatte große Erziehungsprobleme. Wusste nicht mehr ein noch aus. Meinen Ratschlag, sich an die behördliche Kinder- und Jugendhilfe zu wenden, hat sie leider abgelehnt."

„Sie haben nicht daran gedacht, selbst mit Ihrer Tochter in Kontakt zu treten und als ihr leiblicher Vater persönliche Verantwortung zu übernehmen?" In Schinagls Stimme schwang eine Menge Ärger mit.

„Das ging nicht. Leider. Ich konnte und kann nicht riskieren, dass meine Frau von Jasmin erfährt."

„Was sich jetzt ohnehin nicht vermeiden lassen wird", meldete sich Kamenko zu Wort. „Sie kennen den Weg, den Ihre Frau mit dem Rad vom Spital nach Hause genommen hat?"

„Ja, wir sind ihn auch schon gemeinsam gefahren."

„Sehr gut. Wir müssen die Fahrt genauestens rekonstruieren. Leute befragen. Herausfinden, ob jemand etwas gesehen hat."

Worschädl nickte zustimmend, war aber nur halb bei der Sache, weil ihn beschäftigte, wie diese Entführung zum Mord und zu den Cyberattacken passte. Warum schnappte sich jemand Philipps Frau und schickte ihm das Bild ohne jeden Kommentar? Ohne Lösegeldforderung? Verstand Aigner die Botschaft auch ohne Hinweis? Wusste er, was der Entführer von ihm wollte?

„Vorher würde ich noch gern begreifen, was diese Entführung überhaupt soll? Worauf sie abzielt? Herr Aigner, gibt es sonst noch etwas, das Sie uns dringend sagen müssen?“

„Nein, ganz sicher nicht.“

„Vielleicht kann ich Ihnen auf die Sprünge helfen“, mischte sich Kamenko ein. „Was ist, wenn Sie streng geheime interne Infos an die Hacker preisgegeben haben, kalte Füße bekamen und aussteigen wollten? Und nun macht Ihnen die Gegenseite mit grausamer Deutlichkeit klar, dass sie Ihnen das nicht so einfach erlauben wird.“

„Noch einmal, Frau Kamenko: Mit der Weitergabe von Passwörtern oder Codes habe ich nicht das Geringste zu tun.“

„Sind Sie sicher? Mein Team überprüft gerade Ihre Mails und Telefonkontakte“, setzte Kamenko nach.

„Ihr Team ist ins System unserer Firma eingedrungen?“

„Richtig. Meine Leute wühlen gerade in ihren Eingeweiden.“

„Sie werden nichts finden. Hundertprozentig.“

„Aber was will der Entführer dann?“, fragte Worschädl.

„Falls er auch der Mörder von Frau Pamminger ist, gibt es ein wichtiges Verbindungsstück, und das sind Sie, Herr Aigner“, stellte Schinagl fest.

„Er will seine Beziehung und sein Leben zerstören“, sagte Kamenko zu ihren Kollegen. „Das ist es. Herr Aigner ist das Ziel.“

Schinagl nickte zustimmend und wandte sich an Aigner. „Der Täter geht offensichtlich gegen jene vor, die Sie geliebt haben oder lieben.“

„Wenn das stimmt, dann ist auch Jasmin in Gefahr", warf Worschädl ein, zückte sein Handy, rief Schweitzer an, informierte ihn über den Stand der Dinge und bat ihn, Jasmin auf keinen Fall wegzulassen.

Damit kam er jedoch zu spät, weil es rechtlich keinen Grund mehr gegeben hatte, die junge Dame noch länger festzuhalten. Jasmin war wenige Minuten zuvor aus dem Anhaltezentrum entlassen worden.

„Mist. Dann lass bitte nach ihr fahnden. Ja, jetzt sofort. Sie ist in Gefahr. Ich melde mich."

Worschädl legte auf, während sich Schinagl wieder an Philipp Aigner wandte. „Denken Sie scharf nach. Wer könnte einen Grund haben, Ihnen so etwas anzutun?"

„Mir fällt niemand ein, der mich derart hassen könnte."

Worschädl zeigte Philipp das Foto aus dem Café. „Am 8. März haben Sie sich mit Frau Pamminger im Café getroffen. Dieses Foto hat Jasmins Freund aufgenommen. Aber da war noch jemand. Sehen Sie das Handy und die Hand?"

„Tatsächlich. Ja. Da hat uns noch jemand zugesehen."

„Und ganz sicher nicht ohne Grund", sagte Schinagl. „Lassen Sie die Zeit vor dem 8. März Revue passieren. Gab es da besondere private oder berufliche Ereignisse?"

„Höchstens das Begräbnis meines Vaters."

„Wann war das?"

„Am 25. Februar."

„Also etwa zwei Wochen davor."

„Verursachte das Ableben Ihres Vaters familiäre Komplikationen? Streit zwischen Geschwistern?", fragte Kamenko.

Aigner schüttelte den Kopf. „Ich bin ein Einzelkind." Er stutzte kurz. „Moment. Da war dieser eine Anruf."

„Welcher Anruf?" Worschädl wirkte sofort hellwach.

„Irgendein Verrückter. Hat behauptet, dass er aus einer heimlichen Beziehung meines Vaters stammt ...“

„... und Ihr Halbbruder ist.“

„Genau.“

„Und wie haben Sie reagiert?“

„Wie man auf einen offensichtlichen Erbschleicher eben reagiert. Ich habe einfach aufgelegt. Aber dann hat er mich zu Hause aufgesucht. Es hat geläutet, und da stand er vor der Tür.“

„Er wollte mit Ihnen reden.“

„Aber ich nicht mit ihm. Bettina war zum Glück nicht zu Hause. Er hat mir wieder dieselbe Lüge aufgetischt.“

„Und was haben Sie gesagt?“, fragte Kamenko.

„Dass er sich zum Teufel scheren und nie wieder blicken lassen soll. Das hat offenbar gewirkt, weil er sich seither nicht mehr gemeldet hat.“

„Oder eben doch“, sagte Schinagl leise. „Nur auf eine andere Weise.“

Im Raum breitete sich eine drückende Stille aus.

„Können Sie den Mann beschreiben?“

„Nur flüchtig. Er war circa 1,80 groß, dunkelbraune Haare. Dreitagebart. Allerweltsgesicht, nichts Besonderes. Auch die Kleidung nicht, ich kann mich nur an eine braune Jacke erinnern. Ich habe diesen Mann nur ein einziges Mal getroffen. Der kann es doch unmöglich auf mich abgesehen haben.“

„Falls er tatsächlich Ihr Halbbruder ist, haben Sie ihn schwer gekränkt“, sagte Schinagl.

„Gut möglich, dass ihn das bis ins Mark getroffen hat. Menschen rasten wegen wesentlich weniger aus“, pflichtete Kamenko bei.

„Das mit dem Halbbruder ist eine reine Erfindung. Ein heimliches Kind ... so ein Fehltritt ... nein ... zu meinem Vater passt das nicht.“

„Genauso wenig wie zu Ihnen, Herr Aigner", sagte Worschädl.

„Du meine Güte", stöhnte Philipp. Ihm schien erst jetzt klar geworden zu sein, was offensichtlich auf der Hand lag: Zwischen seinem Leben und dem seines Vaters gab es möglicherweise eine schicksalhafte Parallele.

Philipp blickte Worschädl beschämt an. Der blinde Fleck, den er soeben bei sich selbst entdeckt hatte, war dem hochintelligenten Programmierer sichtlich peinlich. Vielleicht hatte er es bisher belächelt, wenn jemand aus seinem Bekanntenkreis behauptete, dass Familiengeheimnisse über Generationen in verschiedensten Variationen fortbestehen können. Womöglich hatte er vom Tisch gewischt, dass in Töchtern und Söhnen trotz größter Eigenständigkeit und neuer Lebensentwürfe einige Überzeugungen, Haltungen und auch Fehlentwicklungen ihrer Eltern fortbestehen.

„Das klingt so, als ob sich etwas wiederholen würde", brachte es Worschädl auf den Punkt.

„Ich lasse die Videokameras rund um das Café checken. Vielleicht gibt es brauchbare Bilder vom 8. März", meldete sich Kamenko.

„Sehr gut. Wir überprüfen Bettinas Nachhauseweg und leiten jede nur mögliche Befragung ein."

„Wir müssen Jasmin unbedingt vor diesem Wahnsinnigen finden", fügte Schinagl hinzu, während auf ihrem Handy eine Nachricht eintraf.

Hi Mama. Es gibt kein Video. Ich bin im Arsch.

43

Er hat gezielt meine Nähe gesucht, dachte Bettina. Hat sich in meinem Krankenhaus beworben, um mir nachzuspionieren. Mich zu beobachten. Wie ich meine Tage verbringe, meine Arbeit verrichte, meinen privaten Alltag lebe.

Er hat meine Ehe und das Vorleben meines Mannes durchleuchtet und mich beim Radfahren verfolgt. Er hat fix vor, mich zu töten. Aber warum?

Vielleicht handelte es sich um einen selbsternannten Moralapostel, der diverse Sünder für ihre Fehltritte bestrafte. Nur müsste er dann Philipp als Opfer ausgewählt haben, der sie offenbar vor Jahren mit seiner Studien- und späteren Arbeitskollegin betrogen und mit ihr eine schon fast erwachsene Tochter hatte. Das verletzte und enttäuschte sie unendlich, aber sie sah keinen Grund, warum sich die Wut des Täters auf Daniela und sie entladen sollte.

Womöglich war er verrückt. Ein Psychotiker, empfänglich für die Zuflüsterungen fremder Stimmen oder die Aufträge längst verstorbener Verwandter.

Auf alle Fälle vermochte er sie in noch nie erlebte Angstzustände zu versetzen. Schon beim Anblick der auf dem Tisch aufgereihten chirurgischen Instrumente erfasste sie eine lähmende Panik. Sie geriet in einen gesamtorganischen Krisenmodus, in dem sie unter Atemnot litt und zu keinem klaren Gedanken fähig war.

Doch so schnell gab sie nicht auf. Sie musste sich in die Lage bringen, sich zu wehren und das Korsett der Lähmung zu durchbrechen. Indem sie sich zwang, genau das zu tun, was sie ihren Mitarbeitern einimpfte, wenn sie in Zeiten extremer Überlastung den Überblick zu verlieren und im Chaos unterzugehen drohten.

Vermeidet den Blick aufs Ganze, damit ihr handlungsfähig bleibt. Denkt an die nächsten kleinen Schritte. Setzt Prioritäten und erledigt nur das Wichtigste.

Du musst an das Naheliegende denken, sagte sie sich. An deinen minimalen Gestaltungsspielraum. Zuerst braucht es eine Bestandsaufnahme.

Da war dieser nach Putzmittel stinkende Knebel in ihrem Mund. Weiters die Kabelbinder aus Plastik, die ihre Arme an die Lehne und ihre Beine an die Stuhlbeine fesselten.

Kabelbinder. Auf die musste sie sich konzentrieren. Sie schloss die Augen und überlegte fieberhaft, welche Erfahrungen sie mit diesen dünnen, festen Plastikschleifen bisher gemacht hatte.

Im Krankenhaus dienten sie zum Bündeln medizinischer Geräte oder zur Fixierung von allen möglichen Utensilien. Im privaten Umfeld fiel ihr sofort Philipps neuer Schreibtisch ein. Der nicht bewältigbare Kabelsalat seiner technischen Geräte. Ihr Mann hatte einige Zeit überlegt, wie er das Wirrwarr bändigen sollte. Endlich rückte er mit den Kabelbindern an. Einen davon musste er nach dem Fixieren wieder öffnen. Aber wie hatte er das bloß gemacht?

In ihr stieg wieder der Panikpegel. Ihr Entführer hatte sie vor einer knappen Viertelstunde verlassen und konnte gleich wieder zurück sein. Sie wusste nicht, wie viel Zeit ihr überhaupt noch blieb, und beamte sich gedanklich in das Arbeitszimmer ihres Mannes. Spulte den Kabelsalat-Film ab. Versuchte angestrengt, sich möglichst genau zu erinnern.

Zuerst hatte sie null Vorstellungskraft.

Sah so gut wie nichts.
Keinen Menschen. Keinen Gegenstand.
Doch plötzlich brach sie durch die Nebelwand und hatte vor sich das Bild. Von ihrem Mann. Wie er sich bückte und den Kabelbinder löste.
Es ging ganz einfach.
Kinderleicht.
Zum Beispiel mit der Spitze eines Messers. Oder mit einem kleinen Schlitzschraubenzieher.
Ob sich ihre Hände trotz der Fesseln erreichen würden?
Ja, das klappte.
Jetzt spürte Bettina wieder einen Anflug von Energie.
Einen Hauch von Zuversicht.
Sie dachte an den OP-Tisch im Krankenhaus.
An die vielen Leben, die unter ihren Händen schon am seidenen Faden gehangen hatten. Um jedes einzelne hatte sie gekämpft. Viele waren gerettet worden. Warum nicht auch ihres.
Das kleine, unscheinbare Ding, das sie in diesem Augenblick entdeckte und das am anderen Ende des Raums auf dem Boden lag, erschien ihr wie ein Rettungsring.
Eine Büroklammer.
Falls sie es schaffte, sie zu erreichen und zurechtzubiegen, musste das Öffnen der Kabelbinder zu schaffen sein.
Bettina überlegte, wie sie sich trotz ihrer misslichen Lage quer durch den Raum bewegen konnte. Sie schätzte sich als sportlich ein. Hatte auch eine gute Kondition. Beides würde nötig sein. Ihr stand eine Tortur bevor. Sie wusste nicht, wie viel Zeit sie dafür haben und ob sie es schaffen würde.
Unzählige unbekannte Variablen.

Aber immerhin eine Option.

Ich muss es versuchen, sagte sie sich, holte Schwung und brachte den Stuhl ins Schwanken. Es brauchte vier Versuche, bis sie umkippte und auf den Boden krachte.

44

Für eine alleinerziehende Mutter ist es ziemlich egal, ob sie todmüde nach Hause kommt, sich nur mehr ein Bier öffnen und kein Wort mehr reden will.

Vielmehr muss sie feststellen, dass es Kinder nicht kümmert, wenn sich in der Küche schmutziges Geschirr stapelt. Sie begreifen auch trotz unzähliger Ermahnungen nicht, dass Gläser, Teller und Besteck nicht selbstständig in den Spüler marschieren.

Sie rechnen vielmehr damit, dass ihnen die Mutter ihre nicht versiegende Liebe beweist, indem sie ihnen auch noch das Essen auf den Tisch zaubert.

Schinagls Sohn Tobias hatte mit seiner Rechenaufgabe extra auf seine Mama gewartet und sich extra ungeschickt angestellt, um mit ihr dafür extra lange zu brauchen. Als sie ihn endlich ins Bett verfrachtet hatte, setzte sie sich noch mit Kerstin zusammen. Nach mehr als einer Stunde hatte sie ihre Tochter so weit beruhigt, dass sie sich nicht für die kommenden zwei Jahre als Häftling in der Viererzelle einer Justizanstalt sah.

Den Demo-Schlachtplan hatte sich Schinagl bereits nach dem Einlangen von Kerstins SMS zurechtgelegt. Ein riskantes Vorhaben, dessen Durchführung etwas warten musste.

Davor raste sie mit Worschädl zum Fahrweg von Bettina Aigner.

Dort fanden sie genau eine Stelle, die sich für eine Entführung eignete. Ein Feldweg mit einer Baumgruppe und wenigen, einigermaßen entfernt liegenden Häusern.

Zusätzliche Beamte eines rasch gebildeten Sonderkommandos grasten Haus für Haus ab, unterhielten sich mit Menschen in unterschiedlichen Lebensaltern und variierenden Interessenslagen, fragten nach kleineren und größeren Auffälligkeiten und erzielten kein einziges brauchbares Ergebnis. Kein Mensch hatte etwas bemerkt, niemand wollte etwas gesehen haben.

Ernüchterung trat auch bei Kollegin Kamenko ein, die bei der Suche nach Videoaufnahmen rund um das Café, in dem sich Philipp Aigner und Daniela Pamminger getroffen hatten, keinen Treffer landen konnte.

Und von Jasmin gab es ebenfalls noch immer keine Spur.

Sie steckten fest, obwohl es keine Sekunde zu verlieren galt.

Trotzdem brauchten sie alle wenigstens ein paar Stunden Schlaf und hatten sich für morgen eine sehr zeitige Besprechung ausgemacht.

23 Uhr. Hinter den Türen der Kinderzimmer war es ruhig.

Auch Kerstin schien endlich eingeschlafen zu sein. Sie hatte von Freunden und Demo-Teilnehmern unzählige Videos erhalten, aber keines zeigte, wie Pürstlmaier und seine Kollegin ohne besonderen Anlass auf sie einzuprügeln begannen.

„Mama, ohne Beweise sind wir aufgeschmissen."

„Überhaupt nicht", entgegnete Schinagl und tippte ihrer Tochter auf die Stirn. „Unsere Beweise sind da drin. Unser Video ist in deinem Kopf. Du erzählst mir noch einmal ganz genau, wie es abgelaufen ist. Schritt für Schritt."

Kerstin verstand anfangs nicht, was ihre Mutter vorhatte, lieferte ihr aber dennoch eine exakte Beschreibung der Vorgänge bis zu ihrer Verhaftung.

Schinagl hatte sich Notizen gemacht, die sie jetzt vor sich auf dem Küchentisch platzierte. Sie öffnete eine Dose Bier, setzte sich, ließ ihr Gespräch mit Kerstin noch einmal Revue passieren, beschloss erneut, ihr jedes Wort zu glauben, und zückte ihr Handy, auf dem sie Pürstlmaiers Privatnummer gespeichert hatte. Eine seiner Kolleginnen am Wachzimmer hatte sie ihr am Nachmittag freundlicher- und unvorsichtigerweise weitergegeben.

„Pürstlmaier."

„Guten Abend, hier Schinagl, die Mutter von Kerstin. Sie waren doch sicher Ministrant. Oder dritter Bass im Ottenschlager Kirchenchor. Sie kennen also bestimmt das katholische Glaubensbekenntnis. Wie lautet das achte Gebot?"

„Wie bitte? Sind Sie wahnsinnig? Sie rufen mich um diese Zeit privat an und stellen mir diese dumme Frage?"

„Sie kennen es also? Du sollst nicht lügen, oder, Herr Pürstlmaier?"

Kurzes Schweigen. Schinagl beschloss, sofort nachzustoßen.

„Sie haben behauptet, meine Tochter hätte Sie und eine Ihrer Kolleginnen tätlich angegriffen. Dabei war es genau umgekehrt."

„Frau Schinagl, haben Sie getrunken? Natürlich, Sie sind alkoholisiert. Wenn Sie diesen Unsinn dem Richter verzapfen, kann ich Ihnen jetzt schon gratulieren."

„Es gibt ein Video. Auf dem ist alles ganz genau zu sehen. Friedlich demonstrierende Kids, begleitet von einem Tross von Polizisten. Einer von ihnen tickt plötzlich aus und drischt aus dem Nichts auf meine Tochter ein. Das waren Sie, Herr Kollege."

„Das ist völlig aus der Luft gegriffen."

„Mit Ihrem Schlagstock", ließ sich Schinagl nicht beirren. „Sie sind deutlich zu erkennen. Die jungen Leute haben sich gewehrt. Und dann hat auch Ihre Kollegin eingegriffen und blindlings zugeschlagen. Nicht die Jugendlichen oder gar meine Tochter, sondern Sie beide waren die Aggressoren."

„Alles reine Erfindung."

„Sie wissen doch, dass es so gewesen ist. Und bald wissen es auch Ihre Freunde und Vorgesetzten und die halbe Welt."

„Keine Ahnung, was Sie meinen."

„Wenn Sie Ihre Idee mit der Anzeige nicht bis morgen Mittag fallen lassen, werde ich das Video der Öffentlichkeit auf Instagram und Facebook zur Verfügung stellen."

„Du blöder Trampel, das traust du dich nie."

„Für diese Höflichkeit muss bei mir auch noch eine Zahlungsbestätigung über 500 Euro einlangen, die Sie auf das Konto der Fridays-for-Future-Bewegung überwiesen haben. Gute Nacht, Kollege Pürstlmaier."

Damit legte Schinagl auf.

Ignorierte Pürstlmaiers ersten, zweiten und dritten Rückruf.

Lehnte sich zurück und genoss einfach nur ihr Bier.

45

Der linke Träger des Büstenhalters der ehemaligen Supermarkt-Filialleiterin Nora Kleinfried erwies sich in der Nacht vom 17. auf den 18. Oktober als äußerst nützlich. Normalerweise musste Frau Kleinfried nämlich nie vor drei Uhr aufs Klo. Meist erwachte sie um halb vier, hin und wieder etwas später, da war es dann aber schon dringend. Erst nach vier sollte auf keinen Fall vorkommen, weil sie es dann, selbst wenn sie wie eine Rakete rannte, durch die schmalen Gänge ihrer Messie-Wohnung nur inkontinent zur Muschel schaffte. Das eine Mal verlor sie ein paar Tropfen, dann wieder einen ganzen Schwall.

Zum Nachtmahl hatte Frau Kleinfried ihre obligate Flasche Bier getrunken, zum Fernsehen wie gewöhnlich zwei, drei Gläser Wein. Um circa 21 Uhr, mitten im TV-Krimi, begann ihr Kopf nach vorn zu kippen, ihre Augen wurden kleiner, hin und wieder, wenn jemand erschossen wurde, schreckte sie hoch, bis ihr, vom Schlafe übermannt, das Doppelkinn zum Ansatz ihres Busens sank.

Ein paar Minuten, dann gab ihr schwerer Körper den Erdanziehungskräften nach und machte sich ächzend auf dem Sofa breit. Schließlich schlief sie, von der Geräuschkulisse eingelullt, friedlich ein.

Dem jungen Polizisten, der vor ihrem Wohnhaus in einem zivilen Dienstwagen Wache schob und nach einer gewissen Jasmin Pamminger Ausschau halten sollte, fielen die Augen auch ohne die Einnahme narkotisierender Getränke zu.

Der geplagte Kerl war vor drei Wochen zum zweiten Mal Vater eines Babys geworden, das sich als gleichermaßen entzückend wie nachtaktiv erwiesen hatte. Beruhigen ließ sich der Kleine nur, indem man ihn mit sanften Schaukelbewegungen ewig lange durch die Wohnung trug und dabei leicht und stetig den Windelpopo tätschelte. Das dämmte sein nervenaufreibendes Brüllen ein, aber eben wirklich nur das.

Es war deshalb kein Wunder, dass der Polizist im Kampf gegen eine unerbittlich aufkommende Müdigkeit rasch die Segel streichen musste.

Deshalb war ihm auch die Ankunft einer jungen Frau entgangen, die um exakt 2 Uhr 20 ihr Moped leise ausrollen ließ, es vorsichtig am Straßenrand abstellte, zum Hauseingang huschte, die Tür öffnete und im Haus verschwand.

Der Beamte konnte auch nicht sehen, wie in der Wohnung der Pammingers im ersten Stock wenig später das Licht anging. Genauso wenig war es ihm möglich, durchs Fenster zu beobachten, wie die junge Frau angesichts der Blutflecken im Wohnzimmer zusammensackte und in Tränen ausbrach.

In der Wohnung gegenüber wälzte sich Frau Kleinfried auf die andere Seite, drehte dem Fernseher ihren Rücken zu und schnarchte bald raumfüllend und regelmäßig weiter.

Wovon sie noch nichts bemerkte, war die beginnende Aktivität der Rezeptoren ihrer Haut in der Gegend des linken Schulterblattes. Sie nahmen eine wenn auch sehr schwache, durch die Veränderung der Liegestellung verursachte Störung wahr. Wandelten diesen Reiz in elektrische Signale um. Leiteten sie über Nervenfaserstränge weiter zum Rückenmark. Dort reichte die Stärke des Reizes jedoch vorerst für den Weitertransport zum Gehirn nicht aus.

Währenddessen öffnete sich die Fahrertür eines unweit von der Zivilstreife geparkten grauen Vans, und eine Gestalt trat auf die Straße, schlenderte unbehelligt zum Haus und machte sich an der Tür zu schaffen.

Bei Nora Kleinfried dauerte es geschlagene 47 Sekunden, bis die Information über den Reiz am linken Schulterblatt in ihr Gehirn vordrang, dort registriert wurde und nun als bewusster Schmerz die Schlafende aus ihren Träumen riss.

Trotz schwerer Lider hatte es Frau Kleinfried gleich klar vor sich: Der linke Träger zwickte.

Und noch während sich die Geplagte mit geübtem Griff von ihrem Büstenhalter befreite, beschloss sie, wenn sie nun schon munter war, zur Sicherheit aufs Klo zu gehen. Auf dem Weg dorthin bemerkte sie im Spion an ihrer Wohnungstür nicht nur das Licht im Stiegenhaus, sondern vernahm auch noch eigentümliche Geräusche.

Für eine Frau, die das Haus auch tagsüber im Auge hatte, war ein Kontrollblick unumgänglich.

Das Auge der Nora Kleinfried am Spion.

Direkt vor ihr eine schwarz gekleidete Gestalt.

Schwarze Strumpfhaube.

In der rechten Hand ein Messer.

Das Öffnen der Tür der Pammingers.

Der beleuchtete Vorraum.

Jasmin.

Sie musste zu Hause sein.

Tatsächlich kauerte Jasmin im Wohnzimmer noch immer auf dem Boden, während sich die Tür hinter ihr langsam öffnete und sich eine schwarze Gestalt ins Zimmer schob.

Indes verriet Frau Kleinfrieds angespannter, panischer Gesichtsausdruck, dass sie angestrengt nach einer Lösung suchte, bis ihr schließlich das Feuermeldekästchen einfiel. Es war draußen am Stiegenaufgang angebracht. Dem dort befestigten Hammer zum Einschlagen der Glasscheibe traute sie jedoch nicht genügend Schlagkraft zu.

Gut, dass sie ganz in der Nähe der Schachteln mit diversem Werkzeug stand und rasch nach dem größten ihrer insgesamt 24 Hämmer greifen konnte. Sie wog ihn in der Hand, nahm all ihren Mut zusammen und öffnete ihre Tür.

Es war der Luftzug, der Jasmin zur selben Zeit zum Stutzen brachte. Das unbestimmte Gefühl, nicht mehr allein zu sein. Wie bei den Kämpfen gegen die Blau-Gelben spürte sie plötzlich die Gefahr, schnellte hoch und wirbelte herum.

Der schwarz gekleidete Mann. Die Stichwaffe in seiner Hand. Die in diesem Augenblick losheulende Feuersirene. Kurze Irritation beim Eindringling. Extrem schnelle Reaktion von Jasmin.

Mit voller Nackenspannung und im Oberkörper konzentrierter Energie katapultierte sie ihren Kopf nach vorn. Ließ ihre Stirn mit voller Kraft mitten ins Gesicht dieses Idioten knallen.

Krachende Knochen. Die Nase, das wusste Jasmin aus Erfahrung, war kaputt.

Sie setzte sofort mit einer Salve ihrer Fäuste nach. Griff nach seiner Sturmhaube und riss sie ihm vom Gesicht. Weit aufgerissene Augen. Bescheuerter Dreitagebart. Der Typ wirkte überhaupt nicht cool. Der schiss sich an bis übers Kreuz.

„Du Dreckschwein", schrie Jasmin, „hast meine Mutter umgebracht!"

Sie wollte ihm seine blutverschmierte Fratze demolieren, aber dieses Schwein fuchtelte auch im Zurücktaumeln mit dem verfluchten Messer durch die Luft.

Jasmin kannte im Zweikampf keine Angst. Trotzdem. Wichtige Lektion bei Straßenkämpfen: Wenn dich einer mit einem Messer falsch erwischt, blutest du aus wie eine Sau.

Also raus hier, und zwar sofort.

Jasmin packte die Stehlampe, schleuderte sie in seine Richtung und rannte los.

Schaffte es an ihm vorbei.

Jagte hinaus auf den Gang.

Sah die offene Tür der Messie-Oma.

Hetzte darauf zu, sprang in die Wohnung, hörte, wie die Kleinfried den Schlüssel umdrehte und die Kette vorlegte, und ließ sich von der schwitzenden, fülligen und zitternden Alten erleichtert in die Arme nehmen.

46

Cyberspezialistin Laura Kamenko hatte in der letzten Nacht kaum ein Auge zugetan. Sie konnte nicht aufhören, sich den Zusammenbruch der IT-Systeme im Krankenhaus auszumalen. Stellte sich ständig vor, welches Chaos ausbräche, wenn mit einem Mal keine Informationen mehr über Krankheitsverläufe oder Medikationen zur Verfügung stünden. Wenn das Weiterleiten der Daten von Herzschrittmachern oder Insulinpumpen nicht mehr funktionierte. Oder wenn jemand die hochpräzisen Maschinen und Geräte im OP manipulierte.

Sie träumte vom totalen Kollaps, wachte um 4 Uhr 37 völlig übermüdet auf, konnte aber nicht mehr weiterschlafen, sondern sah nun Bettina Aigner vor sich. Wie sie in die Arbeit radelte. Die Kollegen waren den Weg abgefahren. Zusätzliche Beamte hatten Passanten und Bewohner befragt und keinen einzigen Hinweis bekommen. Als wäre der Entführer von Bettina Aigner ein Phantom.

Um 4 Uhr 59 entschied sich Kamenko, den Weg noch einmal zu überprüfen. Eine Fleißaufgabe. Vermutlich ein vergeblicher Versuch. Aber vielleicht hatten die Kollegen etwas übersehen. Es konnte doch nicht sein, dass keine Spuren zu finden waren.

Sie stand auf, zog sich an, verließ das Hotel und stieg ins Auto. Um diese Zeit würde sie nur zehn Minuten bis zu jener Stelle brauchen, an der laut Worschädl die Entführung unbeobachtet über die Bühne hatte gehen können.

Südlicher Stadtrand. Eine Art Feldweg. Rundherum Wiese, eine Baumgruppe und sporadisch verteilte Einfamilien- und Doppelhäuser.

Kamenko parkte den Wagen am Wegrand. Stieg aus, atmete die kühle Morgenluft ein.

Hier musste der Täter zugeschlagen haben, sagte sie sich, während sie noch einmal den Weg abschritt und nach einer Spur, einem Indiz suchte. Hier hatte er sie überfallen und vermutlich mitsamt dem Fahrrad in seinen Wagen gezerrt.

Falls es sich so abgespielt hatte, musste es sich um einen größeren Wagen gehandelt haben, der aber keinem der bis jetzt befragten Hausbewohner aufgefallen war.

Kamenko suchte nach Reifenspuren. Nach einem weggeworfenen Zigarettenstummel. Nach irgendeiner Kleinigkeit. Aber es ging ihr so wie Worschädl, Schinagl und dem Team der Spurensicherung.

Da war nichts zu finden.

Keine auch noch so winzige Auffälligkeit.

Kamenko wurde von einem Gefühl der Machtlosigkeit überschwemmt, zwang sich aber, nicht vorschnell das Handtuch zu werfen. Bettina Aigner befand sich in den Händen eines hochgefährlichen Wahnsinnigen, der Gott weiß was mit ihr anstellen konnte. Sie mussten alles versuchen und in Bewegung setzen, um sie möglichst schnell zu finden.

Ein paar unergiebige Minuten später sagte ihr ein Blick auf die Uhr, dass es Zeit war, nach Hause zu fahren und sich noch zurechtzumachen. Sie öffnete die Autotür, als sie ein fernes Sirren vernahm. Als würde etwas die Luft durchschneiden.

Sie drehte sich um.

Die Drohne kam in ungefähr 15 Metern Höhe in rasantem Tempo auf sie zugeflogen.

Bremste ab und stand mit blinkenden roten Lichtern wie eine überdimensionale, bedrohliche Horrorfliege über ihr.

Wer immer sich diesen schlechten Scherz erlaubte, weckte nicht nur Kamenkos Ärger. Die Cyberspezialistin zog darüber hinaus in Betracht, dass die Drohne hier vielleicht nicht zum ersten Mal ihre Runden drehte. Weiters kam ihr in den Sinn, dass dieses Ding jederzeit abdrehen und sich entfernen konnte.

Für ein, zwei Sekunden tat sich in Kamenko ein Zwiespalt auf. Weil sie selbstverständlich wusste, dass man diese Scheißspielzeuge nicht einfach vom Himmel schießen durfte.

Ihr Instinkt ließ sie dann allerdings doch zur Waffe greifen.

Ein Schuss genügte, um das Ding ins Wanken zu bringen. Mit dem zweiten trudelte es ab und landete wie ein überreifer Apfel vor Kamenko auf der Wiese.

47

Worschädl konnte nicht umhin, der wilden, unangepassten jungen Frau, die im Büro neben ihm an seinem Schreibtisch saß, Respekt zu zollen. Sie hatte heute ihre komplette Hooligan- und Schlägerinnen-Kompetenz in die Waagschale geworfen, einen hochgefährlichen Verbrecher attackiert und dank der clever handelnden Nora Kleinfried auch noch die Flucht ergreifen können. Großartig. Mit 16 schafft das nur ein Mädchen, das gelernt hat, sich mit Kampftechniken und Fäusten durchzusetzen.

Auch auf die schrullige Nora Kleinfried mit ihrer bis zum Plafond vollgeräumten Wohnung war er stolz. Er hatte sie diesmal, als er fast gleichzeitig mit Schinagl um drei Uhr früh am Tatort eingetroffen war, extra lange reden lassen und ihr mehrmals darin zugestimmt, dass ihr morgendlicher Harndrang ein glücklicher Zufall gewesen war. Ganz und gar teilte er ihre Meinung, dass sich ihre etwas übertriebene Sammelleidenschaft diesmal als Segen erwiesen hatte.

„Wer, Herr Worschädl, kann in einer Notsituation in seinem Vorzimmer schon zwischen 24 Hämmern auswählen und dann auch noch genau den richtigen erwischen?"

„Noch viel beeindruckender ist, dass Sie den Mut hatten, die Tür zu öffnen und Jasmin zum richtigen Zeitpunkt reinzulassen."

„Da habe ich nicht lange überlegt. Aber so etwas Aufregendes habe ich nicht einmal in meiner Zeit als Filialleiterin erlebt."

Auch Jasmin stand zwei Stunden danach noch immer unter Strom. Trank ihren dritten Kaffee, wischte sich mit dem Ärmel immer wieder die Tränen aus den Augen und den Rotz von der Nase. Sie weinte nicht, weil der Schock nachwirkte und sie die Panik einholte. Sie heulte aus Wut über sich selbst. Weil sie diesen Typen nicht ausradiert und kaltgemacht hatte.

„So nah bin ich dran gewesen. So wenig hat gefehlt. Bin ich auf Angriff gegangen? Habe ich dem eine nach der anderen betoniert? Nein. Ich feiges Arschloch habe den Schwanz eingezogen!"

„Jasmin, noch einmal: Du hast alles richtig und clever gemacht."

„Was habe ich von meiner Cleverness, wenn dieses Schwein immer noch frei herumläuft und sich die Nächste schnappt?"

„Wir sind schon nahe an ihm dran. Und ganz toll, dass du ihn beschreiben kannst."

„Wenn nur diese Tussi für das Phantombild bald kommt. Mein Hirn ist wie ein Nudelsieb."

Immer wieder setzte Jasmin dazu an, sich selbst zu verurteilen und zu geißeln, bis endlich die zuständige Kollegin eintraf. Sie saß jetzt mit Jasmin im Nebenbüro und erstellte mit ihr ein möglichst wirklichkeitsnahes Bild des Angreifers. Eine herausfordernde Aufgabe, weil sich Jasmin ständig wegen ihres kaputten Erinnerungsvermögens verfluchte und mit nichts zufrieden war.

„Ich krieg das nicht hin, verdammt."

„Doch, Jasmin, wir schaffen das."

„Einen Scheißdreck schaffen wir."

„Die Augenfarbe, kannst du dich daran erinnern?"

„Wie bitte? Ich hab dem meinen Kopf ins Gesicht gerammt. Glaubst du, ich habe mich dabei mit der Farbe seiner Scheißaugen beschäftigt?"

Worschädl brachte den beiden einen weiteren Kaffee und empfahl ihnen eine kurze Pause.

In diesem Moment rief ihn Laura Kamenko an.

Erzählte ihm von ihrem morgendlichen Ausflug.

Von ihrer Begegnung mit der Drohne.

Von den zwei Kameras und der Speicherkarte.

Bat ihn, sich an den Computer zu setzen und eine Datei anzuklicken, die sie ihm soeben per Mail gesendet hatte.

„Okay, die Datei öffnet sich gerade. Verdammt. Das ist der Feldweg."

„Die Drohne hat ihn auch gestern überflogen. Zieh den Regler auf Minute 2.42."

„Alles klar. Bin schon da. Jetzt. Ich erkenne gar nichts. Der Pilot der Drohne muss betrunken gewesen sein."

„Oder ein blutiger Anfänger. Aber Achtung."

„Unglaublich. Bettina Aigner auf dem Rad!"

Als hätte der Drohnenpilot gespürt, dass er für ein paar Sekunden ein ruhiges Händchen haben musste, war plötzlich alles ganz genau zu sehen.

Das Fluggerät hatte gefilmt, wie der Unbekannte aus dem Van gestiegen und auf die zu Boden gestürzte Bettina zugegangen war.

„Der hat sie einfach abgeschossen", stöhnte Worschädl.

„Wir haben Bilder von seinem Wagen. Und von ihm selbst."

„Das ist sensationell. Warte einen Augenblick."

Worschädl sprang auf, stieß seine Kaffeetasse um, öffnete die Bürotür, rief nach Jasmin, setzte sie in seinen Schreibtischstuhl und zeigte ihr das Video.

„Meine Fresse", entfuhr es der Jugendlichen, als der von Büschen verborgene graue Van auf die Straße setzte und Bettina Aigner rammte.

Ihr Körper verspannte sich, als der Mann aus seinem Wagen stieg. Er war nur schemenhaft zu sehen.

Worschädl klickte auf Pause. Zoomte das unscharfe, verschwommene Gesicht heran.

„Jasmin, ist das der Mann, der dich überfallen hat?"

„Siehst du diesen beschissen dünnen Bart? Und die Idiotennase? Das ist die Sau. Tausendprozentig."

48

Wie kann man nur so blauäugig ins Desaster schlittern? Wieso hatte er keine Erkundigungen über dieses Mädchen angestellt? Sie nicht eingehender beobachtet? Wie hatte er nur davon ausgehen können, dass sie ohne größere Komplikationen zu überwältigen war?

Wie eine Kanonenkugel war der Schädel dieses Satansbratens auf ihn zugeflogen. Nicht den Bruchteil einer Sekunde hatte er Zeit gehabt, seine Arme hochzureißen, sein Gesicht zu schützen. Der Angriff kam ansatzlos und brachte ihn augenblicklich aus dem Gleichgewicht.

Der Schwall Blut, der sofort in seinen Rachen drang.

Und dann auch noch dieses Trommelfeuer.

Fäuste wie ein Schlaghammer.

Bearbeiteten seine Brust in einem Tempo, das ihn fast ersticken ließ. Ihm blieb nur dieses hilflose Herumfuchteln mit seiner Stichwaffe. Was für ein Glück, dass sie die Flucht ergriff.

Keinen einzigen Gedanken hatte er darauf verschwendet, sie in dieser Nachbarwohnung aufzuspüren. Er taumelte hinaus auf den Gang und aus dem Haus. Wollte nur zu seinem Auto und möglichst schnell weg.

Er blickte erst in den Rückspiegel, als er drei Ampeln hinter sich gelassen hatte. Seine Nase, sein Mund waren ein Brei aus Fleisch, Blut und Knochen. Eine einzige Katastrophe.

An seinem Hals sah er die Spuren ihrer Fingernägel. Erinnerte sich an den fatalen Moment, in dem sie ihm die Sturmhaube heruntergerissen hatte.

Sein entblößtes Gesicht.

Ihr hasserfüllter Blick.

Jasmin hatte ihn gesehen.

Genau das hätte niemals passieren dürfen.

Zum Glück war er nicht amtsbekannt. Er verfügte über ein tadelloses polizeiliches Führungszeugnis und hatte sich noch nie etwas zuschulden kommen lassen. So einfach würde es nicht sein, ihn zu identifizieren. Doch sie würden alles in Bewegung setzen, um ihn möglichst rasch zu finden. Ab jetzt zog sich die Schlinge zu.

Sein Plan, Jasmin und Bettina zusammenzubringen und beide erst nach dieser Begegnung zu töten, war gründlich danebengegangen. Die Familienzusammenführung musste er streichen.

Jasmin lief ihm nicht davon, aber zuerst musste er sich um Bettina kümmern. Er durfte keine Zeit verlieren, machte aber dennoch einen kurzen Abstecher in seine Wohnung, um sich dort notdürftig zu verarzten.

Endlich stand er vor dem Badezimmerspiegel. Reinigte sein Gesicht mit nasser Küchenrolle.

Geplatzte Lippen.

Demolierte Nase.

Als er sie mit Mullbinde und Pflaster fixierte, erfasste ihn ein jäher Schwindel. Er klammerte sich an den Rand des Waschbeckens, fegte einen Zahnputzbecher vom Regal, versuchte sich aufrecht zu halten, rutschte ab, stützte sich auf die Klomuschel, verlor das Bewusstsein und kippte auf die Fliesen.

49

Der Balkanrock aus dem Bluetooth-Kopfhörer ließ ihn konsequent den Rhythmus halten. Trotz Müdigkeit und einander jagender Termine trommelten seine Füße im Takt auf den Asphalt.

45 Minuten privates Laufen. Das nahm er sich täglich heraus. Dabei ließ er sich selbst dann nicht stören, wenn die digitale Standfestigkeit seiner Stadt von Cyberkriminellen erschüttert wurde.

Er musste Spannung abbauen, den Druck vermindern und seinen Kopf frei bekommen.

Es ging um viel. Eigentlich um alles. Den Zusammenbruch eines Krankenhaussystems konnte er unmöglich riskieren. Er hoffte auf das Team der Cybercops, war aber zugleich beunruhigt über die Alarmstimmung im Krisenstab. Dringende, gutgemeinte Ratschläge von da und dort. Das Ultimatum verursachte Nervosität auf allen Seiten.

Aber als Bürgermeister war er nun einmal der Chef der Stadtregierung. Er durfte sich nicht hetzen lassen. Musste sich Zeit zum Überlegen nehmen.

Von seinen engsten Mitarbeitern erwartete er verlässliche Vertraulichkeit und unbedingte Loyalität. Darauf fußte auch die wasserdichte Verschwiegenheit seines Krisenstabs.

Wer seine Bedingungen erfüllte, durfte sich der schützenden Hand des Bürgermeisters sicher sein. Wer sie verletzte, wurde aus dem innersten Kreis der Macht entfernt und musste damit rechnen, von ihm links liegen gelassen zu werden und im politischen Gefüge über kurz oder lang keine Rolle mehr zu spielen.

Gerade in Zeiten von Facebook, Twitter und Co. galt es, die Intimität politischer Entscheidungsprozesse sorgfältig zu wahren. Seine Leute waren darauf eingeschworen, sich strikt an das vereinbarte Wording zu halten und absolutes Stillschweigen über Interna zu garantieren.

Die Wahrheit war nicht immer gut verträglich. Was intern besprochen und diskutiert wurde, konnte sich von der Botschaft nach außen gravierend unterscheiden. Technische Fehler kamen bei der Presse und der Bevölkerung nun einmal weitaus besser an als das völlige Versagen sündteurer Mechanismen zum Schutz vor Cyberkriminalität, dachte der Bürgermeister, während er vor seinem Reihenhaus langsam austrabte.

Das Laufen hatte ihm gutgetan.

Er fühlte sich leichter und unbeschwerter.

Seine Offensivkraft war zurückgekehrt.

Er schüttelte Arme und Beine, absolvierte Dehnungsübungen und griff nach der auf der Fußmatte liegenden Morgenzeitung.

Die fette Überschrift auf der Titelseite sah er zuerst nur aus den Augenwinkeln.

Spürte den in ihm aufwallenden Widerstand.

Das Entsetzen.

Den Zorn.

Er zog die Zeitung hoch.

Sah eines dieser unvorteilhaften Fotos, das ihn beim Essen zeigte.

Wie er sich am kalten Buffet irgendeines Empfangs mit der Gabel ein fettes Stück Lachs in den Mund schob.

Ein Lebemann, der es sich gut gehen lässt und sich einen Teufel um die Probleme seiner Bürgerinnen und Bürger schert.

Passte perfekt zur in fetten Lettern gehaltenen Überschrift:

KRITISCHE INFRASTRUKTUR GEFÄHRDET
BÜRGERMEISTER VERTUSCHT ATTACKEN AUS
DEM INTERNET

50

Die Situation im Polizeikommissariat eskalierte an mehreren Fronten.

Worschädl und Schinagl sorgten gerade für eine flächendeckende Verteilung des mithilfe von Jasmin erstellten Fahndungsfotos, als Schweitzer geladen ins Büro platzte und draufloswetterte, dass der Bürgermeister fuchsteufelswild sei und sein Messer wetze.

Auf die Frage der kurz vor ihm eingetroffenen Laura Kamenko, was denn um Himmels willen los sei, reagierte er wie ein Allergiker auf einen Schwall Pollen.

„Sie wollen wissen, was passiert ist? Ein verheerender Vertrauensbruch. Von jemandem aus dem Krisenstab."

Schweitzer warf die Morgenzeitung auf den Tisch, auf deren Titelseite groß ein gnadenlos unvorteilhaftes Foto des Bürgermeisters prangte.

„Dieser windige Journalist namens Peter Kogler ist über alles informiert und kennt kleinste Details. Inzwischen machen uns Journalisten aus ganz Österreich die Hölle heiß. Wir beide, Frau Kamenko, haben in einer Viertelstunde zusammen mit den anderen im Büro des Bürgermeisters anzutanzen! Wir werden uns rechtfertigen müssen."

Kamenko, die von Worschädl und Schinagl soeben für ihren morgendlichen Blattschuss einer Drohne gelobt worden war, nahm es gelassen. „Kein Problem. Mein Rechtfertigungsdruck hält sich in Grenzen, Herr Schweitzer."

„Ginge mir genauso, Frau Kamenko. Aber die Gerüchteküche ist bereits am Brodeln. Wie ich höre, stehe ich wegen meiner hervorragenden Pressekontakte unter Generalverdacht."

Bei Worschädl, der den Artikel gerade neugierig überflogen hatte, regte sich das schlechte Gewissen, weil er zu den Informanten von Peter Kogler alias Paul Klammer zählte. Allerdings hatte Schweitzer mit seinen häufigen Pressekonferenzen und der damit verbundenen Präsenz in Zeitungen sowie im Fernsehen und Radio immer wieder für Neid und Missgunst gesorgt. Der hervorragend und pointiert geschriebene Text war außerdem mit Details gespickt, über die nur jemand aus dem näheren Umfeld des Bürgermeisters Bescheid wissen konnte. Der Journalist Paul Klammer musste also auch noch über andere hervorragende Quellen verfügen.

„Stimmt. Aber die Suche nach einem Schuldigen läuft auf Hochtouren. Die sogenannte Arschkarte ... Verzeihung ... sucht nach einem geeigneten Kandidaten und scheint Kurs auf mich zu nehmen.“ Schweitzers Kopf rötete sich bedenklich. Nach Kamenkos Eindruck verblasste sogar die frische Tönung und ließ einige graue Haare aufschießen.

„Diesen Journalisten, kennen Sie den persönlich?“, fragte Schinagl.

„Aber nein, ich habe von dem noch nie gehört und habe ihn noch nie gesehen.“

„Dann kann die Arschkarte doch unmöglich bei Ihnen landen“, erwiderte Kamenko.

„Bestimmt wird die Suppe nicht ganz so heiß gegessen wie gekocht“, versuchte Worschädl zu beruhigen.

„Irrtum. Die verräterische Weitergabe von geheimen Informationen ist keine Kleinigkeit.“ Schweitzer richtete sich auf und unterstrich seine folgenden Worte mit streng erhobenem Zeigefinger. „Sollte dieser Mist auf das Konto eines meiner Mitarbeiter gehen, lieber Robert Worschädl, dann gibt es kein Pardon.“

Die Luft war zum Schneiden. So aufgebracht hatte Schinagl ihren Chef noch nie gesehen. Auch nicht so erschöpft und alt. Da half die ganze Tönung nichts. Schweitzer war angezählt. Seine Drohgebärde wirkte einfach nur lächerlich.

„Verständlich, dass du die Arschkarte an uns weiterreichen möchtest, nur wird sie niemand nehmen", stellte Worschädl klar. „Deine persönliche Befindlichkeit in Ehren ... aber wir haben einen Mord zu klären und müssen die entführte Bettina Aigner finden."

Beinhart, wie Worschädl seinem Chef ins Geschirr fährt, dachte Kamenko. Schweitzer schnaubte auch richtiggehend auf und warf Kamenko einen verstohlenen Blick zu, weil er gerade vor ihr nicht als Verlierer dastehen wollte.

Ich muss ihm helfen, sein Gesicht zu wahren.

„Herr Schweitzer hat uns die Ernsthaftigkeit des Problems bewusst gemacht, und darüber bin ich froh", sagte Kamenko und erzeugte damit bei Schweitzer einen wahren Wohlfühlschub. Weibliche Anerkennung war für seine verwundete Seele jetzt genau das Richtige.

„Ich bin schon auf die Stimmung im Krisenstab gespannt", setzte Kamenko fort. „Aber an oberster Stelle unserer Dringlichkeitsliste muss Bettina Aigner stehen."

„Eine Einschätzung, die ich natürlich teile!"

Na also. Schweitzer hatte wieder in die Spur gefunden. Er atmete tief durch. „Dieses Phantom- beziehungsweise Fahndungsbild ... habt ihr die Identität schon festgestellt?"

„Nein, aber es läuft gerade durch das Gesichtserkennungsprogramm", antwortete Schinagl.

„Sehr gut. Was ist mit dem grauen Van?"

„Die Kennzeichen sind auf den Videoaufnahmen nicht zu entziffern. Aber wir haben die Marke und das wahrscheinliche Baujahr. Unsere Kollegen rufen bereits Werkstätten und Händler durch."

„Na also, Schinagl. Läuft ja. Noch etwas?"

„Wir haben einen neuen Hinweis. Und damit ein neues Ermittlungsziel. Dafür brauchen wir Ihr Okay."

Jetzt wurde es auch für Kamenko interessant. Sie hatte noch keine Zeit gehabt, sich mit Worschädl und Schinagl über den neuesten Stand der Dinge auszutauschen.

„Ich höre." Schweitzer strich mit den Zeigefingern über seine Schläfen. Er hatte die Oberhand zurückgewonnen.

„Wir haben Jasmin noch einmal nach dem genauen Hergang des Angriffs gefragt", übernahm Worschädl das Wort. „Sie hat uns den Ablauf bis ins Detail geschildert. Wir haben sie auch um eine Beschreibung der Stichwaffe gebeten, mit der sie der Mann attackiert hat."

„Gab es da Besonderheiten?"

„Kann man so sagen. Jasmin hat etwas klargestellt."

„Interessant. Und was, wenn ich fragen darf?"

„Es war kein Messer", sagte Schinagl.

„Sondern?", fragte Kamenko.

„Ein Skalpell."

51

Es gibt Angelegenheiten, die nach einem problematischen Beginn einen guten Verlauf nehmen und dennoch zu einem schlechten Ende führen. Zum Beispiel gestern nach der Mittagspause, die sie wie immer in der Masca-Bucht verbracht hatten. Nachdem sie den Anker der *Lucia* mit 54 Gästen an Bord gelichtet und wieder Fahrt aufgenommen hatten, stieß der Schiffsmotor ein bronchitisches Husten aus, das sich bis zum Anlegen im Hafen nicht legte, sondern sogar noch verstärkte.

Zuerst schien sich alles zum Guten zu wenden, als Pablo sich sofort in den Maschinenraum begab, drei Stunden mit ölverschmierten Händen an der Einspritzpumpe herumhantierte und schließlich verkünden konnte, dass alles wieder in Ordnung sei.

Als weniger vorteilhaft erwies sich der Umstand, dass Pablo zu diesem Zeitpunkt bereits fünf Flaschen Bier intus hatte, mit Lucia trotz der fortgeschrittenen Stunde unbedingt noch eine weitere trinken wollte und sie sich dazu überreden ließ.

Sie setzten sich auf eine der Bänke auf dem Vorderdeck, im schwarzen Wasser die tanzenden Lichter der Hafenlaternen, als Geräuschkulisse das leise Klatschen der Wellen gegen die Bootsrümpfe und Kaimauern und das Knarren von Tauen und Ankerketten, und feierten trinkend die gelungene Reparatur.

„Soll ich dir was sagen, Lucia?", sagte Pablo mit erheblichem Zungenschlag. „Weder ein Boot noch ein Mann sollte eine kaputte Einspritzpumpe haben."

Es sollte ein Witz sein, den Lucia jedoch nicht zum Lachen fand. Noch weniger amüsierte es sie, dass Pablo in seinem Suff die Hand in ihren Nacken legte, ihr

Gesicht zu seinem heranzog und versuchte, seine Lippen auf ihre zu pressen.

„Lass das! Hör sofort auf, du Idiot!“

Noch während sie sich wehrte, glitt seine andere Hand zwischen ihre Beine. Er lallte, dass sie sich nicht so zieren solle, dass er sich eine Belohnung verdient habe.

Lucia verspürte nicht die geringste Lust, sich mit Pablo einzulassen, war ihm aber körperlich bei Weitem unterlegen.

Als sein Gesicht trotz heftiger Gegenwehr ganz nahe an ihrem war, fiel ihr nichts Besseres ein, als ihm kurzerhand ihre Bierflasche auf den Kopf zu donnern.

Sofort ließ er von ihr ab. Griff sich an den Kopf. Blutete. Konnte es kaum fassen. Fluchte, dass sie ihn nicht umbringen, sondern gefälligst mit ihm ficken solle.

„Ficken ist mit dir nicht möglich, Pablo. Weil deine Einspritzpumpe übergeht, bevor sie auch nur einen Teil ihrer Pflicht erfüllt hat.“

Nun hält sich der spanische Mann grundsätzlich für unwiderstehlich und potent. Umso schlimmer, wenn ein Hombre diesem Idealbild ständig hinterherhinkt.

Zum Aufmöbeln seines Selbstbilds wird er danach trachten, die Differenz zwischen Wirklichkeit und Wunschvorstellung auszugleichen und seine Mängel zu kaschieren. Darüber hinaus wird er auf das Verständnis und Wohlwollen jener Frauen hoffen, die sich beim Verkehr zwischen den Geschlechtern eine etwas längere Standfestigkeit erwarten würden.

Pablo, der nach Lucias unglaublichen Sätzen wortlos aufstand, über den Steg auf die Kaimauer torkelte und seinen Heimweg antrat, hatte Frauen getroffen, die seine allzu rasch überschießende Lust mit einem Augenzwinkern tolerierten, wenn er sie nur mit einer kurzweiligen Geschichte erheiterte.

Andere halfen ihm über sein Dilemma hinweg, indem sie ihn aus purer Nettigkeit zum Sexartisten hochstilisierten und von den durch ihn verursachten sensationellen Orgasmen schwärmten.

Eine dritte Kategorie empfand sowohl Pablos Bettakrobatik als auch seine Geschichten mäßig unterhaltsam, täuschte aber Hingabe und Befriedigung vor und ertrug die Schäferstunde mit Geduld.

Aber noch nie zuvor hatte ihn eine Frau so unmissverständlich abgewehrt. Noch nie hatte jemand den Finger so gnadenlos auf seine Wunde gelegt.

Am nächsten Morgen erschien Pablo mit eingezogenem Kopf zur Arbeit und sprach kein Wort mit Lucia. Beim Vorbereiten des Schiffs, beim Empfang der Gäste aus aller Welt, beim Auslaufen und auch bei seinen Ausführungen über das Fischvorkommen zwischen den Inseln Teneriffa und La Gomera vermied er jede Kommunikation und jeden Blickkontakt mit ihr.

Lucia stand indes mit zusammengekniffenen Augen am Ruder und hielt Ausschau nach Delfinen. Für Wale brauchte man Glück, die tauchten unregelmäßig auf und kreuzten nur alle paar Tage oder Wochen die Routen der Ausflugsboote. Die geselligen und verspielten Delfine waren hingegen regelmäßig anzutreffen.

„Wir suchen sie, aber sie suchen auch uns“, hatte Lucias Vater gerne gesagt. „Hat man sie erst einmal aufgespürt und lenkt sein Boot mit Geschick, lassen sie sich gern auf ein lustiges Tänzchen ein.“

Pablo machte den Gästen gerade weis, dass sie erst gestern einen 14 Meter langen Brydewal angetroffen hatten, als Lucia zwischen den auf und ab wogenden Schaumkronen eine ganze Gruppe spitzer, silberner Schwanzflossen entdeckte.

Während sie beim Näherkommen den Motor drosselte, kam Bewegung in die Gäste.

Erste „Delfin"-Rufe waren zu hören, Handys, Fotoapparate und Videokameras wurden gezückt, die Leute drängten an die Reling und schossen unzählige Fotos. Immer, wenn eine Flosse durchs Wasser schnitt, Delfine auftauchten und das Boot sogar mit Sprüngen begleiteten, brandete begeisterter Jubel auf.

Lucia lächelte zufrieden. Die ungewöhnlich große Delfinschule würde für gute Mundpropaganda sorgen, Fotos würden im Internet kursieren, die Buchungsfrequenz bei ihren Touren musste ihr keine Sorgen bereiten.

Sie brachte den Trawler zum Stehen, registrierte die nervösen Kommentare und Aufschreie, weil die Wellen nun mehr Unbehagen verbreiteten, zog ihr Handy aus der Hosentasche und warf einen Blick auf ihr Bitcoin-Wallet.

Mist.

Die Lösegeldsumme aus Linz war noch immer nicht eingetroffen. Zugleich machten die Auftraggeber aus Brasilien Druck, weil Lucia den Betrag abzüglich ihrer Provision noch nicht überwiesen hatte.

War nur zu hoffen, dass diese Österreicher innerhalb der ihnen noch zur Verfügung stehenden 18 Stunden zur Vernunft kamen.

Zeitgleich mit dem Zuklappen ihrer Handyhülle fiel ihr eine grell gekleidete Amerikanerin auf, die ihren Selfiestick weit von sich streckte, die metallene Reling erklomm, sich daraufsetzte und versuchte, von sich und den im Hintergrund durchs Meer pflügenden Delfinen ein Selfie zu fabrizieren.

Nur schob sich just in diesem Moment eine beeindruckend hohe Welle unter den Bug des Schiffes, lüpfte dessen 24 Tonnen wie ein Spielzeugboot hoch, worauf die Amerikanerin den Boden unter ihren Füßen sowie ihr Gleichgewicht verlor, den Selfiestick umso fester umklammerte und mit ihm nach hinten kippte. Allerdings befand sich hinter ihr nur mehr das an dieser Stelle exakt 2.424 Meter tiefe Wasser des Atlantiks.

Dieses Worst-Case-Szenario veranlasste Lucia, die Bootsschlüssel aus ihrer Jacke zu holen, neben ihr Handy auf die Steuerkonsole zu legen, Pablo zuzurufen, das Steuer zu übernehmen, die Treppen hinunter aufs Vorderdeck zu turnen, an die Reling zu hasten und die Lage zu sondieren.

Sie sah, dass die Amerikanerin nicht schwamm, sondern panisch mit den Armen ruderte. Lucia griff nach dem mit einer langen Leine an der Bordwand befestigten Rettungsring, warf ihn ins Wasser, schrie der Frau zu, sofort danach zu greifen, doch diese reagierte nicht, sondern setzte ihre kräfteraubenden Bewegungen fort, bis ihre angstgeweiteten Augen unter der Wasseroberfläche verschwanden.

„Scheiße!“, schrie Lucia, kletterte über die Reling, hechtete ins Wasser, tauchte mit drei, vier Brusttempi in Richtung der Amerikanerin, bekam sie an der Bluse zu fassen, tauchte Sekunden später mit ihr auf und schleppte sie zum Schiff.

Es brauchte Pablo und einen stämmigen Urlauber, um zuerst die bewusstlose Urlauberin und dann auch noch Lucia an Bord zu zerren.

„Is she dead?“, fragte einer der umstehenden Gäste.

„No, she’s just stupid“, antwortete Lucia und wandte sich an Pablo, der nun wieder am Steuer stand.

„Nimm Kurs auf den Hafen und verständige die Rettung!“

52

Mit der Polizei hatte die Sekretärin des Bereiches OP 2 im Städtischen Krankenhaus in ihrem bisherigen Leben höchstens wegen eines Strafzettels zu tun gehabt. Zuerst dachte sie, die junge Frau und der um einige Jahre ältere Herr hätten sich in der Tür geirrt.

Klopften, traten ein, stellten sich vor und zückten ihre Ausweise. Ein echter Chefinspektor und eine echte Bezirksinspektorin. Und das gleich in aller Früh. Einerseits aufregend, andererseits fühlte man sich sofort wie eine Schwerverbrecherin.

Kriminalpolizei! Bei ihr im Krankenhaus! Ausgerechnet an ihrem ersten Arbeitstag nach einem dreiwöchigen Urlaub, den sie nicht im Ausland, sondern zu Hause verbracht hatte. Auch nicht schlecht. War wieder einmal Gelegenheit gewesen, die Kästen und Schränke zu durchforsten, gründlich auszumisten, mit ihrem Lebensgefährten herrliche Spaziergänge und Wanderungen zu unternehmen und vor allem viel zu lesen. Liebesromane. Einer herzzerreißender als der andere.

Das Krankenhaus hatte ihr ehrlich gesagt nicht gefehlt. Das konnte sie ganz ohne schlechtes Gewissen sagen. Erst ab Mitte letzter Woche hatte sie sich auf den heutigen Tag gefreut. Am meisten auf die erste Besprechung mit Teamleiterin Bettina Aigner. Sie war eine großartige Vorgesetzte. Leider hatte sie ihr Mann gestern krankgemeldet.

Deshalb kam sich die Sekretärin wie im Blindflug vor. Mitten hineingestoßen in Vereinbarungen und aktuelle Abläufe, von denen sie keine Ahnung hatte. Seltsam, dass Bettina nicht anrief oder mit ihr über Mail Kontakt aufnahm. Es passte nicht zu ihr, dass sie eine wichtige Mitarbeiterin ohne jegliche Informationen ins kalte Wasser springen ließ.

Deshalb konnte die Sekretärin den beiden Kriminalbeamten auch keine aktuellen Auskünfte über Bettinas Arbeitssituation geben. Auch nicht darüber, ob es zurzeit irgendwelche Konflikte gab. Tat ihr wirklich leid, aber nach ihrer mehrwöchigen Abwesenheit konnte sie das unmöglich auf dem Schirm haben.

Aber grundsätzlich hatte Bettina immer als unkompliziert und beliebt gegolten. Sie kannte jede und jeden und war auch fachlich ein Dreh- und Angelpunkt. Bei ihr lief viel zusammen, sie hatte einiges zu koordinieren und war neben ihrer Leitungstätigkeit auch selbst sehr gerne im OP.

Ja, auf den Fotos auf der Pinnwand draußen am Gang waren alle Mitarbeiterinnen und Mitarbeiter des Pflegedienstes und auch die Ärztinnen und Ärzte zu sehen. Das sei in allen Abteilungen so üblich.

Nein, der Mann auf dem Foto, das ihr die junge Kriminalbeamtin gezeigt hatte, gehörte nicht zu ihnen, den hatte sie garantiert noch nie gesehen. Weder im Krankenhaus noch außerhalb. Die Sekretärin war eine, die sich keine Namen, dafür aber Gesichter merkte. Auch wenn dieser Mann keine markanten Züge aufwies, war sie sicher, dass sie ihm noch nie begegnet war.

Beim Verabschieden wirkte das Inspektoren-Gespann enttäuscht. Die hatten sich wahrscheinlich mehr erwartet. Genauere Informationen. Aber weswegen?

Die Sekretärin ließen sie jedenfalls mit dem beklemmenden Gefühl zurück, dass Bettina in Schwierigkeiten steckte und der Mann auf dem Foto darin verwickelt sein könnte.

Unangenehm, dass die beiden in der Tür beinahe mit Rochanski kollidierten. Der Oberarzt stach mit seinem allseits bekannten Scheuklappenblick in den Raum, nahm wieder einmal nichts als sich selbst wahr und hätte die beiden fast umgerannt.

Natürlich entschuldigt sich Rochanski nicht, dachte die Sekretärin. Der begrüßt auch mich nicht groß, obwohl er mich eine ganze Zeit lang nicht gesehen hat. Der bellt mich nur an, ob Frau Aigner im OP hoffentlich heute wieder zur Verfügung stehe. Zieht ein grantiges Gesicht, wenn die Antwort nicht zufriedenstellend ausfällt. Was für eine Genugtuung, dass die Kriminalbeamten diesen arroganten Gimpel ein wenig in die Mangel nahmen.

Er musste Auskunft über seinen Namen, seine Funktion und sein Arbeitsverhältnis zu Bettina Aigner geben. Rochanski bezeichnete es als professionell und ausgezeichnet. Fand es im nächsten Atemzug sehr unerfreulich, dass ihm die Beamten keinen Grund für ihre Fragen nennen wollten. Versuchte, sich in den OP zu verdrücken, als ihm die junge Polizistin das Foto zeigte.

„Herr Dr. Rochanski, kennen Sie diesen Mann?"

„Moment ... ja, doch ... nicht persönlich ... nur vom Sehen. Meiner Einschätzung nach dürfte er vor zwei bis drei Wochen bei uns angefangen haben."

„Als Arzt?"

„Aber nein. Der ist beim Bring- und Holdienst beschäftigt."

„Als Betten- beziehungsweise Wagenfahrer", ergänzte die Sekretärin, der nun klar geworden war, dass der betreffende Mitarbeiter erst nach ihrem Urlaubsantritt mit seiner Arbeit im Krankenhaus begonnen hatte.

„Welchen Eindruck macht er auf Sie?", fragte der Chefinspektor.

„Ich bekomme von denen eher wenig mit. Zurückhaltend, unauffällig, aber prinzipiell in Ordnung. Gibt es Schwierigkeiten?"

„Nur ein paar kleine Fragezeichen."

„Fragezeichen in Zusammenhang mit Frau Aigner?"

„Das lässt sich so nicht wirklich sagen. Sie kennen seinen Namen?"

„Keine Ahnung, tut mir leid. Ich muss jetzt wirklich in den OP."

„Nur noch eines: Ist Ihnen an ihm etwas aufgefallen? Etwas Ungewöhnliches? Eine Besonderheit?"

„Nein. Ich kann mich unmöglich mit jedem Angestellten beschäftigen."

„Ja, natürlich, vielen Dank."

Knapp, trocken, pragmatisch. Typisch Rochanski, befand die Sekretärin. Aber sehr bemerkenswert, dass er den Mann als Mitarbeiter des Krankenhauses erkannt hatte.

Die Sache mit dem Namen war für sie als alten Hasen selbstverständlich kein Problem. Da genügten das Einscannen und Versenden des Fotos an die Personalabteilung und ein kurzes Telefonat.

„Der Mitarbeiter heißt Markus Berger."

„Sehr gut", sagte die junge Beamtin. „Wo können wir ihn finden?"

„Bei uns leider gar nicht. Herr Berger hat sich heute früh krankgemeldet."

Blickwechsel zwischen den Kriminalbeamten.

„Haben Sie für uns eventuell seine Wohnadresse?"

Die Sekretärin lächelte, blickte auf den Bildschirm und las Bergers Anschrift vor. Nun hatte sie also doch noch einen Beitrag leisten können, der gar nicht so unbedeutend war. Das schloss sie aus der dynamischen Geschwindigkeit, mit der dieser Worschädl und seine Kollegin Schinagl aufstanden, sich verabschiedeten, das Büro verließen und noch im Hinausgehen ihre Handys zückten.

53

Die Mitglieder des Krisenstabs waren entrüstet. Niemand verstand, wie dieser Schmierenjournalist an seine Informationen gekommen war. Alle hatten sie von einem angeblich mehrminütigen Schreianfall des sonst so ruhigen und gefassten Bürgermeisters in seinem Büro erfahren.

Der stand an diesem Morgen auch gleich mehrfach unter Druck. Die Opposition forderte ihn zum sofortigen Rücktritt auf. In seinem ersten echten Shitstorm in den sozialen Medien wurde er wüst beschimpft. Sein Büro erstickte in einer nicht zu bewältigenden Flut an Presseanfragen. Zu guter Letzt wurde auch noch das Städtische Krankenhaus von Fernsehteams aus dem In- und Ausland belagert. Von einer Stunde auf die andere herrschte genau jener Rummel, den er unbedingt hatte vermeiden wollen.

Als Schweitzer und Kamenko eintrafen, waren bis auf das Stadtoberhaupt alle um den Besprechungstisch versammelt. Es konnte kein Zufall sein, dass sie ihre Stimmen dämpften, sobald die beiden den Raum betraten.

Auch die üblichen Begrüßungsrituale fielen sehr verhalten aus. So gut wie niemand suchte Blickkontakt. Als sie sich setzten, fragte jemand, ob einer der Anwesenden einen guten Draht zum Chefredakteur dieser Zeitung habe, damit man herausfinden könne, wer dieser Peter Kogler sei. Der Themenwechsel wirkte erlösend und setzte die Gesprächsmotoren wieder in Gang.

Sie müssen über Schweitzer gesprochen haben, dachte Kamenko. Offenbar hat er heute früh recht gehabt. Da braut sich etwas zusammen. Voraussichtlich über seinem Kopf.

Bei der Ankunft des Bürgermeisters trat sofort angespannte Ruhe ein. Der Direktor der Linzer Stadtwerke saugte an seiner E-Zigarette, der Leiter seiner IT-Abteilung knipste mit dem Kugelschreiber, ein Stadtregierungsmitglied tippte in sein Handy, und die Miene des Landespolizeidirektors wirkte noch versteinerter als sonst.

„Guten Morgen. Die Situation ist den meisten schon bekannt." Die Stimme des Bürgermeisters klang gepresst. „Auf der Suche nach einem Maulwurf in einer Internetfirma haben wir nicht bedacht, dass sich auch in unseren eigenen Reihen ein Judas befinden könnte. Einer, der seinen Mund nicht halten kann und ohne jeglichen Skrupel den ganzen Krisenstab ans Messer liefert."

Der Bürgermeister hielt inne, ließ seinen Blick in die Runde kreisen und fixierte dabei jeden Einzelnen.

Keiner fehlte, niemand hatte sich entschuldigt. Der Verräter befand sich im Raum und musste alles daransetzen, um jetzt nicht entlarvt zu werden. Demonstrative Gelassenheit konnte da genauso gefährlich sein wie ein plötzlicher Schweißausbruch oder allzu fahrige Handbewegungen.

Bis auf ein nervöses Hüsteln und Räuspern blieb es vollkommen still. Alle erschraken, als der Bürgermeister ein Exemplar der Morgenzeitung in die Mitte der Runde schleuderte.

„Diesem miesen Dreckschwein ist hoffentlich klar, dass ich herausfinden werde, wer diese Journalistenratte ist. Da muss ich dem Herausgeber nur mit dem Entzug von städtischen Werbeeinschaltungen drohen. Das ist keine Hexerei. Viel interessanter ist die Frage, woher dieser Kogler über die ursprüngliche und auch über die neue Höhe des Lösegeldes Bescheid weiß. Von wem er über die Unterstützung durch eine Cyberspezialistin aus Klagenfurt erfahren hat. Und wie ..."

Der Bürgermeister stand auf und klopfte mit den Fingerknöcheln seiner rechten Hand im Sprechrhythmus auf den Tisch. „... wie er die ganze Welt über dieses verfluchte Ultimatum in Kenntnis setzen konnte. Ganz Linz, ganz Österreich und inzwischen auch halb Europa redet über eine bevorstehende Cyberattacke und den damit verbundenen vollkommenen Zusammenbruch eines Spitals mit 340 belegten Betten! Und wer wird dafür verantwortlich gemacht? Wem wird das in die Schuhe geschoben? Wer hat innerhalb von nur zwei Stunden die schlechtesten Beliebtheitswerte seit seinem Amtsantritt?"

Kein Ziehen mehr an einer E-Zigarette. Kein Knipsen mit dem Kugelschreiber. Auch kein Handytippen.

Betretenes Schweigen.

Gesenkte Blicke.

Die sprichwörtlich fallende Stecknadel hätte man als explosionsartiges Geräusch empfunden.

Niemand rechnete damit, dass sich der Übeltäter mit einem Geständnis aus der Deckung wagen würde. Doch mit jeder Sekunde stieg der Druck, mit einem geeigneten Wort, einem passenden Satz auf die zornige Ansprache des Bürgermeisters zu reagieren.

Endlich fühlte sich einer berufen, seine Stimme zu erheben.

Der Landesdirektor der Polizei.

„Kann sein, dass manche unter uns zu gute und zu häufige Kontakte zur lokalen Presse pflegen."

Drehung des Kopfes. Blick zu Schweitzer. Ein Musterbeispiel dafür, wie man Öl ins bereits lodernde Feuer gießt.

Jetzt sind die Würfel gefallen, dachte Kamenko. Sie brauchen Schweitzer als Bauernopfer. Der Landespolizeidirektor ist der Vollstrecker.

Kamenko rechnete damit, dass sich Schweitzer vorauseilend entschuldigen und hinauswinden würde. Sozusagen mit einer Flucht nach vorn. Aber zu ihrem Erstaunen wich Schweitzer dem Blick des Landespolizeidirektors nicht aus, sondern hielt ihm stand und bot seinem Chef sogar die Stirn.

„Da scheint es in diesem Kreis ja bereits ein einhelliges Meinungsbild zu geben."

„Pressekontakte hat hier jeder. Gut, nicht jeder gibt wegen jeder Lappalie ständig Pressekonferenzen." Der Bürgermeister lächelte süffisant. „Das ist eindeutig eine Spezialität unseres stellvertretenden Bezirkskommandanten. Ich möchte allerdings ausdrücklich betonen, dass ich zu Herrn Schweitzer volles Vertrauen habe."

Jetzt kommt das Aber, sagte sich Kamenko. Jetzt fällt das Beil. Auf die Idee, dass sich Schweitzer aus eigenen Stücken aufs Schafott begeben könnte, wäre sie jedoch nie gekommen.

„Aber Ihnen fehlt ein Sündenbock." Schweitzers Stimme klang weder wehleidig noch betroffen, sondern unerschrocken und angriffslustig. „Sie brauchen einen nützlichen Idioten, den Sie der Öffentlichkeit als Schuldigen präsentieren können. Stimmt's oder habe ich recht, Herr Bürgermeister?"

„Wir können es nennen, wie wir wollen. Tatsache ist, dass die Abstimmung zwischen Ihrer Abteilung und dem Landeskommando in den letzten Tagen suboptimal gelaufen ist."

„Ach so? Interessant. Das höre ich zum ersten Mal."

„Es reicht! Ab sofort keine Zwischenrufe mehr!", mischte sich der Landeskommandant ein. „Die Interna werden wir später klären. In 15 Minuten gebe ich der Presse bekannt, dass durch schwere Kommunikationsfehler in Ihrer Abteilung, Herr Schweitzer, ein fatales Missverständnis entstanden ist. Weil der Bürgermeister selbstverständlich keine Sekunde daran gedacht hat, das Krankenhaus einer Gefährdung auszusetzen. Deshalb wurde das geforderte Lösegeld in Höhe von 200.000 Euro auch umgehend überwiesen."

Wieder schwiegen alle. Bis auf einen. Schweitzer klatschte laut und einsam in die Hände. „Tolle Ansage. Entspricht zwar nicht der Wahrheit, ist an den Haaren herbeigezogen, trägt aber sicher zur allgemeinen Beruhigung bei. Ich gratuliere."

Während einige betreten auf die Tischplatte starrten, gelang Schweitzer ein selbstbewusstes Lächeln. „Nachdem sich die Runde darauf geeinigt hat, dass ich der gesuchte Judas bin, werde ich mich nun verabschieden. Damit Sie sich wieder frei, offen und ehrlich miteinander unterhalten können. Zum Abschluss drücke ich dem echten Maulwurf noch meine Hochachtung aus. Wer sich jetzt angesprochen fühlt, hat sich wirklich perfekt getarnt, kann ungestört weiterwühlen und seinen Dreck nach außen transportieren. Schönen Tag noch allerseits."

Schweitzer stand auf, griff nach seinen Unterlagen und seiner Tasche, nickte freundlich und verließ den Raum.

Nein, Kamenko konnte ihn nicht einfach so gehen lassen. Erstens aus Loyalität. Zweitens aus soeben entflammter Sympathie. In den letzten zwei Minuten war Schweitzer weit über sich selbst hinausgewachsen. Der Mann mit den getönten Haaren hatte mit seinem mutigen Auftreten unglaublich an Profil gewonnen.

Und es gab noch einen dritten Grund, warum sie sich erhob, der Runde zunickte und Schweitzer folgte. Auf ihrem Handy war, während der Bürgermeister wieder das Wort ergriffen hatte, eine Nachricht ihrer Cybercops eingetroffen.

Maulwurfjagd bei *Net Security Solution* abgeschlossen.

Wir haben ihn.

Irrtum völlig ausgeschlossen.

54

Die Gegend rund um die Linzer Franckstraße wird allgemein unterschätzt und oft zum Hackler- und Glasscherbenviertel degradiert. Dabei lebt in den ehemaligen Industrie- und Arbeiterwohnungen inzwischen ein bunter Mix aus allen Bevölkerungsschichten. Künstler haben sich hier ebenso angesiedelt wie Studenten. Angestellte verschiedenster Berufsgruppen lernten die Herzlichkeit und den Dorfcharakter in dem Grätzel südwestlich der Donau genauso zu schätzen wie aufstrebende Unternehmer und Akademiker. Gerade in jenen Genossenschaftsblocks, die näher am Gelände der Linzer Stahlindustrie lagen, ließ es sich auch für Geringverdiener halbwegs günstig wohnen.

Benannt nach der Kaffee-Ersatzfabrik *Heinrich Franck Söhne*, die Ende des 19. Jahrhunderts hier angesiedelt worden war, hatte sich in den Gassen und Straßen rund um den Brunnenplatz in der Wimhölzelstraße längst ein reges, nachbarschaftlich und familiär geprägtes Zusammenleben entwickelt. Selbstverständlich inklusive diverser Reibereien und Konflikte. Aber den fragwürdigen Ruf, den das Franckviertel aus früheren Zeiten mitschleppte, verdiente es schon längst nicht mehr.

Die Wohnung von Markus Berger befand sich in einem mehrstöckigen Wohnhaus nahe der Apotheke. Der Bus mit dem achtköpfigen Einsatzkommando, das Worschädl per Handy angefordert hatte, parkte in einer Seitenstraße.

Schinagl lenkte ihren Wagen hinter den Bus, wo sie der etwa 40-jährige Kommandant mit einer knappen Handbewegung an seine Schirmkappe begrüßte.

„Meine Leute stehen schon in den Startlöchern. Was liegt an?“

Worschädl warf einen Blick in den Bus und sah in die erwartungsvollen Gesichter von sieben Kolleginnen und Kollegen der Cobra, die für solche Ernstfälle bestens ausgebildet waren. Sie trugen volle Montur und schwere Bewaffnung. In Kürze würden sie die Helme aufsetzen und sie zu Bergers Wohnung begleiten.

„Ein vermutlich hochgefährlicher Mann Ende 30. Bisher unauffällig. Könnte aber einen bestialischen Mord begangen haben. Hat vermutlich eine Frau entführt und hält sie gefangen. Wir können nur hoffen, dass sie noch lebt“, fasste Worschädl zusammen.

„Er hält sie in seiner Wohnung fest?“

„Das nehmen wir an. An der Fassade des Hauses wurde nachträglich ein Personenlift installiert. Er könnte sie in der Nacht also unbeobachtet nach oben transportiert haben.“

„Ist er bewaffnet?“

„Sehr wahrscheinlich mit einem Skalpell oder Messer. Über Schusswaffen ist uns nichts bekannt.“

„Alles klar.“

„Berger ist polizeilich noch nicht erfasst“, warf Schinagl ein. „Seine Gefährlichkeit lässt sich schwer einschätzen. Doch falls er unser Mann ist, müssen wir mit allem rechnen.“

„Darauf sind wir vorbereitet. Gibt es bereits einen Plan?“

„Uns läuft die Zeit davon. Deshalb gehen wir da einfach rauf, läuten an und sehen, ob der gute Mann zu Hause ist.“

„Eine raffinierte Strategie“, lautete der ironische Kommentar des Einsatzleiters.

„Finden wir auch“, erwiderte Worschädl trocken. „Ihr bleibt vorerst dicht hinter uns. Falls niemand öffnet, wird die Wohnung gestürmt.“

„Alles klar."
„Na gut. Dann los."

55

Er war viel zu spät aufgewacht. Auf dem Fliesenboden. In seiner eigenen Kotze. Es war tatsächlich schon Viertel nach neun Uhr früh. Eigentlich zu spät, um sich krankzumelden. Beim Telefonieren mit einer grantigen Verwaltungsdame redete er sich auf hohes Fieber aus.

Noch schien niemand nach ihm gefragt zu haben.

Noch hatte die Polizei seinen Namen nicht herausgefunden.

Noch wussten sie nicht, wer er war.

Er musste sich beeilen.

Trotz des Zeitdrucks stellte er sich unter die Dusche. Genoss den heißen Wasserstrahl, der den Schweiß und Gestank der letzten Nacht in den Abfluss spülte. Spürte, wie seine Kraft zurückkehrte. Sein Plan gegenwärtig wurde. Endlich Gerechtigkeit herzustellen.

Wenn alles vollbracht war, würde er dorthin zurückkehren, von wo er gekommen war. In die Unscheinbarkeit. In den Schatten. Ins Nichts.

Er trocknete sich ab, schlüpfte in frische Unterwäsche, zog sich seine hellblauen Jeans und ein dunkelblaues T-Shirt an und vergaß nicht auf sein Eau de Cologne. Frisch, zitronig, würzig. Jetzt fühlte er sich wieder wie ein Mensch.

Er entfernte den viel zu auffälligen Verband, betrachtete seine deformierte Nase und entschied, möglichst bald einen Arzt aufzusuchen. Dann griff er in seinem Kleiderschrank nach einer Kapuzenjacke, die ihm helfen würde, beim Verlassen des Hauses und auf der Straße sein ramponiertes Gesicht zu verbergen.

Mich hat es gar nie gegeben, sagte er sich, als er in die Kapuzenjacke schlüpfte. Ich bin eine Null, ein Niemand.

Also gar nicht existent. Niemand wird mich vermissen, wenn es mich nicht mehr gibt.

Er schob die Kapuze von hinten über den Kopf, zog sie tief ins Gesicht, schloss sein Schlafzimmerfenster.

In diesem Moment sah er den Bus.

Einsam, leer.

Aber eindeutig ein Einsatzwagen der Polizei.

Es war also so weit.

Sie waren bereits unterwegs zu ihm.

Er hatte sich auf diese Situation vorbereitet und wusste, was zu tun war.

Blitzschnell griff er nach einer in seinem Arbeitszimmer bereitliegenden Tasche, die Ausweise, den Reisepass, Geld, anonyme Sparbücher, eine Pistole, Munition und andere Notwendigkeiten für den Ernstfall enthielt. Im Vorzimmer nahm er seine Sportschuhe, verließ mit ihnen in der Hand die Wohnung, sperrte zweimal ab, blickte zum Lift, der sich nach oben bewegte, hörte zugleich Stimmen im Stiegenhaus.

Sie kamen von allen Seiten.

Wollten ihm keine Möglichkeit lassen, ihnen zu entkommen.

Er eilte die Stufen im Stiegenhaus nach oben.

Betrat den Dachboden, öffnete eine Dachluke, warf seine Tasche aufs Dach, zog sich hoch und trat hinaus.

Flachdach. Einer seiner Lieblingsplätze.

Hier konnte er nachts den Himmel beobachten.

Hier war er nahe an den Sternen.

Heute durfte er keine Zeit verlieren.

Er schlüpfte in die Sportschuhe und turnte über das Nachbardach in Richtung der Feuerleiter, die direkt in den Hof führte, von den Fenstern seiner Wohnung jedoch nicht zu sehen war.

Es dauerte nicht lange, bis er den festen Boden des Nachbarhofs unter seinen Füßen spürte.

Interessant, dass er das Haus ungehindert durch den Haupteingang verlassen konnte. Eine schlanke, unauffällige Figur in einem Kapuzenpulli auf dem Weg zu seinem Wagen, den er in kluger Voraussicht immer einige Straßen entfernt parkte.

Nur keine Angst.

Ich weiß, was zu tun ist.

Niemand wird mich daran hindern.

56

Der Teufel kam immer in der Nacht. Wenn in den Häusern rundherum die Lichter nach und nach erloschen und sich Astrid Lackner nach den letzten beruflichen E-Mails den wohlverdienten, golden schimmernden Fünf-Sterne-Metaxa genehmigte. 38 Prozent. Samtige Konsistenz, leichte Süße, dezentes Brennen. Zuerst am Gaumen, dann im Hals, schließlich im Magen. Alkohol. Ihr Erlöser und ihr Trost.

Eigentlich nahm sie sich jeden Abend vor, es bei einem Gläschen zu belassen, vor 23 Uhr ins Bett zu gehen und vor dem Einschlafen noch etwas Erbauliches zu lesen. Klappte meistens nicht. Beim Einschenken des zweiten Glases verflüchtigten sich die guten Vorsätze wie von selbst.

Wer begnügte sich nach einem dieser irren Arbeitstage als Geschäftsführerin inmitten einer stressigen Branche schon mit Disziplin und Selbstkasteiung. Irgendwann musste man auch einmal die Zügel fallen lassen dürfen. Irgendwann musste Zeit sein für das, was unter die Kategorie Laster fällt.

Du nimmst einen kräftigen Schluck, rollst den Weinbrand mit der Zunge, lässt ihn deine Kehle hinuntergleiten, setzt dich an den Laptop und surfst direkt ins Verderben. Ohne Umweg in den Untergang.

Vor etwa einem Jahr hatte die Werbung fürs Online-Zocken zugenommen. Facebook, Twitter, Instagram, überall waren Spiel- und Wettangebote aufgetaucht, die mit satten Gewinnen lockten.

Sie war nicht blöd. Als Chefin von *Net Security Solution* war sie beruflich vom Fach und machte sich keine Illusionen. Ihr war bewusst, dass sie vom Netz längst gescannt worden war und viele da draußen über ihre

Vorlieben und Gewohnheiten bestens Bescheid wussten. Astrid Lackner war klar, dass im digitalen Zeitalter kaum etwas dem Zufall überlassen blieb.

Aber der Mensch ist ein Wesen, das sich liebend gerne selbst betrügt. Die Aussicht auf 25.000 leicht verdiente Euro kann eine Anziehungskraft entwickeln, die sämtliche Vorsicht übertrumpft.

Irgendwann gab Lackner nach. Startete erste Versuche. Immer nur kurz. In kleinen Dosen. Machte erfreuliche Gewinne. Erhöhte den Einsatz. Genoss es, dass sie zu später Stunde nun nicht nur der Teufel, sondern auch das Glück besuchte.

Nach und nach floss einiges an Geld auf ihr Konto. Sie räumte so richtig ab, verdiente so viel wie nie zuvor. Entwickelte sich zu einem Zocker-Talent, das immer mehr riskierte und viel zu spät bemerkte, dass sich das Blatt nach und nach wendete. Dass sie im Spielrausch erhebliche Summen verlor und ihr Konto ins Minus rutschte.

Diese ernüchternde Erkenntnis hielt sie nicht vom Spielen ab, sondern spornte sie weiter an. Weil das Gewinnen doch schon so hervorragend gelungen war. Immerhin war sie von mehreren Wettanbietern als „Winner of the Day" gefeiert worden.

Als sie von der Bank per eingeschriebenem Brief darauf aufmerksam gemacht wurde, dass sie mit 75.000 Euro im Rückstand war, nahm sie zum Weiterspielen einen kleinen Kredit von 10.000 Euro auf und kurz danach einen weiteren über 20.000.

Viel zu spät gestand sie sich endlich ein, dass sie infiziert war. Mit dem Spielsuchtvirus.

Sie erschrak über sich selbst. Über ihren kaum bezwingbaren Drang, Nacht für Nacht Geld in großen Mengen zu verbrennen.

Astrid Lackner schmiedete Vorsätze. Hundertprozentige Pläne, deren Umsetzung in nüchternem Zustand gar nicht so schwierig erschien. Bis die nächsten Tausender in der Unendlichkeit des Internets verschwanden und sie angesichts ihrer prekären Finanzlage die pure Verzweiflung packte.

Doch plötzlich tauchten in ihrem Mail-Account eigentümliche Botschaften auf. Ihr wurde Hilfe angeboten. Man versprach ihr die Lösung all ihrer Schwierigkeiten, erwartete sich aber ein kleines Entgegenkommen. Sie sollte Passwörter liefern. Systemlücken übermitteln. Den Boden für Umgehungsmöglichkeiten aufbereiten.

Jetzt erst erkannte sie die Falle. Diese Schweine hatten sie gezielt ins Visier genommen und wussten längst, wer sie war, wo sie lebte und was sie beruflich machte. Kannten ihren Kontostand. Hatten sich mit dieser Glücksspielmasche an sie herangemacht.

Von Anfang an ein falsches Spiel. Jeder Gewinn nichts als Illusion. Alles gesteuert und gelenkt.

Bis sie reif war für einen wahren Teufelspakt.

Der Anruf kam spät in der Nacht. Eine angenehme Frauenstimme, die auf Englisch erste Informationen von ihr forderte und ihr einschärfte, niemals zurückzurufen.

Zwei Wochen später der nächste Anruf. Diesmal ging es um Zugangsdaten und Passwörter für die Firewall eines großen öffentlichen Auftraggebers.

Und jetzt krallen sich diese Bastarde eine ganze Stadt, dachte Astrid Lackner, die hinter ihrem Schreibtisch saß und sich über sich selbst wunderte.

Wie war sie nur so tief in diesen Morast geraten?

Unmöglich, da wieder rauszukommen.

Alles aufs Spiel gesetzt, alles vergeigt.

Mindestens eine Existenz.

Mindestens ein ganzes Leben.

Gestern hatten ihre Sicherheitsleute bemerkt, dass sich im Netzwerk der Firma ungebetene Gäste eingenistet hatten. Der unbekannte Feind hatte durch eine Hintertür Zutritt erlangt und machte sich an allen möglichen Daten zu schaffen.

Wobei es dem Eindringling nicht um Erpressung ging, sondern um Überprüfung. Wie ein Spürhund steckte er seine Nase in die Kommunikationswege und Dateien jedes einzelnen Mitarbeiters und machte auch vor den privaten Konten nicht halt. Unter den Mitarbeitern kursierten verschiedenste Gerüchte, wer dahinterstecken könnte. Für Lackner lag es auf der Hand, dass die Cybercops Jagd auf den betriebsinternen Maulwurf machten.

Es war nur mehr eine Frage der Zeit, bis sie ihr auf die Schliche kommen und nachweisen würden, welchen immensen Schaden sie angerichtet hatte.

Für sie stand fest, dass sie keine Sekunde mit Rechtfertigungen oder Erklärungen verschwenden würde. Genauso wenig würde sie sich dem Zorn oder Gespött ihrer Mitarbeiter aussetzen, die Fragen eines Richters beantworten, das Entsetzen ihrer Verwandten erdulden oder in einem Gefängnishof jahrelang stinklangweilige Runden drehen. Nein, da gab es andere Möglichkeiten.

Als ihr vor wenigen Augenblicken per Telefon das Eintreffen der Kriminalbeamten Laura Kamenko und Stefan Schweitzer angekündigt wurde, reagierte sie sofort.

Sie stand vom Schreibtisch auf und ging rasch hinaus auf den Gang.

Achtete nicht auf die Rufe der beiden auf sie zueilenden Beamten, sondern hastete weiter und erreichte ungehindert die Terrassentür.

Sie trat ins Freie, ging zum Geländer, warf einen letzten Blick hinunter in die Tiefe.

Autos, Menschen in Puppengröße.

Ganz schön viel los.

Alltagsverkehr.

Sie legte ihre Hände auf das Geländer.

Stemmte sich hoch.

Sah sich springen, sah sich fliegen.

Gedanklich hatte sie alles bestens vorbereitet.

Allerdings konnte sie nicht mit dem Jungbrunneneffekt rechnen, der sich bei Schweitzer während der Autofahrt mit Kamenko ereignet hatte.

Nach seinem Auftritt im Konferenzraum des Bürgermeisters war ihm bereits im Lift zur Tiefgarage bewusst geworden, dass er sich ohne die Anwesenheit von Laura Kamenko niemals derart weit hinausgelehnt hätte. Er hatte seinen Auftritt nur deshalb so heldenhaft angelegt, weil er diese Frau beeindrucken und von sich überzeugen wollte. Nur wegen ihr war er frontal auf Angriff gegangen und hatte sogar seinen nächsten Karriereschritt aufs Spiel gesetzt.

Als er im ersten Untergeschoß auf seinen Wagen zuging, fühlte er sich wie ein Schauspieler, der sein Bestes gegeben hatte, ohne vom Publikum eine Reaktion zu erhalten. Er hatte nicht das geringste Gefühl dafür, wie er angekommen war.

Doch dann hörte er Kamenkos Stimme. Sie hallte hell und kräftig durch den grauen Beton der Tiefgarage. Sie rief nicht „Herr Schweitzer", sondern seinen Vornamen. Laura holte ihn mit einem hellen, entzückenden „Stefan" ein. Erreichte ihn, als er mit der Fernbedienung den Wagen öffnete. Bat ihn außer Atem, ihn zur Verhaftung des Maulwurfs zu begleiten.

Während der Fahrt überreichte ihm Kamenko mit einem Kompliment für seine unglaubliche Courage im Krisenstab auch noch die Goldmedaille.

Nannte ihn ernsthaft einen „ganzen Kerl", der zu seinen Überzeugungen stehe und deshalb ihren höchsten Respekt verdiene.

Legte ihm als besondere Auszeichnung auch noch die Hand auf den Arm und meinte, dass sie ihm nach dieser Aktion sogar das Tönen seiner Haare verzeihen könne.

Schenkte ihm zu guter Letzt ein Lächeln, das nicht nur herzlich und erfrischend, sondern auch durch und durch erotisch anmutete.

Der dadurch verursachten Energiezufuhr war es zu verdanken, dass Schweitzer die Situation auf der Terrasse der Firma *Net Security Solution* sofort erfasste und pfeilschnell loszischte.

Er sah, wie Lackner übers Geländer stieg, raste auf sie zu und erwischte sie im letzten Moment am Arm.

Zu Schweitzers Glück erwies sich Laura Kamenko als kongeniale Partnerin, indem sie, kaum am Geländer, beherzt zugriff und sich in Lackners Sakko festkrallte.

Unten reckten sich die Köpfe einiger Passanten in die Höhe. Im Hochhaus gegenüber zeigte eine Frau mit ausgestrecktem Arm in ihre Richtung. Aus den Büros der Security-Firma waren Entsetzensschreie zu hören, Schreibtischstühle wurden umgestoßen, einige Mitarbeiter griffen nach dem Telefon, andere eilten zur Terrasse.

„Stefan, auf drei!"

„Einverstanden", presste Schweitzer heraus.

„Eins, zwei und drei!"

Kamenko und Schweitzer spannten ihre Körper an, zogen Lackner übers Geländer und plumpsten mit ihr gemeinsam auf den Boden.

Da saßen sie nun, umringt von Lackners Angestellten, die angesichts des Spektakels auf die Terrasse gerannt waren und erstaunt feststellten, zu welch deftiger Wortwahl ihre Geschäftsführerin fähig war, wenn sie die Contenance verlor.

„Ihr verfickten Arschlöcher hättet mich springen lassen sollen!“

„Sich aus der Verantwortung zu stehlen hätte Ihnen wohl gefallen“, sagte Kamenko und legte Lackner die Handschellen an. „Aber das hat unser stellvertretender Bezirkskommandant nun einmal nicht zugelassen.“

„Was ihm aber nur mit Hilfe der Cyberkoryphäe Laura Kamenko gelungen ist“, war auch Schweitzer voll des Lobes und hätte sich mit seiner etwas zerzausten, ihm aber umso attraktiver erscheinenden Kollegin in diesem Augenblick am liebsten an einen Karibikstrand gewünscht.

Bacardi-Feeling.

Prosecco-Prickeln.

Und so weiter und so fort.

Kamenko holte ihn wieder in die Linzer Hochhausrealität zurück.

„Außerdem ... springen können Sie noch immer“, sagte sie zu Lackner.

„Richtig“, bestätigte Schweitzer. „Aber vorher werden Sie uns verraten, wo wir diese Terroristen finden.“

57

Aufgrund der letzten Entwicklungen hätte man von außen betrachtet durchaus annehmen können, dass sich Bettina Aigner geirrt und Oberarzt Rochanski doch kein Auge auf sie geworfen hatte.

Auf die Fragen der Kriminalbeamten hatte er mürrisch, jedoch korrekt und ohne sonderliches Engagement geantwortet. Von übermäßiger emotionaler Beteiligung konnte keine Rede sein.

Generell gehörte Rochanski zu jenen Menschen, deren Empfindungslage man nicht an ihrem Gesichtsausdruck ablesen konnte. Ihre Gefühle teilten sich nicht durch eine Veränderung der Mimik beziehungsweise Körpersprache mit. Was nicht bedeutete, dass sie vollkommen gefühllos waren. In der inneren Werteskala des Typus Rochanski waren Gefühle jedoch ganz weit unten angesiedelt.

Allerdings nicht in Bezug auf die faszinierende Bettina Aigner. Da hatte sich das Emotionale regelrecht in den Vordergrund gespielt. Schon bald konnte es der sozial ungelenke Oberarzt vor sich selbst nicht mehr verleugnen: Er hatte sich in die schwarzhaarige, sportliche, herzliche und sympathische Bettina Hals über Kopf verliebt. Nicht auf den berühmten ersten Blick. Oder weil der Funke plötzlich übergesprungen war. Es ergab sich nach und nach.

Zuerst kam ihm ihr Lächeln gekünstelt vor. Aufgesetzt. War doch nicht normal, nach einem Zehnstundentag in dieser Irrenanstalt noch so gut aufgelegt zu sein.

Doch ihre gute Laune steckte an. Linderte seine Erschöpfung und die sich mit jedem Dienstjahr verschlimmernde Frustration über das Krankenhaussystem.

In der Dermatologie schimpften sie über den Mangel an Ressourcen.

Die HNO klagte über die zunehmende Personalknappheit.

Der Lungenambulanz standen die ständigen Einsparmaßnahmen bis zum Hals.

Bettina Aigner hingegen forderte von ihrem Team eine bewusste Reduktion des allseits so beliebten Suderns.

„Wir sind hier, um Stimmung zu gestalten. Positive Wirkung zu entfalten. Genau das ist unser Job. Ich wünsche allen viel Vergnügen."

Als er ins Ende einer Morgenbesprechung platzte und diese Ansage aus ihrem Mund hörte, legte sich in ihm ein Schalter um.

Stimmung gestalten.

Klang gut. Zugleich irgendwie neu.

Bettina motivierte ihn damit zu heimlichen Stimmungsgestaltungsversuchen. Er verlangte sich selbst ab, die Kollegen nicht mehr unwirsch, sondern freundlich zu begrüßen. Hielt sich dazu an, seine Kommunikation mit den Worten „Bitte" und „Danke" auszustatten, fachliche Komplimente zu machen und am Ende einer OP dem ganzen Team für die Zusammenarbeit zu danken.

Die Wirkung dieser minimalen Veränderungen war verblüffend. Was er an Nettigkeiten säte, bekam er gleich mehrfach zurück. In den Abteilungen fühlte er sich zum ersten Mal nicht nur geduldet, sondern willkommen geheißen. Neben dem fachlichen Austausch entwickelten sich oft spontane, lockere Gespräche und lustige, teils kokette Bemerkungen.

Schließlich machte ihm auch das Operieren wieder Spaß.

Vor allem mit Bettina.

Inzwischen kam es vor, dass er nachts, im Bett neben seiner Frau, von ihr träumte. Sich in ihre Nähe wünschte.

In ihre Arme.

Zu ihren Haaren.

Ihrer Haut.

„Herr Oberarzt, Sie wollten, dass ich Ihnen die Klemme reiche."

„Ja, natürlich, danke."

Er nickte der OP-Schwester zu. In ihrem Blick lag leichte Verwunderung über Rochanskis kurze geistige Abwesenheit. Es schien, als ob er nicht bei seinem Patienten, sondern ganz woanders wäre. Für den sonst so routiniert und fehlerlos operierenden Rochanski war das äußerst ungewöhnlich. Ein kurzes Innehalten hatte es bei Rochanski so gut wie noch nie gegeben. Noch dazu beim Freilegen von zwei Brustwandarterien, die er zu einer Umleitung zum Herzen umfunktionieren sollte.

„Ist schon bekannt, wann Frau Aigner wieder zur Arbeit kommt?", fragte Rochanski, während er aus den Schlagadern ein T formte.

„Leider nein."

„Weiß man, was ihr fehlt?"

„Bis jetzt noch nicht, aber sie oder ihr Mann werden sich sicher noch melden. Dann erfahren wir Genaueres."

Rochanski vermied jede weitere Frage, um nicht mit übertriebenem Interesse am Befinden der Teamleiterin aufzufallen. In der stetig brodelnden Gerüchteküche des Krankenhauses wollte er auf keinen Fall zum Thema werden. Nein, kein Mensch würde je von seiner Zuneigung erfahren. Schon gar nicht Bettina selbst.

Das Risiko, von ihr abgelehnt und ausgelacht zu werden, erschien Rochanski viel zu groß.

Im Moment genügte es ihm vollkommen, dass ihm dieses besondere Gefühl wieder begegnet war. Die Lust, eine Frau zu gewinnen und zu erobern. Das heimliche, drängende Begehren.

Sagenhaft, wie sehr sie mir fehlt, dachte Rochanski, während er das in seinen Händen pulsierende Herz ein wenig zur Seite schob. Er konnte nicht verhindern, dass sich in seinem Gehirn plötzlich eine beunruhigende Assoziationskette bildete.

Zuerst hatte sich im Krankenhaus das Gerücht verbreitet, dass vor Bettinas Haus ein Oberschenkel gefunden worden war.

Danach wurde sie von ihrem Mann ohne genauere Begründung krankgemeldet.

Heute tauchte die Polizei im Krankenhaus auf und erkundigte sich nach einem erst kürzlich eingestellten Mitarbeiter des Bring- und Holdienstes.

Gab es zwischen dem Oberschenkel, dem Bettenfahrer und Bettinas Krankmeldung etwa einen Zusammenhang? Steckte sie womöglich in Schwierigkeiten?

Ist Ihnen an ihm etwas aufgefallen? Etwas Ungewöhnliches? Eine Besonderheit?

Ja, jetzt fiel es ihm wieder ein. Etwas Lapidares, eine Kleinigkeit. Wahrscheinlich bedeutungslos. Aber weil es um Bettina ging, hatte er es plötzlich eilig, die Operation zu beenden und die Wunde zuzunähen.

Jetzt ist er wieder der Alte, dachte die OP-Schwester. Jetzt läuft es bei ihm wieder wie am Schnürchen.

Draußen nahm Rochanski die Gesichtsmaske ab und rief die Sekretärin an.

Nein, den Wagenfahrer Markus Berger hatten die Polizeibeamten nicht angetroffen, weil er sich heute früh krankgemeldet hatte. Aber selbstverständlich hätten die beiden eine Karte hinterlassen, meinte die Sekretärin und gab ihm die Handynummer des Chefinspektors durch.

Der mit dem komischen Namen.

Robert Worschädl, genau.

58

Den Mitgliedern des Einsatzkommandos, die sich die Vollvisierhelme von den verschwitzten Köpfen zogen, war die Enttäuschung über den Fehlschlag anzusehen.

Sie hatten sich völlig umsonst in die klobige Uniform gezwängt, die schweren Waffen ausgefasst und das höchstmögliche Tempo vorgelegt.

Sie waren zu spät gekommen. Hatten den Delinquenten beziehungsweise die Zielperson verpasst. Konnten für die Frau, die er an einem unbekannten Ort gefangen hielt, im Augenblick nichts tun. Ihrem sehr verstimmten Leiter blieb nichts übrig, als den Abzug zu befehlen.

Wenige Minuten nach dem Aufbrechen der Wohnungstür war klar gewesen, dass Berger übers Dach und die Feuerleiter geflüchtet sein musste.

Weder in der Wohnung noch im dazugehörigen Kellerabteil gab es einen Hinweis, wo sich Bettina Aigner befinden könnte.

In Schinagl, die sich gerade im Schlafzimmer umsah, stieg eine unbändige Wut auf so gut wie alles hoch. Auf das frühe Aufstehen, auf die Notwendigkeit, ihre Tochter aufzuwecken und sie zu ersuchen, Tobias zur Schule zu bringen, auf Kerstins Unmut über den Scheißjob ihrer Mutter, auf das sinnlose Herumvögeln ihres Lebensgefährten, den sie jetzt dringend gebraucht hätte, und auf den Zustand der völligen Ratlosigkeit, in dem sie sich gefangen fühlte.

Konnte das Leben nicht ein bisschen gnädig sein und Worschädl und ihr einen Erfolg vergönnen?

Irgendwo da draußen wartete eine Frau dringend auf ihre Hilfe. Es lag auf der Hand, dass Berger mit ihr dasselbe vorhatte wie mit seinem ersten Opfer. Die

Einzigen, die das vielleicht noch verhindern konnten, waren Worschädl und sie selbst.

Der Chefinspektor trat zu ihr ins Zimmer.

„Ich war im Badezimmer. Er hat vor kurzer Zeit geduscht. Wir sind ganz knapp dran gewesen."

„Haben aber keine Ahnung, wo wir nach ihm und Bettina suchen könnten."

„Die Fahndung läuft auf Hochtouren. Wichtig ist, dass wir uns von diesem Rückschlag nicht lähmen lassen."

Ratlosigkeit ist ein Zustand, aber keine Option. In deinem Beruf hat dir immer etwas einzufallen. Deshalb raus aus der depressiven Drift. Ruder in die Hand nehmen. Richtung bestimmen, steuern, handeln.

Einer der Leitsätze seiner Frau Karoline, die sich Worschädl gerade in brenzligen Situationen gerne vor Augen führte.

„Bettina hat jetzt nur noch uns, Robert." Schinagl wischte sich erschöpft über die Augen.

„Deshalb müssen wir uns konzentrieren. Komm mit in sein Arbeitszimmer. Von dem Wahnsinn dort dürfen wir uns nicht erschlagen lassen. Wir müssen ihn lesen und entschlüsseln."

Wäscheleinen. Sie waren in dem etwa vier mal vier Meter großen Raum an Wandhaken befestigt und in engen Abständen kreuz und quer gespannt. Ein Spinnennetz in etwa zwei Metern Höhe, das die gesamte Fläche einnahm.

Darauf waren mit Kluppen unzählige Fotos und Zettel befestigt. Zum Herunterpflücken. Wie Wäsche im Wind.

Sie versuchten, sich in dem Gewirr zurechtzufinden. Schinagl nahm sich die linke Hälfte des Raums vor und Worschädl die rechte. Auf einer Leine entdeckte die Bezirksinspektorin einen älteren Mann, der unschwer als Philipp Aigners Vater zu identifizieren war. Daneben eine etwas jüngere Frau, wahrscheinlich Bergers Mutter. Außerdem eine Kopie von Bergers Geburtsurkunde.

VATER UNBEKANNT.

Worschädl folgte der Fotospur eines kleinen Jungen im Kinderdorf. Zuerst in einer Gruppe von Kindern rund um eine Kinderdorfmutter. Dann beim Ausblasen der Kerzen auf einer Geburtstagstorte, gemeinsam mit anderen Buben und Mädchen. Beim Fußballspielen, wieder mit anderen Kindern, offenbar wieder vor einem anderen Heimgebäude.

Ein herumgereichter Junge.

Ein Heimtourist.

Nirgendwo wirklich angenommen.

Ernüchternde Einblicke in Markus Bergers Aufwachsen.

Nächste Leine. Philipp Aigner mit seiner Frau Bettina im privaten Wohnzimmer. Beim Einsteigen ins Auto. Beim Wegfahren, Ankommen und Müllwegtragen.

Bettina Aigner auf dem Rad vor ihrem Haus, auf diversen Straßen, beim Halten vor einer Ampel, auf einem Gang im Krankenhaus.

Ihr Mann beim Betreten und Verlassen des Firmenhochhauses. Außerdem mit Daniela Pamminger beim Spazierengehen, auf einer Parkbank, im Café.

Dazu Mails von Daniela an Philipp, mit Sendedatum vor 16 Jahren und fallweise in den Jahren danach.

„Er muss ihren Laptop oder Computer an sich genommen haben."

Worschädl nickte. „Er hat das Passwort herausgefunden und anhand der E-Mails und gespeicherten Fotos ihr Leben recherchiert."

Zwei Wäscheleinen galten ausschließlich den Urlauben in Rovinj. Daniela mit Jasmin als Baby, Kleinkind und Mädchen im Schulalter. Schwimmreifen, Schwimmflügel, Taucherbrille, Schnorchel. Beim Sandburgbauen und Muschelsammeln. Davon vier Fotos auch mit einem jungen Mann. Eindeutig Philipp. Jasmin war vielleicht eineinhalb Jahre alt. Im Leben von Jasmin war ihr Papa also zumindest einmal präsent gewesen.

„Warum hat er die Bilder und das alles nicht entfernt? Warum führt er uns das so ungeniert vor?"

Schinagl hatte recht, dachte Worschädl. Nachdem Jasmin ihrem Angreifer die Strumpfhaube vom Gesicht gezogen und ihn gesehen hatte, musste Berger klar geworden sein, dass er mit ihnen zu rechnen hatte und sie ihn bald finden würden. Trotzdem hatte er sich keine Mühe gegeben, sein krankhaftes Interesse an den Aigners und Pammingers zu verbergen.

„Er will, dass wir ihn finden. Aber erst, wenn er seinen Auftrag erledigt hat." Worschädl blieb vor einem Foto stehen, das Berger selbst zeigte. Durchgestrichen. Mit einem fetten, schwarzen Filzstift-X. Dasselbe Foto sah er jetzt auch noch auf anderen Leinen. Immer wieder Berger, und immer wieder durchgestrichen.

Berger hatte sich dazugewünscht.

In die Gemeinschaft.

In das Familiengefüge.

Aber er wurde nicht geduldet.

Durfte nicht dazugehören.

Wurde von Philipp ausgeschlossen.

Das musste der Auslöser für diese extreme Wut gewesen sein. Für die maximale Zerstörungslust.

Ab diesem Zeitpunkt hatte Berger nur noch ein Ziel vor Augen: seinen Halbbruder mit aller Gewalt und allen zur Verfügung stehenden Mitteln zu bestrafen.

Dafür nahm er den Tod einer völlig Unschuldigen in Kauf.

Dafür zerstückelte er ihre Leiche.

Philipp sollte den äußerstmöglichen Schmerz erleiden.

Und Bergers Streben nach Vergeltung war noch lange nicht zu Ende.

Schinagl setzte sich auf die blaue Gummimatte, die in der Mitte des Zimmers auf dem Boden lag.

„Was soll diese Matte?“, fragte Worschädl.

Schinagl legte sich auf den Rücken. „Er verwendet sie, um nach oben zu schauen und sein Leben zu betrachten.“

„Ein Leben, in dem er keinen Platz gefunden hat.“

„Wenn er hier liegt, fällt sein Blick immer automatisch auf die Wäscheleine in der Mitte.“

„Mit den Porträts von Philipp Aigner.“

„Das hat seinen Hass jedes Mal aufs Neue befeuert.“

„Das System, mit dem er die Leinen und Bilder arrangiert hat – wie würdest du es beschreiben?“, wollte Worschädl wissen, als sich sein Handy meldete.

„Worschädl.“

„Guten Tag, hier Doktor Rochanski. Wir haben uns kurz im Krankenhaus gesehen.“

„Ja, haben wir.“

„Diesen Berger ... haben Sie ihn schon gefunden?“

„Dazu darf ich Ihnen leider keine Auskunft geben.“

„Ist in Ordnung. Aber Sie haben mich nach etwas Auffälligem gefragt. Nach einer Besonderheit.“

„Ihnen ist doch noch etwas eingefallen?“

„Nur eine Kleinigkeit. Habe ich im Vorbeigehen aufgeschnappt. Hat wahrscheinlich nichts zu bedeuten.“

„Wir sind an allem interessiert.“

„Er hat den Patienten, die er aus ihren Zimmern durch die Gänge geschoben hat, ständig etwas über die Planeten erzählt."

„Über die Planeten?"

„Jupiter, Mars, Saturn. Er hat sie wandernde, herumschweifende Lichtgestalten genannt. Sprach über Gravitationsfelder und das hydrostatische Gleichgewicht."

„Das klingt, als wüsste er darüber gut Bescheid."

„Zweifellos muss er sich intensiv damit beschäftigt haben. Das war's. Mehr hab ich leider nicht."

„Danke, Doktor Rochanski. Vielen Dank für Ihre Mühe." Worschädl legte auf.

„Ich bin dir noch eine Antwort schuldig", meldete sich Sabine.

„Genau. Das System der Wäscheleinen mit all den Zetteln und Bildern. Es ist ein Himmel."

Schinagl lag nach wie vor auf dem Rücken, blickte nach oben und ließ ihre Blicke kreisen.

„Stimmt genau. Ein verwirrender, zugepflasterter, klaustrophobischer Sternenhimmel."

59

Lucias Schlüsselbund bemerkte Pablo erst, als seine Chefin zu der Amerikanerin in den Rettungswagen gestiegen und mit ihr abgefahren war. Sie hatte ihn vor ihrem Sprung ins Wasser auf die Ablage im Steuerstand gelegt und darauf vergessen, ihn mitzunehmen.

Bemerkenswert, welch eine intensive Anziehungskraft ein so simpler Gegenstand entwickeln konnte. Weder beim Reinigen des Decks mit dem Wasserschlauch noch beim Zusammenbinden und Entsorgen der prall gefüllten Müllbeutel brachte Pablo diese verfluchten Schlüssel aus dem Kopf.

Oder besser diesen einen Schlüssel.

Aus Messing mit mehrfach gezacktem Bart.

Die Eintrittskarte in Lucias geheime Kammer.

Bis zum nächsten Krankenhaus in Playa de las Américas musste man mit mindestens einer halben Stunde Fahrzeit rechnen, Lucia würde dort sicher noch aufgehalten werden, mit ihrer Rückkehr war also nicht so schnell zu rechnen.

Keine Frage, dass ihr Büro, wie sie es nannte, verbotenes Areal für ihn war, aber die Gelegenheit war günstig wie noch nie. Außerdem hatte er für die Demütigung vergangene Nacht eine Wiedergutmachung verdient.

Diesem Argument konnte Pablo letzten Endes so viel abgewinnen, dass er den Wassereimer mit dem Putzschwamm zur Seite stellte, nach Lucias Schlüssel griff und sich unter Deck begab.

Die zweite Tür rechts. Das Aufsperren klappte problemlos. Beim Niederdrücken der Klinke hielt er inne, horchte. Nein, da waren keine Schritte. Nur das Plätschern kleiner Wellen und das Knarren von über die Bordwand scheuernden Tauen.

Pablo trat über die Schwelle, drehte das Licht an und wich erstaunt zurück. Er hatte sich einen geheimen, verschwiegenen Ort erwartet, einen dunklen, anrüchigen Hort der Wollust, über dem tagsüber eine trügerische Ruhe lag und der erst erwachte, wenn sich die Nacht über die im Hafen rastenden Boote legte.

Doch das, was sich ihm darbot, hatte mit einer Sexkammer absolut nichts zu tun. Auch von Ruhe konnte keine Rede sein, weil über die beiden großen Bildschirme, die auf einem Schreibtisch mit zwei Tastaturen, einem Laptop und zwei Standcomputern thronten, ein unübersichtliches Gewirr an Zahlen und Formeln flirrte.

Pablo fühlte sich wie in einem Film, in dem der Held zum geheimsten aller Geheimnisse vordringt und sich plötzlich in einer weltweiten, von unbekannten Mächten angezettelten Verschwörung befindet. Lucia hatte sich hier unten, umhüllt vom unendlichen Wasser des Atlantiks, eine Art Stützpunkt mit Verbindungen nach draußen geschaffen. Und dieses Draußen war hier höchst lebendig und vital.

Allerdings kapierte Pablo nichts von dem, was vor ihm in hell leuchtender Schrift und ständig wechselnden Buchstaben- und Zahlenkombinationen zu lesen war. Aber er bemühte sich. Versuchte zu entschlüsseln, was von ihm als digitalem Normalverbraucher keinesfalls zu verstehen war. Glaubte sogar, eine Art Logik zu erkennen, als er plötzlich wegen eines Geräuschs zusammenschreckte.

Das unerwartete, leise Brummen erinnerte ihn daran, dass er in ein unerlaubtes Gebiet vorgedrungen war.

Das Handy lag unter einem Stoß von Zetteln. Es handelte sich um ein sündteures iPhone, das er noch nie bei Lucia gesehen hatte.

Natürlich hätte er es einfach klingeln lassen können. Aber als vorübergehender Hauptverantwortlicher fühlte er sich ganz automatisch in der Pflicht, eine eventuelle Kundenanfrage entgegenzunehmen. Also hob er auch ganz automatisch ab und stellte sich so vor, wie Lucia das normalerweise bei hereinkommenden Anrufen machte.

„Hello, you speak with Lucia's Whale and Dolphin Watching Tours. What can I do for you?"

Klack. Und dann ein Tuten. Aufgelegt. Wahrscheinlich falsch verbunden. Er schob das Handy unter den Zettelstoß zurück, erklärte seine im Grunde enttäuschende Mission für beendet, verließ die Kabine, legte Lucias Schlüssel auf die Ablage beim Steuerstand zurück, öffnete ein Bier, ließ sich auf einer Sitzbank nieder, trank einen ordentlichen Schluck und war sich mit einem Mal nicht mehr sicher, ob es klug gewesen war, den Anruf am iPhone entgegenzunehmen.

Zugleich konnte es kein großer Fehler gewesen sein, sagte er sich beim nächsten langen Zug aus seiner Flasche. Beim dritten Schluck kam er schon zur Überzeugung, dass er vollkommen richtig gehandelt hatte. Kurz nach dem vierten fielen ihm im Sitzen die Augen zu.

60

Die verdammte Büroklammer. Bettina konnte sie fast greifen, musste sich aber kurz erholen. Sie kam sich vor wie eine auf den Rücken geworfene Schildkröte, die sich verzweifelt bewegen wollte, aber in keiner Weise vorwärtskam.

Ihre linke Seite, auf der sie sich seit Stunden Millimeter um Millimeter nach vorne weiterkämpfte, brannte wie Feuer. Die Kante der Sitzfläche des Stuhls malträtierte ihre Kniekehle. Sie hatte Hunger und entsetzlichen Durst.

Dabei musste sie dankbar sein, dass Berger ewig lange wegblieb. Das konnte unmöglich sein Plan gewesen sein. Vielleicht war ihm etwas dazwischengekommen. Hoffentlich die Polizei.

Sehr unangenehm, dass sie nach geschätzten fünf Stunden den Harn nicht mehr halten konnte. Auch wenn sie als Leiterin eines OP-Teams an den Umgang mit menschlichen Ausscheidungen gewöhnt war, brachte sie es kaum über sich, den Widerstand aufzugeben, nachzulassen und ihre übervolle Blase zu entleeren.

An sich selbst fand sie den Gestank von Urin widerlich.

Du darfst nicht verzweifeln! Lass dich nicht demotivieren! Alles wird gut, Bettina! Alles wird gut, verdammt!

Oberkörper zurückspannen, Kraft sammeln, Kopf und Oberkörper nach vorn schleudern und Beine zurück. An einen Stuhl gefesselt ein nahezu aussichtsloses Unterfangen.

Zwischendurch schrie sie vor Schmerzen.

Legte eine Pause ein.

Dabei kreisten ihre Gedanken fast ausschließlich um ihren Mann.

Seine Niedertracht bestand nicht darin, dass er sich vor vielen Jahren auf eine Affäre eingelassen hatte. Sie war in einem Betrieb mit über 4.000 Mitarbeitern beschäftigt. Seitensprünge, Eifersüchteleien, Hahnenkämpfe, mal dezente, mal intensive Flirts und jede Menge Bettgeschichten gehörten dort zum Berufsalltag. Die menschliche Schwäche des sogenannten Seitensprungs war ihr ganz und gar nicht fremd, und warum sollte es sich ausgerechnet bei ihrem Mann um eine glorreiche Ausnahme handeln. Diesen One-Night-Stand hätte sie ihm sicher verzeihen können.

Was sie jedoch unendlich enttäuschte und empörte, war seine Weigerung, zu seinem Kind zu stehen. Für das kleine Mädchen da zu sein. Es ins und durchs Leben zu begleiten.

Als sie erfahren hatte, dass sie niemals eigene Kinder bekommen konnte, und in ein tiefes Loch stürzte, war Philipp bereits heimlich Vater gewesen. Sein damaliges Mitgefühl, sein Trost, seine aufmunternden Worte erschienen ihr mit einem Mal nur mehr schäbig und verlogen.

Er war zu feige gewesen, ihr die Wahrheit zu sagen und damit seine Beziehung zu riskieren. Er hatte nicht die Größe gehabt, einen Fehler einzugestehen und seine bequeme und sichere Gegenwart gegen die Zukunft seines neugeborenen Babys einzutauschen.

Dieses Verhalten raubte ihr beinahe den Verstand. Daran zerbrach sie. Weil Philipp damit nicht mehr der Mann war, mit dem sie zusammenleben wollte.

Wie sollte sie als Frau, die sich in stillen Momenten immer noch innig nach einem Kind sehnte, neben einem Mann im Bett liegen, der sein Kind schon vor der Geburt verraten und verlassen hatte?

Eine mahnende Stimme in ihr hielt sie davon ab, diese Gedanken weiterzuverfolgen. Sie raubten ihr den letzten Rest an Kraft, den sie so knapp vor dem Ziel dringend brauchte. Ein paar Zentimeter noch, dann würden ihre Finger die Büroklammer erreichen, und dann musste sie es nur noch schaffen, mit einem der spitzen Enden diese verfluchten Kabelbinder aufzukriegen.

Sie stellte sich ihre Kolleginnen im Krankenhaus vor. Dachte daran, was die wohl jetzt von ihr erwarten würden. Volles professionelles Engagement. Den Willen, über sich hinauszuwachsen. Die Lust, Stimmung zu machen und Wirkung zu erzielen.

Also los, du angepisster, stinkender Haufen! Beiß die Zähne zusammen und leg einen ordentlichen Endspurt hin!

Sie griff in die tiefste ihr bekannte Schublade, beschimpfte sich selbst ausfällig und ordinär.

Brüllte, fauchte, stöhnte, keifte.

Bis sie sich endlich über die Ziellinie gekämpft hatte.

Bis sie das kleine, metallene Ding endlich in ihren Händen hielt.

Genau in diesem Augenblick schlug draußen eine Tür zu.

Gleich darauf hörte sie seine Schritte.

Warum auch immer musste sie lachen.

Und brach zugleich in Tränen aus.

61

Sterne und Planeten. Das war ihr neuer Anhaltspunkt. Ob das Sinn machte, war nicht absehbar. Die Chance, dass sie auf die falsche Karte setzten, schätzten sie fifty-fifty ein.

Ihnen stand das Wasser bis zum Hals. Deshalb griffen sie nach diesem ersten und einzigen Rettungsseil, an dem sie sich nicht an Land, sondern schnurstracks hinauf zum Firmament zogen.

Ab sofort fahndeten sie nach einem Hobbyastronomen. Mit diesem Fokus durchsuchten sie in Windeseile seine Wohnung. Brachten schließlich zwei ansehnliche Teleskope und jede Menge Literatur über Sternen- und Planetenkunde zutage.

„Vielleicht ist er Mitglied in einem astronomischen Club", sagte Schinagl und begann sofort zu googeln.

„Kann sein, aber fragen wir uns besser, was ein leidenschaftlicher Hobbysternenforscher am allerliebsten macht."

„Sterne beobachten. Die Bahn der Planeten studieren."

„Eben. Und mit seinen privaten Teleskopen wird er da schnell an seine Grenzen stoßen."

„Stimmt. Die reichen vermutlich höchstens für den Hausgebrauch", meinte Schinagl. „Unser Mann will höher hinaus. Er will nach den Sternen greifen."

„Dazu braucht er ein besseres Teleskop. Das beste, das er hier in der Umgebung kriegen kann", ereiferte sich Worschädl.

„Und zu dem er Zugang hat."

„Im Aufzug rauf zur Internet-Firma hast du die Sternwarte erwähnt."

„Die auf dem Freinberg, genau."

Schinagl tippte in einem für Worschädl unbegreiflichen Höllentempo in ihr Handy. „Ich bin auf der Homepage. Exakter Name: Johannes-Kepler-Sternwarte. Verfügt über ein computergesteuertes Cassegrain-Spiegelteleskop mit 500 mm Öffnung und 5 m Brennweite."

„Das sagt mir gar nichts, klingt aber imposant."

„Moment. Den Mitgliedern und Besuchern steht auch ein apochromatischer Refraktor zur Verfügung."

„Das wird ja immer besser. Ich bin beeindruckt."

„Außerdem eine CCD-Kamera, mit der man den Grasbewuchs des Jupiters fotografieren kann."

„Das Gras auf dem Jupiter! Für unseren Forschergeist Markus Berger garantiert ein Leckerbissen", meinte Worschädl.

„Dann trifft es sich ja gut, dass er namentlich auf der Homepage vorkommt. Er ist Mitglied des Vereinsvorstands. Und die nächste Sternenführung findet dort erst in einer Woche statt."

62

Als Lucia gegen 16 Uhr aufs Schiff zurückkam, wurde sie von Pablo, der ausgestreckt auf einer Sitzbank lag, mit einem ebenso innigen wie lautstarken Schnarchen empfangen. Ihr erster Blick galt dem Schlüsselbund, den sie in der Hektik bei der Abfahrt zum Krankenhaus vergessen hatte und der zum Glück noch immer an derselben Stelle lag.

Pablo konnte ihn nicht übersehen haben, hatte sich aber offenbar an die Vereinbarungen gehalten. Wäre auch mehr als unverfroren gewesen, wenn er ihr ausgerechnet an einem beschissenen Tag wie dem heutigen in den Rücken gefallen wäre, dachte sie, begab sich über die Treppe unter Deck, öffnete die Tür zu ihrem Büro und setzte sich in den Klappsessel vor dem Schreibtisch.

Gut, dass sich der Gesundheitszustand der Amerikanerin bei der Untersuchung in der Notaufnahme als tadellos herausstellte. Noch besser, dass ihr diese verrückte Dame wohl nie wieder begegnen würde, sagte sich Lucia und stattete ihrem Bitcoin-Konto einen Besuch ab.

Na gut, okay, heute war einiges schiefgelaufen, aber immerhin war die Überweisung aus Linz eingelangt. Das glich den ganzen Wahnsinn mit dem Frau-über-Bord-Manöver aus. Das war sogar hocherfreulich.

Lucia griff nach ihrem iPhone, um ihre Auftraggeber in Brasilien zu verständigen, entsperrte es, wollte schon die Nummer eintippen, da traf es sie wie ein Keulenschlag.

Handydisplays lügen nicht.

Um exakt 14 Uhr 48 war ein Anruf eingegangen. Jemand hatte abgehoben und ein neun Sekunden langes

Gespräch geführt. Dieser Jemand konnte nur Pablo gewesen sein.

Er hatte sie hintergangen.

Hatte ihr Verbot missachtet.

War in ihr Heiligstes eingedrungen.

War wie ein Idiot in die Falle getappt.

Weil es eine eiserne Regel gab, die noch niemals gebrochen worden war.

Ausschließlich Lucia rief an.

Niemals die anderen.

Falls diese Nummer, die nur die Brasilianer und das Erpressungsopfer Astrid Lackner kannten, jemals von jemandem gewählt wurde, war klar, was passiert war.

Jemand hatte sie verraten.

Die Hackerin war gehackt worden.

Verblüffend, dass sich in der sonst so wortkargen Frau plötzlich der Zugang zu einer Reihe von handfesten Flüchen öffnete. Sie hätte Pablo in diesem Moment minutenlang aufs Vulgärste beschimpfen und verteufeln können, ohne ins Stocken zu geraten.

Doch es machte keinen Sinn, ihn zu wecken und zur Rede zu stellen. Jetzt ging es um Geschwindigkeit. Seit dem Anruf waren bereits 42 Minuten vergangen. Obwohl ihre Verfolger jederzeit hier sein konnten, gab es noch etwas zu erledigen.

Lucias Finger rasten über die Tastatur. Sie hackte sich zuerst in Pablos E-Mail-Account und dann in sein Bankkonto ein und nahm einige Korrekturen vor.

Als ob er ahnte, was sie vorhatte, schnarchte Pablo plötzlich nervös und abgehackt. Aber so etwas wie Mitleid konnte Lucia mit ihm nicht empfinden. Was jetzt auf ihn zukam, hatte sich dieser Trottel selbst zuzuschreiben.

63

Seine Betroffenheit war nicht gespielt. Es tat ihm ernsthaft leid, Bettina in einem derart würdelosen Zustand vorzufinden. Halb verdurstet, besudelt, vollkommen auf sich allein gestellt.

Absurd, wie oft er sich entschuldigte und ihr peinlich berührt erklärte, dass er ihr aus zeitlichen Gründen leider nicht gestatten könne, sich zu duschen und frisch zu machen. Beinahe rührend, wie sehr er auch noch ihre Leistung als OP-Teamleiterin hervorhob. Schon alleine deshalb werde er ihr ein hochwirksames Narkotikum verabreichen, um ihr unnötige Schmerzen zu ersparen.

„Sie sind zwar die Leidtragende, aber im Grunde richtet es sich nicht gegen Sie. Treffen soll es vor allem Ihren Mann“, erklärte er und setzte ein Glas mit milchiger Flüssigkeit an ihren Mund.

„Bitte austrinken. Sehr gut. Diazepam. Ist Ihnen nicht unbekannt.“

Er hatte dem Wasser also ein schnell wirksames, angstlösendes und beruhigendes Medikament beigegeben, das zur Akuttherapie bei Panikattacken und auch zur Narkosevorbereitung vor operativen Eingriffen verwendet wurde. Bettina war bewusst, dass sie sich in Kürze müde, entspannt und benebelt fühlen würde, aber ihr Verstand sollte halbwegs funktionieren.

„Die Sachwalterschaft. Damit hat alles begonnen. Ist doch eine seltsame Fügung, dass man wegen der Alkoholexzesse seiner Mutter schon im Alter von drei Jahren zu Pflegeeltern kommt und als Erwachsener alles für sie übernehmen muss. Sie ist vollkommen aus dieser Welt gefallen und wird ihr restliches Leben wegen drogenindizierter Demenz auf der Psychiatrie verbringen.“

Er löste Bettinas Fesseln und zog sie hoch. Sie fühlte sich unendlich erschöpft und konnte sich kaum auf den Beinen halten. Er befahl ihr, sich auf den Tisch zu legen und jeden Versuch einer Gegenwehr zu unterlassen. Ihr Herz hämmerte bis zum Hals, als er ihre Bluse öffnete und begann, sie zu entkleiden.

„Vor vier Wochen durfte ich ihre verwahrloste Wohnung räumen. Unzählige leere Flaschen, Exkremente, zentimeterdicker Dreck. Aber immerhin meine erste Gelegenheit, einen Blick in ihre Vergangenheit zu werfen. Ich entdeckte eine Mappe mit dem Original meiner Geburtsurkunde und beigelegten Fotos und Zeitungsartikeln über einen Mann namens Konrad Aigner. Der führende Krebsspezialist des Landes. Verstehen Sie, bei mir stand ‚Vater unbekannt', aber von diesem Aigner hat meine Mutter jahrelang jeden medialen Furz akribisch ausgeschnitten und gesammelt. Er hatte sie bereits vor meiner Geburt verlassen, sie ihn in Wahrheit nie."

Bettina war dankbar, dass sich die Wirkung des Medikaments jetzt deutlich bemerkbar machte. Es hätte sie in Panik versetzen müssen, dass Berger ihr die Hose auszog und ihren BH mit einer Schere aufschnitt. Aber zum Glück hatte nun ein Arzneimittel das Kommando über ihre Gefühlswelt übernommen und sorgte dafür, dass sie ihre Angst einigermaßen unter Kontrolle hatte.

Er streifte ihr den Slip ab.

Jetzt lag sie vollkommen nackt vor ihm.

Er öffnete eine Spritzenpackung.

„An diesem Sonntag vor vier Monaten wusste ich sofort, dass der Mann auf dem Foto mein Vater sein musste. War nicht schwer, ihn ausfindig zu machen. Den Herrn Primar und Universitätsprofessor. Nach unzähligen Versuchen bekam ich ihn endlich ans Telefon.

Stellte mich vor. Bat um ein Treffen. Dass er einen Tag nach meinem Anruf einen schweren Zusammenbruch erleiden und mit einer niederschmetternden Krebsdiagnose im Krankenhaus erwachen sollte, war eine bittere Ironie des Schicksals."

Berger steckte die Nadel einer Spritze durch die Gummimembran eines Fläschchens. Wahrscheinlich ein Narkotikum. Jetzt zog er die Flüssigkeit auf.

„Keine Sorge. Ich bin vom Fach. Ich bin ausgebildeter Krankenpfleger, für den Bring- und Holdienst bin ich überqualifiziert. Natürlich war ich beim Begräbnis und habe sie alle gesehen. Die Witwe. Ihren Mann und Sie, Frau Aigner. Habe mir gedacht, das wird meine neue Familie. Habe mich so auf Sie gefreut. Hatte nie vor, einen Teil der Erbschaft zu verlangen. Ich wollte nur, was ich nie wirklich hatte. Eine echte Familie. Und dann hat mich Ihr Mann wie Rotz behandelt. Wie Krätze. Dabei bin ich doch sein Bruder. Wer mit Menschen so schäbig umgeht, weiß nicht, wie gut er es hat. Dem fehlt es an Leiderfahrung. Die werde ich ihm gerne ermöglichen. Jetzt lernt er, wie es ist, keine Familie zu haben. Ihr Kopf, Frau Aigner, wird ihm in einer Schachtel vom Paketdienst zugestellt werden. Ich muss mich nun von Ihnen verabschieden und wünsche eine gute Reise."

Berger nahm ihren linken Arm, suchte nach einer guten Vene.

Bettina schloss die Augen und hatte plötzlich den dringenden Wunsch, Philipp, ihren geliebten Mann, der sich als Ausbund an Gemeinheit erwiesen hatte, noch einmal in den Arm zu nehmen. Völlig verrückt. Gerade noch hatte sie gedanklich mit ihm gebrochen und jetzt, da es um Leben und Tod ging, hatte sie das unbedingte Verlangen, ihn ganz nahe bei sich zu haben.

Ihr war bewusst, dass es dazu wahrscheinlich nicht mehr kommen würde.

Aber sie hatte mit ihrem Leben noch nicht abgeschlossen.

Hatte alles genau geplant und wartete auf diese eine letzte Chance.

Sie spürte die dämpfende Wirkung des Medikaments.

Hoffte auf ihre intakte Entschlossenheit und Willenskraft.

Jetzt spürte und roch sie seinen Atem. Er war jetzt direkt über ihr. Setzte die Nadel auf ihre Haut.

Bettina öffnete die Augen.

Ihre Hand schnellte hoch.

Zur Faust geballt.

Zwischen Zeige- und Mittelfinger ein fester Draht.

Die aufgebogene Büroklammer.

Eine lächerliche Waffe.

Außer, die OP-Teamleiterin eines Krankenhauses lässt sich von der Empfindlichkeit bestimmter Körperteile leiten.

Und von ihrem eigenen Credo.

Stimmung, Wirkung, Effizienz.

Alles wird gut.

64

Sie hörten das entfernte, tierisch klingende Brüllen, als sie vor der Sternwarte aus dem Auto stiegen.

Schinagl war wieder zu ihrem alten Fahrstil zurückgekehrt und hatte den Wagen mithilfe des Blaulichts durch den zurückweichenden Verkehr geprügelt. Bei einem kurzen Stau vor einer Ampel war sie entschlossen auf den Gehsteig ausgewichen.

Worschädl verständigte per Handy Schweitzer und forderte Verstärkung an. Auf der Homepage der Sternwarte verschaffte er sich Orientierung über die räumlichen Begebenheiten.

Der runde Bau mit seinem signifikanten Kuppeldach erinnerte ihn an einen R2-D2-Roboter aus Beton. Unter dem Dach waren die Teleskope aufgebaut. Von dort führte eine Tür auf eine kleine Terrasse, die von einem schmiedeeisernen Geländer umfasst war. Im Erdgeschoß gab es einen Club- beziehungsweise Vortragsraum. Ob das Haus unterkellert war, konnte Worschädl nicht eruieren.

Sie jagten die Ziegeleistraße hoch, rasten am Linzer Stadion vorbei, bis Schinagl mit einem weltmeisterlichen Schlingern in den Sternwarteweg einbog. Grüngürtelgegend. Der für Linz typische nahtlose Übergang zwischen Stadt und Land.

In der Zufahrt zur Sternwarte signalisierte eine kunstvoll gefertigte Sonnenuhr mit einem Ziffernblatt aus Edelstahl, dass sie angekommen waren.

Als sie im Aussteigen die kugelsicheren Westen anlegten und ihre Waffen zogen, hörten sie den Schrei. Er ging ihnen durch Mark und Bein. Das Brüllen kam eindeutig von einer Männerstimme. Sie klang nicht nach Wut und Hass, sondern nach brutalem Schmerz.

Worschädl drückte die Klinke der Eingangstür nach unten. Abgesperrt. Er zögerte keine Sekunde, feuerte einen Schuss ab und sprengte das Schloss.

Wer auch immer im Haus war, wusste jetzt, dass er nicht mehr allein war.

Mit den Waffen im Anschlag drangen sie in den Eingangsbereich vor. Das nicht enden wollende Brüllen kam von unten. Es musste einen Keller geben. Schinagl war als Erste bei der Treppe. Arbeitete sich nach unten vor. Worschädl dicht hinter ihr.

Kurzes Innehalten am unteren Treppenabsatz. Sichern nach links und rechts. Vorne rechts eine halb offene Tür, aus der das Geschrei kam. Knappe Verständigung zwischen den beiden Kriminalbeamten.

Alles klar. Weiter.

Jeden ihrer nächsten Schritte hatten sie unzählige Male trainiert. Nur wussten sie nicht, was sie hinter der Tür erwartete. Ob Berger bewaffnet war. Worauf sie zu reagieren hatten.

Schinagl verscheuchte den Gedanken an ihre Kinder, als sie die Tür mit dem Fuß aufstieß. Worschädl stach an ihr vorbei in den Raum.

Selbstverständlich hatte Markus Berger den Schuss gehört. Und selbstverständlich hatte er die Pistole für den Fall des Falles in seiner Tasche, nur hatte er jetzt größte Mühe, sich überhaupt zurechtzufinden. Weil er nichts sah. Die linke Hand hielt er auf sein linkes Auge gepresst, spürte das Blut zwischen den Fingern, konnte nicht denken, einordnen, fassen, was soeben geschehen war.

Als hätte sich ein glühender Pfeil in sein Gehirn gebohrt.

Ein Schmerz, der ununterbrochen von Neuem explodierte.

Sein noch intaktes rechtes Auge versagte. Lieferte nur unscharfe Bilder. Die auf dem Tisch liegende Bettina Aigner zerfloss in einem Sumpf aus Farben, seine am Boden stehende Tasche war ein konturloses Etwas.

Du bist ein Heimkind.

Ein echtes Heimkind ist an Schmerzen gewöhnt.

Du hältst das aus.

Du hast einen Auftrag.

Gerechtigkeit.

„Scheiße!", keuchte er und tastete nach seiner Tasche.

„Verfluchte Scheiße", schrie er und riss die Pistole hoch.

Richtete sie auf den diffusen Schatten in der Tür und drückte ab.

Der Schlag traf Worschädl mit voller Wucht. Katapultierte ihn nach hinten. Er verlor das Bewusstsein, noch ehe er auf dem Boden aufschlug.

Schinagl wich sofort hinter den Türstock zurück. Hyperventilierte beim Stakkato der Schüsse, die Berger in ihre Richtung feuerte. Hatte das Bild des Mannes mit dem blutverschmierten Gesicht und der nackten, auf dem Tisch liegenden Bettina vor sich. Schrie „Polizei" und „Lassen Sie die Waffe fallen". Musste warten, bis endlich Stille eintrat.

Sie hörte ein metallenes Geräusch.

Schloss daraus, dass Bergers Magazin leer war.

„Herr Berger, wir kennen Ihre Geschichte. Wir wissen, wie schlecht Sie von Philipp Aigner behandelt wurden."

Lautes, heftiges Atmen.

„Sie wollen doch Bettina Aigner nicht für die Fehler ihres Mannes bezahlen lassen!"

Schinagl stieg über den am Boden liegenden Worschädl hinweg und schob sich mit der Waffe im Anschlag vorsichtig in den Raum.

Statt der Pistole hatte Berger in seiner rechten Hand jetzt ein Skalpell, das er Bettina Aigner an den Hals hielt. Seine linke Hand krallte sich in Bettinas Haare. Das Blut aus seiner linken, völlig entstellten Augenhöhle verteilte sich über sein Gesicht.

„Keinen Schritt näher", krächzte er. „Legen Sie Ihre Waffe auf den Boden."

Wenn ich das mache, ist Bettina tot, dachte Schinagl.

Der denkt nicht daran aufzugeben.

Der wird alles unternehmen, um Bettina abzuschlachten.

„Nicht schießen." Bettinas Stimme war nur als heiseres Flüstern zu vernehmen.

„Nein, keine Angst, ich mache genau das, was Herr Berger von mir verlangt."

Schinagl streckte ihre Waffe seitlich von sich weg, bewegte sich einen Schritt nach hinten, wagte dabei einen Blick auf den noch immer reglosen Worschädl, trat ihm mit voller Absicht auf die Hand, hoffte, dass ihn der Schmerz aus seiner Ohnmacht holte, legte ihre Waffe auf den Boden und ging zwei Schritte auf Berger zu.

„Okay, Sie haben, was Sie wollten, Sie haben gewonnen, Herr Berger."

„Noch nicht ganz", antwortete Berger und ließ seine Waffe fallen. Im selben Atemzug riss er seine Hand mit dem Skalpell nach oben und stieß zu.

Noch während seinem Angriff sprang Schinagl auf ihn zu, erwischte seinen Arm und schlug ihn so zur Seite, dass die Klinge des Skalpells nur Millimeter neben Bettinas Hals über die Tischplatte schrammte.

Berger rammte Schinagl den Ellbogen ins Gesicht. Sie ging zu Boden, sah, wie er das Skalpell noch einmal hochriss, um ein nächstes Mal zuzustoßen, trat mit ihrem rechten Bein nach oben und knallte die Spitze ihres Schuhs punktgenau in Bergers Schritt.

Sein Aufschrei.

Seine wütende Handbewegung, mit der er das Skalpell in Schinagls Richtung stieß.

Schinagl, die den Stoß auf sich zukommen sah, nicht ausweichen konnte.

Er trifft mich im Gesicht.

Er zerfetzt mir meine Wange.

Plötzlich der Knall.

Das kleine Loch in Bergers Stirn.

Wie er langsam zur Seite kippte, niederging, tot, noch im Fallen.

Worschädl kniete vor der Tür, richtete Schinagls Waffe noch auf sein Ziel und stellte erleichtert fest, dass er sich dank der kugelsicheren Weste doch noch unter den Lebenden befand.

Schinagl zog sich an der Tischkante hoch, nickte Worschädl zu und strich Bettina über die Haare.

„Es ist vorbei. Sie sind in Sicherheit. Alles wird gut."

65

Schweitzer steckte eine perfekt gekühlte Flasche Champagner in eine neutrale Einkaufstasche. Mit diesem Mitbringsel näherte er sich an diesem Nachmittag dem Büro seiner Kollegin.

Kurz davor hatte sich der stellvertretende Bezirkskommandant dabei ertappt, wie er Laura erneut mit Bacardi-Feeling, Karibikstrand und Prosecco verband. Die Cyberspezialistin war ihm offenbar doch mehr als nur sympathisch geworden. Er war überzeugt, dass diese Gefühlslage nach einer beispiellosen Serie an gemeinsamen Erfolgen auf Gegenseitigkeit beruhte.

Zuerst Schweitzers Auftritt vor dem Krisenstab und im Speziellen vor Kamenko.

Dann die spektakuläre Rettung einer suizidalen, spielsüchtigen und erpressbaren Geschäftsführerin.

Gleich darauf das rasante Ping-Pong beim Kreuzverhör mit richtungsentscheidendem Ergebnis. Telefonnummer. Spanische Vorwahl.

Wenige Minuten später Kamenkos Anruf, der eine überraschend klare Antwort hervorrief.

Schließlich die hochamtliche Verständigung der Kollegen von der Policía Nacional in Santa Cruz, der Hauptstadt von Teneriffa.

Der Zufall wollte es, dass Schweitzer, als die Nachricht von der geglückten Verhaftung im Hafen von Los Gigantes auf seinem Handy eintraf, gerade Kamenkos Büro betrat. Die Kollegin aus Klagenfurt bereitete sich bereits auf ihre Rückkehr nach Kärnten vor und packte letzte Unterlagen in ihre Tasche.

Sie sah Schweitzers betont charmantes Lächeln, als er ihr mitteilte, dass der Cyberkriminelle geschnappt worden war. Bemerkte die bemüht lockere Eleganz, mit der er die Champagnerflasche und zwei Sektgläser aus der Einkaufstasche fischte, vor ihr auf dem Schreibtisch platzierte und ihr berichtete, dass man noch nicht sicher sei, ob der Festgenommene allein für die Hackeraktionen verantwortlich war. Dass er zwar seine Unschuld beteuere, sein E-Mail-Verkehr aber keine Zweifel zulasse: Aufgrund von Kamenkos und Schweitzers Hinweisen war der spanischen Polizei einer der Drahtzieher ins Netz gegangen.

Plopp! Der Korken knallte aus der Flasche.

Verführerischer Casanovablick.

Schließlich noch der Hinweis, dass es im Städtischen Krankenhaus nach Ablauf des Ultimatums zu keinerlei Problemen gekommen war.

„Vom Lösegeld fehlt jede Spur, aber das ist uns jetzt scheißegal", sagte Schweitzer, schenkte Kamenko mit leicht geschürzten Lippen ein, drückte ihr ein Glas in die Hand, hob seines und blickte ihr schelmisch in die Augen.

Der ist im falschen Film, dachte Kamenko. Der verwechselt eine gelungene berufliche Zusammenarbeit mit einer sich anbahnenden Bettgeschichte. Der wird von einem spätpubertären Anfall heimgesucht und braucht ganz dringend einen Hinweis aus der Erwachsenenwelt.

„Auf uns zwei Hübschen, liebe Laura. Die Teamwork mit dir ... ein echter Glücksfall", schwärmte Schweitzer und stieß mit ihr an.

„Nur ist das Glück leider ein Vogerl und fliegt gleich wieder davon."

„Aber vorher darf noch gefeiert werden."

„Leider nein. Erstens: kein Alkohol während der Dienstzeit. Zweitens: In Klagenfurt wartet meine Familie", antwortete Kamenko und stellte ihr Glas auf den Tisch.

„Deine Familie?“

Kamenko lächelte und griff nach ihrer Tasche.

„Stefan, vielen Dank, es war fein mit dir. Alles Gute und auf ein nächstes Mal.“

Pragmatischer, fester Händedruck, dann rauschte sie hinaus.

Stefans konsternierter Blick verweilte noch ein paar Sekunden auf der Tür, durch die sie gerade verschwunden war. Na bravo. Es war also sehr fein mit ihm.

Klingt immerhin nach einem Kompliment, sagte er sich schließlich, griff nach Kamenkos Glas und leerte es in einem Zug.

66

„Hallo, Kerstin."

„Mama. Du kommst schon wieder so spät nach Hause."

„Ging leider nicht anders. Danke, dass du Tobi versorgt und ins Bett gebracht hast."

„War scheißanstrengend. Dieser Idiot hatte in seiner Deutsch-Hausübung mindestens tausend Fehler. Er hat mich fürchterlich genervt."

„Du warst supertüchtig. Als Belohnung gibt es eine gute Nachricht."

„Die Anzeige?"

„Wird es nicht geben."

„Echt?"

„Pürstlmaier hat per SMS großzügig darauf verzichtet."

„Ich muss also nicht ins Gefängnis?"

„Nein, keine Sekunde."

„Du bist ein Wahnsinn."

Kerstin gab ihrer Mama einen Kuss.

„Legst du dich noch kurz zu mir?"

„Na klar."

„Nur noch ein bisschen kuscheln."

„Kuscheln tut immer gut, mein Schatz."

67

„Der Stromausfall vorgestern Abend ... ihr könnt euch erinnern?"

„Wirken wir schon so vergesslich?", fragte Karoline, die sich mit ihrem Mann entschieden hatte, den Tag beim Griechen ausklingen zu lassen.

„Um Himmels willen, nein. Aber hört zu. Es lag nicht an meinen Sicherungen. Ihr werdet es nicht glauben, aber das war eine verfluchte Attacke von Banditen aus dem Internet."

„Gute Geschichte, Michaelis. Das hast du dir ausgedacht", sagte Worschädl und dachte dabei an das lange Telefongespräch, das er kurz nach der Befreiungsaktion in der Sternwarte mit Paul Klammer geführt hatte.

„Du musst die heutige Zeitung lesen, mein Freund. Ein riesiger Artikel. Da wird alles ganz genau beschrieben. Die haben einem ganzen Stadtviertel das Licht abgedreht! Unglaublich! Aber ich habe es immer schon gesagt: Dieses ganze Internet-Zeug ist ein Segen, aber auch ein böser Fluch."

Michaelis Vasilakos blinzelte verschwörerisch, schenkte seinen Gästen Retsina ein und brachte ihre Bestellung in die Küche.

„Peter Kogler alias Paul Klammer hat wirklich nichts ausgelassen." Karoline schmunzelte und hob ihr Glas. „Er hat sogar berichtet, dass Schweitzer zuerst aus dem Krisenstab geflogen ist und dann zusammen mit dieser Kamenko den entscheidenden Hinweis liefern konnte."

„Peinlich für den Bürgermeister. Und sehr erstaunlich, dass Schweitzer diesmal auf die übliche Pressekonferenz verzichtet hat."

„Mit welcher Begründung?"

„Er hat uns zum Ermittlungserfolg gratuliert und sich drei Tage Urlaub genommen, die er angeblich in Kärnten verbringen wird."

„Kärnten? Von dort kommt doch auch diese Kamenko."

„Und dorthin ist sie auch zurückgekehrt."

„Dann hoffen wir, dass dieser Ausflug auch wirklich zu seiner Entspannung beiträgt."

Karoline hob ihr Glas. Worschädl machte dasselbe, verzog dabei aber schmerzhaft sein Gesicht.

„Auf die Schutzweste, Bertl. Und auf die Widerstandsfähigkeit deiner Rippen."

„Auf uns, Karoline."

„Jamas."

„Jamas."

Bettina Aigner knüpfte die eventuelle Fortsetzung ihrer Ehe an die Bedingung, Jasmin aufzunehmen und sie aktiv ins Erwachsenenleben zu begleiten. Eine Entscheidung, die nach Jasmins Einzug deutlich mehr Dynamik in das Beziehungsleben der Aigners brachte.

Pablo beteuerte auch noch nach mehreren Wochen in der Haftanstalt von La Esperanza, dass er weder der Drahtzieher einer professionellen Hackerbande sei noch vom Verbleib des Lösegeldes eine Ahnung habe. Den Mitinsassen imponierte er mit abenteuerlichen Frauengeschichten.

Der Bürgermeister der Stadt Salzburg verließ hastig eine Pressekonferenz zu den diesjährigen Festspielen, nachdem ihn eine SMS-Nachricht seiner Verkehrsstadträtin alarmiert hatte: Eine dubiose Gleichschaltung aller Ampeln in der Altstadt hatte zu mehreren Unfällen geführt.

Paul Klammer alias Peter Kogler erhielt nach weiteren kritischen und viel beachteten Artikeln vom Zeitungsherausgeber das Angebot einer Fixanstellung. Er besprach diese erfreuliche Entwicklung mit seiner Therapeutin Karoline, lehnte schließlich dankend ab und entwickelte sich zum gut beschäftigten freien Journalisten mit gewitzter Feder und kontrolliertem Biergenuss.

Astrid Lackner wurde wegen schweren Betrugs zu einer hohen Geldstrafe und dem Tragen einer Fußfessel verurteilt. Nach dem Privatkonkurs ermöglichte ihr die Betreuung durch die Schuldnerberatung ein vergleichsweise stressfreies, aber äußerst bescheidenes Leben.

Jasmin Pamminger akzeptierte erst nach mehreren Wutausbrüchen und heftigen Auseinandersetzungen, dass Nazisymbole im Haus der Aigners strikt verboten waren. Schließlich zog sie sogar in Erwägung, ihren Pflichtschulabschluss nachzumachen und danach eventuell eine Ausbildung zur Kampfsporttrainerin zu absolvieren.

Danksagung

Ich bedanke mich bei Erstleserin Gisi Kirchweger für ihre wichtigen und fundierten Anmerkungen. Außerdem bei Gregor König für seine versierte Expertise zu Datenschutz und Cyberkriminalität. Meinem Freund Reinhold verdanke ich wertvolle Informationen über Notfallabläufe auf Bahnhöfen und meiner Tochter Sarah hilfreiche Hinweise zu Tempo- und Spannungsfragen. Daniel Feik stand mir zu nächtlicher Stunde mit viel Geduld für Fragen über Narkotika und Sedativa zur Verfügung. Hervorragend betreut hat mich Veronika Schuchter mit ihrem sorgfältigen und klugen Lektorat. Ganz besonderer Dank gilt den wunderbaren Mitarbeiter*innen des Haymon Verlags. Großartig, mit welcher Umsicht und Kompetenz Linda Müller und Melissa Modersbacher die Entwicklung des neuen Worschädl-Falls unterstützt und begleitet haben.

Linz Kultur | Linz verändert
mit Unterstützung von Kultur ober österreich

Die Drucklegung erfolgte mit freundlicher Unterstützung der Abteilung Kultur und Bildung der Stadt Linz und der Direktion Kultur des Amtes der Oberösterreichischen Landesregierung.

MIX
Papier aus verantwortungsvollen Quellen
FSC www.fsc.org FSC® C083411

Auflage:
4 3 2 1
2024 2023 2022 2021

HAYMON tb **287**

Originalausgabe

www.haymonverlag.at

ISBN 978-3-7099-7935-8

Inhaltliche Betreuung: Haymon Verlag / Linda Müller
Lektorat: Veronika Schuchter; Haymon Verlag / Linda Müller
Projektleitung: Haymon Verlag / Melissa Modersbacher
Buchinnengestaltung nach Entwürfen von: himmel. Studio für Design und Kommunikation, Innsbruck / Scheffau – www.himmel.co.at
Umschlag: Eisele Grafik · Design, München, unter Verwendung von: shutterstock.com / Pixel-Shot (explodierende Glühbirne)
Satz: Da-TeX Gerd Blumenstein, Leipzig
Autorenfoto: Reinhard Winkler

Gedruckt auf umweltfreundlichem,
chlor- und säurefrei gebleichtem Papier.